GOLDMANN

Buch

Darf *man* sich über die Männerbewegung lustig machen?
Mann darf, *mann* darf sogar lachen!

Der Held dieser Geschichte, ein 36jähriger Zahnarzt, wandelt sich in ihrem Verlauf vom erbarmungswürdigen Macho zum emanzipierten »neuen« Mann. Die Lektüre eines Ratgebers des Weißrussen Stanislaus Lublinskij weckt das Interesse des Ich-Erzählers an der »Mannfindung«. Bald avanciert das Buch zur Bibel des »Mannseins« und bildet die Grundlage der später gegründeten Männergruppe, die fast zum Lebensinhalt des Protagonisten wird. Ab jetzt gibt es kein Halten mehr! Traditionell maskuline Verhaltensformen werden in Frage gestellt und prompt durch neue, »frauenfreundliche« ersetzt. Unermüdlich trainiert der »Held« seine Fähigkeit, die potentiellen Partnerinnen physisch und psychisch zu befriedigen. Mehr noch: Er wird in jeder Hinsicht der ideale Mann – allein die Frauen wollen es ihm nicht danken …

Autor

Thomas Feibel wurde 1962 als Sohn deutscher Eltern in Chile geboren. Sechs Jahre später übersiedelte die Familie nach Deutschland. Feibel arbeitet als Autor und Journalist, u. a. für die »Frankfurter Rundschau« und die »Zeit«; er ist verheiratet und lebt mit Frau und drei Kindern in Mannheim.

Thomas Feibel

Männer lieben lieber

Roman

GOLDMANN VERLAG

Umwelthinweis:
Alle bedruckten Materialien
dieses Taschenbuches sind chlorfrei
und umweltschonend.

Der Goldmann Verlag
ist ein Unternehmen der Verlagsgruppe Bertelsmann

Genehmigte Taschenbuchausgabe

Umschlaggestaltung: Design Team München
Umschlagfoto: Ted Gueller, Zürich
Druck: Elsnerdruck, Berlin
Verlagsnummer: 41476
AR · Herstellung: Stefan Hansen
Made in Germany
ISBN 3-442-41476-8

1 3 5 7 9 10 8 6 4 2

»Gewiß, ich weiß, ich weiß... das Gesetz der Individualität... Und dennoch, warum ausgerechnet ich? Diese Frage, das sieht aus, als weigerte ich mich, den Schritt zu tun. Ich zögere, ich mache Ausflüchte. Ich hätte diesen Text schon vor Jahren schreiben sollen. Es wird endlich Zeit, daß ich mich dazu entschließe. Warum ausgerechnet jetzt und nicht schon vorher? Die jüngsten Ereignisse haben nichts damit zu tun. Nein, die Frucht ist einfach reif, überreif, faul, und das Samenkorn fliegt davon.«

Raymond Queneau

»Das Thema ist ärgerlich, besonders für die Frauen: außerdem ist es nicht neu. Im Streit um den Feminismus ist schon viel Tinte geflossen, zur Zeit ist er fast beendet: reden wir nicht mehr davon. Man redet aber doch davon.«

Simone de Beauvoir

1.

»Meine Frau verhöhnt mich. Ständig spottet sie über meine Versuche, an den Hüften abzunehmen. Sie wirft mir vor, in der Erziehung ihrer Kinder mangele es mir an wärmender Mütterlichkeit. Wenn ich beispielsweise *pasta* serviere, zündet sie sich eine Zigarette an. Gieße ich *chianti* ein, trinkt sie, bevor wir miteinander angestoßen haben. Das hat sie früher nie getan. Oft bin ich den Tränen nahe. Ich habe eine Macha (sprich: Matscha) geheiratet, das Pendant zum ausgestorbenen Macho. Mein Vater hatte mich ja gewarnt. Er selbst weinte sich oft stumm in den Schlaf.«

Dieser Absatz stammt aus keinem Science-fiction-Roman, sondern ist ein Auszug aus meinem Aufsatz »Wie ich mir mein Matriarchat vorstelle«. Ein Text, der in dem Projekt »Männergruppen schreiben für Frauengruppen« entstand. Ziel unserer Gruppe ist es, feministisch aktiv zu werden. Von Geburt an war ich sensibel. Meine Eltern hatten mich schon seit dem Kindergarten abgehärtet, gestählt und zu absoluter Liebesunfähigkeit erzogen. Früh lernte ich, Gefühle abzublocken. Ich war wie zu und reagierte eiskalt. Das hatte meine ersten Partnerschaften zerstört. Erst Biggi machte mir bewußt, in welch patriarchalischem Denken ich verhaftet war. Ihr kam der Verdienst zu, mich aus meiner überheblichen Männerpose zu befreien. Als ich Biggi bei unserer zweiten Verabredung zum Italiener einlud, lehnte sie lässig ab. Sie bezahle, erklärte sie selbstbewußt. Ich hob meinen Beruf ein wenig hervor, um anzudeuten, daß ich – finanziell gesehen – ein erheblich besseres Polster besaß als sie in ihrem Praktikum als Sozialpädagogin.

Immerhin hatte ich in Zahnmedizin promoviert und führte eine gutgehende Praxis in angenehmer Lage. Damit konnte ich Biggi jedoch schon vor einer Woche, als wir uns auf einer Feier meiner Ex-Frau kennenlernten, nicht beeindrucken. Sie meinte nur, ich verdiene mein Geld damit, anderen Menschen weh zu tun.

»Ich will doch niemandem Schmerzen zufügen«, rief ich entsetzt. »Im Gegenteil, ich helfe den Menschen. Denk doch nur an den hippokratischen Eid, den ich geleistet habe.«

»Den hat Mengele auch abgelegt«, erklärte sie knapp und blies mir den Rauch ihres holländischen Tabaks direkt ins Gesicht.

Zu diesem frühen Zeitpunkt war mir natürlich nicht klar, daß dies eine typische Negativumwerbung darstellte. Erst heute ist mir bewußt, daß ich Frauen, die mich ablehnten, am meisten bewunderte. Deshalb blieb ich vermutlich auf der Party bei Biggi stehen. Sie ließ sich an jenem Abend sogar in meinem roten Alfa Romeo nach Hause fahren, wobei sie unentwegt über das Ozonloch sprach. Sie konnte sogar stimmlich meinen röhrenden Auspuff, den unmittelbaren Anlaß ihrer Ansprache, übertönen.

»Ich bin nicht auf dein Geld angewiesen, das du dir mit deinem maskulin abgehärmten Job verdienst«, erklärte Biggi im Restaurant verächtlich und blieb stur. Also ließ ich ihr den Willen, obwohl die Speisen bei »Da Giacomo« weit über den Möglichkeiten des schmalen Geldbeutels lagen. Allein die *Carciofi*-Vorspeise (Artischocken) kostete ein kleines Vermögen. Ich war bemüht, jeden Streit zu vermeiden, da ich nicht an die heilsame Kraft des Konflikts glaubte. Damals dachte ich noch, mein überstarkes Harmoniebedürfnis sei mein einziger Fehler.

»Du kannst bestellen, was du möchtest«, sagte Biggi großzügig und schob sich ihre ohnehin zu kurzen hennaroten Haare aus der Stirn. Dann erst schlug sie die Speisekarte aus Pergament auf, in der allerdings keine Preise standen. Auch die deutschen Bezeichnungen fehlten.

»Haben die Pizza?« erkundigte sie sich, über den Tisch gebeugt.

»Möchtest du lieber in eine Pizzeria?« fragte ich gleich und griff schon nach meiner Jacke.

»Sei doch nicht so dominant«, sagte sie vorwurfsvoll.

»Wenn die hier keine Pizza haben, bestelle ich etwas anderes. Nur keinen Fisch. Ich hasse Fisch.«

Mit gerunzelter Stirn versank sie hinter dem Pergament.

»Gestattest du, daß ich für dich bestelle?« In mir waren immer noch die Überreste eines Galans.

Biggis Blick sagte alles zwischen Macho und Arschloch. Giacomo trat diskret an den Tisch heran. Er war freundlich, zurückhaltend und aufmerksam, obwohl er längst bemerkt hatte, daß er heute abend einen komplizierten Gast bewirtete. Ich bestellte. Biggi war noch nicht soweit. Ich nahm *carni de motone* (Hammelfleisch) mit *fagiolini* (grüne Bohnen) und *patate* (Kartoffeln).

Giacomo servierte den Wein.

Giacomo deckte das Besteck auf.

Giacomo brachte das Weißbrot.

Er übersah die krausen Tabakkrümel, die eine Spur auf der Tischdecke hinterlassen hatten. Biggi blätterte noch einige Male vor und zurück. Schließlich nahm sie ihren ganzen Mut zusammen und bestellte anscheinend nur dem Klang der Worte nach: »*Baccalá, finocchio* und *anatra*.«

Giacomos Augen wandten sich zur Decke, verfolgten die Schäfchen des Deckenfreskos.

Ich versuchte Biggi darauf hinzuweisen, daß ihre eben getroffene Wahl aus Stockfisch mit Fenchel und Ente bestand. Ihr Blick ließ keinen Einwand gelten. Amüsiert betrachtete sie mich mit einem Ausdruck in ihrer Miene, der besagte, daß Frauen mit allem fertig würden. Der Takt gebot Giacomo, in eigener Verantwortung auf die Ente zu verzichten. Einigermaßen verwundert nahm ich zur Kenntnis, mit welch immensem Appetit Biggi den Fisch verzehrte, im festen Glauben, es handele sich um eine Art Huhn.

Als Giacomo mit der Rechnung kam, stellte sich unglücklicherweise heraus, daß Biggi ihre Patchworkgeldbörse vergessen hatte.

Den restlichen Abend sprach sie fast kein Wort mehr. »Typisch Mann!« fauchte sie.

Und ich verstand damals kein Wort. Was sollte typisch männlich daran sein, Geld dabeizuhaben?

»Das ist antifeministisch«, sagte sie, »weil du als Mann den Kapitalismus in all seiner antiweiblichen Haltung darstellst und mich damit demütigst.«

Ich muß gestehen, daß ich das bis heute nicht verstanden habe, aber zumindest klang es so, als ob etwas dran sein könnte.

2.

Biggi und ich wohnten später zusammen. Zunächst sträubte sie sich. Ein Mann sei ihrer Meinung nach extrem gewalttätig und liebes- und bindungsunfähig. Sie fand, eine agilpolitische Liebesbeziehung auf rein ökologischer Basis, die mein Mann-Sein verändere, könnte von Mauern umgeben allzuleicht eingehen. Sie hatte mir wiederholt mein männliches Versagen so offen demonstriert, daß ich beschloß, mich der Wirklichkeit zu stellen. Drastische Veränderungen waren unumgänglich – um meiner selbst willen.

»Aber wie soll ich denn ein neuer Mann werden, wenn du mir nicht hilfst?« flehte ich. »Wie kannst du meine Veränderung zum Besseren günstiger verfolgen, als von Mauern umgeben?«

»Typisch Mann«, knurrte sie. »Schon wieder hast du eine neue Rolle für mich parat. Nun soll ich wohl deine Mutter, deine Freunde und eine Männergruppe ersetzen. Ich sehe mich zwar als eine bewußt selbständige Frau, bin aber weder deine Therapeutin, noch lasse ich mich in die schalen frühpatriarchalischen Grundstrukturen einordnen.« Nach ein paar häßlichen Szenen lenkte sie letztendlich ein. »Ich ziehe jedoch nicht in deine Wohnung. Das kannst du dir abschminken. Wenn wir in einem Haushalt gemeinsam leben wollen, brauchen wir völlig neue Räume, die uns gleichberechtigt gehören. Die Miete geht natürlich fifty-fifty. Einverstanden?«

Natürlich war ich das. Ich brauchte Biggis Aggressivität, um mir meinen Katalog an Fehlverhalten besser vor Augen führen zu können. Um mit Biggi zusammenzusein, hätte ich alles aufgegeben. Trotzdem verstand ich nicht, warum sie nicht in meine Eigentumswohnung ziehen wollte, die mir meine Eltern zur Praxiseröffnung geschenkt hatten.

»Weil deine Wohnung immer deine Wohnung bleiben wird. Mit der Zeit wirst du das Gefühl bekommen, mich nur zu dulden. Dein Besitz würde mich mit seiner ganzen Macht in meinem Frau-Sein bedrohen.«

Makler fand Biggi überflüssig: »Für die sind wir doch nur Haifischfutter.«

Einen Text gemeinsam für die Anzeige zu entwerfen, erwies sich als äußerst kraftraubend.

Biggi vertrat die Ansicht, das Wort »Zahnarzt« würde auf Vermieter eine ähnliche Wirkung wie »Berufssoldat« haben. »Wir könnten ja Akademiker schreiben«, schlug ich in unbeschreiblicher Naivität vor.

»Bist du vollkommen größenwahnsinnig geworden?« Ich erblaßte. »Damit benachteiligst du mich ö-f-f-e-n-t-l-i-c-h in einer Anzeige. Vor allen Leuten!«

Nachdem sich auf meinem Küchenboden ein beachtlicher Haufen zerknüllter Zettel voll verworfener Ideen gebildet hatte, einigten wir uns auf folgenden Text:

Junge, dynamische Frau, selbstbewußt und in kirchlicher Stellung tätig, ohne Haustiere, ohne Kinder (mit Anhang) sucht Wohnung.

Es kam natürlich keine seriöse Antwort. Die Welt schien voller kapitalistischer und antifeministischer Vermieter zu sein. Nur eine Frau aus einer lesbischen, aktivmakrobiotischen Wohngemeinschaft bot Biggi ein Zimmer an, wenn sie auf den Anhang verzichten könne.

Endlich zog Biggi bei mir ein. Ich mußte ihr einen Mietvertrag ausstellen, und sie wollte mir jeden Monat eine Überweisung zukommen lassen. Sofort nahm sie Veränderungen in meiner Wohnung vor. Sie strich sämtliche Zimmer lila, hängte meine Bilder ab und klebte antifaschistische und antiimperialistische Poster an meine Wände. Die Rückseite von Warhols *Hohler Zahn* benutzte sie als japanischen Couchtisch. Biggi warf die Kaffeemaschine (Krups) in den Müll, weil sie ihrer Meinung nach einen Affront gegenüber dem Kaffee aus Nicaragua darstellte. Ich ließ sie gewähren, denn keinesfalls sollte sie sich meiner Macht als Wohnungsinhaber ausgesetzt fühlen. Sie mochte meine *pasta* nicht, verkaufte meine High-End-Anlage und spendete den Erlös nach Äthiopien. Sie fuhr meinen Alfa Romeo, auf dessen Heck sie die lila Friedenstaube geklebt hatte, halb zu Schrott und verstopfte das Klo mit ihren Damenbinden. Biggi verbannte sämtliche Sprühdosen mit FCKW, teilte meinen Hausmüll in Papier, Grünabfälle und Unbestimmtes ein. Zu Papier warf sie sogar Butterpapier, Kekspackungen und Filtertüten, die sie nach Gebrauch auf der Heizung getrocknet hatte. Beim Grünzeug landete so selten etwas, daß das Wenige wochenlang vor sich hinfaulte. Wiederum sagte ich nichts. Zu unserem absurden Sexualleben (»Verzicht ist Ekstase«) sagte ich auch nichts. Und ich sagte ebenfalls nichts, als sie in meinem ehemaligen Wohnzimmer versuchte, einen Haschischwald anzulegen, den sie mit benutztem Kaffeepulver düngte. Unermüdlich stapelte sie das Altpapier in der Diele zu beachtlichen Höhen und entwendete zusätzlich die Werbung aus fremden Briefkästen.

»Deine Nachbarn sind alles Ökoschweine, alle wie sie da sind. Weißt du das?«

In der Küche türmte sich inzwischen das Weißblech. Keine Dose schlug den Weg des gewöhnlichen Mülls ein. Scharfe Putzmittel verschwanden, wir nahmen Essigwasser – das Klo roch nach grünem Salat. Immer wieder dozierte sie über ihr Umweltbewußtsein, aber wenn ich sie vorsichtig bat, sich auch nach den Möglichkeiten einer entsprechenden Entsorgung zu erkundigen, erntete ich üble Beschimpfungen.

Vier Wochen nach dem Einzug – ich trug peruanische Wollmützchen (ihr zuliebe) – war unsere Beziehung am Ende. Ich blieb allein in meiner Wohnung, mit ein paar Tonnen Altpapier, Weißblech, Altglas, Kartons voller Batterien (wo sie die wohl herhatte?), Kanister mit aufgeklebten Totenköpfen, massenweise pharmazeutischem Müll und meinem stinkenden Grünabfall. In meiner/unserer Waschmaschine moderten gewaschene Jeans vor sich hin. Die Haschischbäume waren vertrocknet und das kleine Kätzchen, das sie kürzlich angeschleppt hatte (»Willst du etwa, daß es in so einem Scheiß-Sadisten-Labor mit einem Stecker im Kopf landet?«), war vom Balkon gestürzt und hatte sich tödlich verletzt. Der Leichnam verstopfte den Abfluß der Regenrinne. Das Badezimmer war der Todesstoß für mich. Biggi hatte, bevor sie mir das Ende unserer Beziehung eröffnete, noch einmal ihre Haare gewaschen und mit Henna getönt. Quer über den Spiegel führten die Hennastreifen. Das Waschbecken war über und über mit Henna verschmiert. Die Armaturen, die weißen Kacheln, sogar die Klobrille (Colani), vier Handtücher und mein seidener Kimono: die absolute Hennaapokalypse. Leise fragte ich sie, woran unsere Beziehung wohl gescheitert sei.

»Ich habe immer versucht, das Weibliche in dir zu sehen«, sagte sie mit matter Stimme, »aber du bedrohst mich mit deinem Körper.«

Und ich, obwohl nicht sonderlich groß und zierlich von Gestalt, konnte auch das verstehen.

3.

Seit der Scheidung vor neun Jahren habe ich zu meiner Ex-Frau ein glänzendes Verhältnis. Von Anfang an stand unsere Ehe unter einem ungünstigen Stern. Kaum kannten wir uns drei Monate, da wurde Karin schwanger. Sie hatte mit einem Fiebermesser-System verhütet, dessen Anwendung mir bis heute nicht verständlich geworden ist. Es mußte dabei ganz mystisch die Fülle des Mondes berücksichtigt werden. Gleichzeitig sollten einige rituelle Handlungen mit Salben aus dem Dritte-Welt-Laden vollzogen werden. Meine Eltern reagierten auf unsere Absicht zu heiraten wenig erfreut. Mein

Vater, Zahnarzt in der dritten Generation, bekam einen cholerischen Anfall, wobei er das englische Porzellan zerschlug.

»Wenn du dieses Mädchen, ja dieses Mädchen heiratest«, schrie er mit hochrotem Kopf – in großer Aufregung neigte der gute Paps zu Wiederholungen –, »wird das Konsequenzen, ja Konsequenzen haben.«

Wäre ich doch damals nur dazu in der Lage gewesen, meinen Vater zu umarmen! Sein Zorn wäre sofort verflogen und wir hätten einander weinend gehalten. Aber ich war nicht fähig gewesen, diese Situation in den Griff zu bekommen. Noch hatte ich nicht gelernt, mich selbst zurückzunehmen. Versöhnungsgesten gegenüber Eltern zählen ohnehin zu den schwierigsten Übungen.

Meine Mutter, Zahnärztin, hielt sich nur scheinbar aus dem hitzigen Streit heraus und legte schweigend die Scherben aufeinander. Sie war die graue Eminenz und Paps ihr Werkzeug. Nie würde meine Mutter ihm in den Rücken fallen, denn im Grunde vertrat er tobend ihre Sache mit und wurde so zur Marionette. Leider sind mir diese komplizierten psychologischen Zusammenhänge erst vor kurzem in ihrer gesamten Bedeutsamkeit bewußt geworden.

Ich war 24 Jahre alt und hielt mich, an meinem damaligen Bewußtsein gemessen, wacker.

»Was habt ihr denn an Karin auszusetzen?« rief ich und verteidigte mit heroischen, aber zwecklosen Gebärden (Abitur-Theaterkurs) meine zukünftige Frau und das ungeborene Leben.

»Sie ist katholisch«, zischte mein Vater mit schwindender Kraft.

Diese Begründung brachte mich vollkommen aus der Fassung. Religion war bei uns nie ein Thema gewesen. Aber Paps schien froh zu sein, endlich einen Grund gefunden zu haben. Karin, so die ganz banale Wahrheit, stimmte nun mal mit ihren Vorstellungen einer »guten Partie« nicht überein.

»Katholiken sind verbohrt, ja verbohrt«, dröhnte mein Vater. »Du kennst sie doch gar nicht«, hielt ich wütend dagegen. Paps wurde langsam müde. Er hatte jetzt eine zwanzigminütige Rede gehalten. Seine Stirn war schweißnaß, die schütteren Haare fielen ihm ins Gesicht, er keuchte. »Ein Mädchen, das gleich schwanger wird. Die wollte dich nur einfangen, mein Junge«, sagte meine Mutter in ruhigem Ton. »Außerdem ist sie keine Zahnärztin!«

Trotzdem – wir heirateten. Von meinen Ersparnissen fuhren Karin (dicker Bauch) und ich mit Motorrad und Zelt nach Korsika. Kurz nach unserer Flitterwochen-Sparversion hatte Karin eine Ein-Zimmer-Wohung in der Hafengegend gefunden, und ich verschwand aus der für mich ausgebauten Souterrain–Wohnung meiner Eltern. Das Zimmer war kleiner als die Küche, in der wir jede Nacht auf einem ausklappbaren Sofa schliefen. Paps strich mir jegliche finanziellen Zuwendungen. So begann ich Taxi zu fahren. Karin jobbte bis zur Entbindung im Büro einer Winzergenossenschaft.

Kenni schrie mehrmals in der Nacht. Jedesmal, wenn Karin Licht machte, um dem Baby die Flasche zu geben, wachte auch ich auf. Ich habe nun mal einen sehr leichten Schlaf. Einmal geweckt, finde ich keine Ruhe mehr. Ich legte mir Geschirrtücher über die Augen und stopfte mir Watte oder Klopapier in die Ohren. Aufstehen, um den Kleinen selbst abzufüttern, konnte ich nicht. Nachts lag mein Kreislauf vollkommen lahm. Außerdem begriff ich das Mischungsverhältnis der Fertigmilch nicht ganz, da mir die dreisprachige Anleitung auf der Packung zu mißverständlich erschien. Karin fand das lächerlich, für sie war ich ein totaler Versager. Aber das Studium wurde härter, ich fuhr bis in die tiefe Nacht Taxi und bekam zuwenig Schlaf. Ohne zehn Stunden Schlaf war ich – biologisch betrachtet – nicht in der Lage, mich den alltäglichen Forderungen des Lebens zu stellen. Den ganzen Tag plagten mich Schwere in den Gliedern, Kopfschmerzen, Nackenbeschwerden und Verstopfung. Eindeutig Veranlagung – meine Eltern haben mich relativ spät empfangen.

Kaum betrat ich unsere Wohnung, drückte mir Karin erleichtert das Kind in die Hand. Sie verbarrikadierte sich im Wohnzimmer, in dem sie sich unter großer Mühe einen kleinen Arbeitsplatz geschaffen hatte. Seit Kenni sechs Wochen alt war, schrieb Karin Briefe für die Winzergenossenschaft zu Hause. Von meinem Taxigeld allein konnten wir nicht leben. Ich war müde, hundemüde – und dieses Baby krähte mich an.

Nach einem halben Jahr war unsere Ehe am Ende. Karin packte meine silbergrauen Koffer, ich zog – nur vorübergehend versteht sich – in die Souterrainwohnung meiner Eltern zurück und fand meinen geliebten Schlaf wieder. Keine zwei Tage wohnte ich im Haus meiner Eltern, als die jäh versiegten Unterstützungen wieder zu fließen begannen. Diese Gefühllosigkeit meiner Eltern hatte mich zusätzlich zur Trennung stark deprimiert.

Heute bin ich auch für die Eltern-Kind-Seminare mitverantwortlich. Wir arbeiten in zwei Gruppen: Senioren mit ihren erwachsenen Kindern, Erwachsene und Kinder. In ausgedehnten Gesprächen und mit Hilfe kleiner Rollenspiele und Übungen bauen wir jahrelang aufgestaute Aggressionen und Mißverständnisse ab. Doch davon später.

Meine Eltern suchten mir einen gewieften und schmierigen Anwalt. Er sollte mit juristischen Mitteln um *ihr* Enkelkind kämpfen, das sie, nebenbei gesagt, nie gesehen hatten. Tatsächlich fragte mich meine Mutter, als ich meinen Koffer auspackte: »Was ist es eigentlich geworden, ein Bub oder ein Mädel?«

Allein bei der Niederschrift spüre ich diesen diffusen Schmerz in meiner Brust, der mir anzeigt, wie wenig das alles bisher verarbeitet worden ist.

Das Jahr bis zur Scheidung verging rasch, mein Studium forderte mich so sehr, daß mir keine Zeit mehr blieb, einen Verteidiger meiner Wahl mit meinem Fall zu beauftragen. Der Anwalt, den meine Eltern ausgewählt hatten, besaß als Steuerrechtler einen vorzüglichen Ruf, erschien zur Verhandlung angetrunken und gab der Anwältin meiner Frau in allen Punkten recht. Wortlos reichte er mir seine dicke Hand zum Abschied und kämpfte gegen den aufkeimenden Brechreiz.

Zur Scheidung schenkten mir meine Eltern in ihrem großen

Glück den kleinen, roten Alfa Romeo. Ich überlegte lange, ob ich den Wagen ausschlagen sollte. Dann sagte ich mir: Hauptsache, er fährt.

4.

Karin bringe ich heute grenzenloses Vertrauen entgegen. Meistens besuchte ich sie in den Morgenstunden, wenn Kenni sich in der Schule aufhielt. Dank einer Abschrift seines Stundenplans war es mir möglich, ihm nicht außerhalb der geregelten Besuchszeiten zu begegnen. Falls er mich unvorbereitet zu Gesicht bekäme, könnten unangenehme Situationen heraufbeschworen werden: Tränen, Bitten, Verzweiflung... Solcherlei Szenen wollte ich Karin und mir ersparen. Zu einem vergleichbaren Gefühlsausbruch war es zwar noch nicht gekommen, doch Kenni zeugte schon immer von außergewöhnlicher Sensibilität. Bis zu diesem Tag allerdings warte ich auf die Frage meines Sohnes, warum Mama und Papa sich nicht mehr liebhaben. Möglicherweise ist es eine Sache des Alters.

Bei Karin konnte ich meine verkommene Männerpose ablegen. Das geschah ganz unbewußt. Erst Biggi hatte mich ja damit konfrontiert. Alles bei Karin wirkte so gemütlich. Das lag an der Einrichtung. Karin fand die tollsten Sachen auf dem Sperrmüll. Sie selbst empfand ich als ungeheuer geduldig, verständnisvoll, freundlich und warmherzig. Jemand wie sie würde mir nach meiner enttäuschten Liebesbeziehung den nötigen Trost zusprechen. Karin schnitt Kuchen an. Sie hatte sich verändert, trug ihre Haare zum Zopf zusammengebunden, kleidete sich nicht mehr überwiegend mit Strickwaren, lernte hervorragend backen und konnte den besten Kaffee machen, den ich je angeboten bekommen hatte. Wir sprachen so gut wie nie über unsere Ehe, sondern werteten sie in stummer Übereinkunft als Jugendsünde.

Über Biggi und mich lachte Karin Tränen. Ich fand das alles natürlich gar nicht komisch. Sie lachte laut los, prustete, wobei sie unter großer Anstregung immer wieder gedämpft

»Entschuldige bitte« hervorpreßte und »Tut mir ja so leid« krächzte, bevor sie von einer neuen Lachwoge davongetragen wurde. »Du bist wirklich eine arme Haut«, sagte sie amüsiert und verursachte mit ihren Fingern zärtlich einen Aufruhr in meiner Frisur. Ihre Heiterkeit traf mich nicht. Wenn Karin lachte, dann war es doch nur Ausdruck tiefer Ehrlichkeit.

Schließlich nahm sie mich hart ins Gericht. Ich hätte ein mangelndes Bewußtsein für Menschen. Ich litte an Kälte, Distanz und Verschlossenheit. Im Grunde wäre ich willenlos und blutarm. Ich hörte mir die sachlich vorgetragenen Vorwürfe an, trank ihren ausgezeichneten Kaffee mit Sahne und nahm noch ein Stück von dem russischen Zupfkuchen.

»Du mußt noch soviel lernen und kennst dich überhaupt nicht«, sagte Karin. »Du solltest zu einem Therapeuten gehen, oder gleich ab mit dir in die Männergruppe, blöder Macho!« Bereits seit frühester Kindheit verspürte ich in mir eine unerklärliche, heftige Abneigung gegen Männer. Schon in den Ferienlagern der Schulzeit verabscheute ich das gemeinsame Duschen.

»Dein Geist ist schwach, du hast kein Durchhaltevermögen, bist ein Schlaffi, ein Schlappschwanz, ein Reserve-Macho.«

Seit ich erwachsen geworden bin, bereitet es mir Schwierigkeiten, auseinanderzuhalten, wo das ernsthafte Gespräch aufhört und die billigen Beleidigungen anfangen. Solche massiven Vorwürfe durften nicht unbeantwortet bleiben.

»Wenn ich wirklich so wäre, wie du mich beschreibst, wie hätte ich dann überhaupt das Studium schaffen können?« fragte ich grimmig.

»Das habe ich mich schon lange gefragt«, erwiderte Karin. Betreten schenkte ich mir eine weitere Tasse ein. »Du kannst ja nicht einmal Kenni regelmäßig für's Wochenende abholen.«

»Klar, daß du mir das jetzt vorhalten mußt«, antwortete ich verärgert. Erkannte sie denn nicht, wie sehr ich mit meinen Nerven und Gefühlen am Ende war? Warum stellte sie mich in diesem labilen Zustand in Frage?

»Letztes Wochenende besuchte ich ein Arbeitsseminar. Das hatte ich dir doch ausdrücklich angekündigt.«

»Und davor?«

»Davor war ich für zwei Wochen an der Ostsee. Das Klima, meine Lungen.« Meine sensible Konstitution bedurfte immer wieder der Pflege. Von Kindesbeinen auf hatte ich gekränkelt.

»Und davor?« bohrte sie.

Ich dachte nach.

»Laß dir ruhig Zeit«, erklärte Karin jovial und räumte den Kuchen ab. Sobald sie ungehalten wurde, bestrafte sie mich unbewußt.

»Rate«, schlug sie vor.

»Vier Wochen? Sechs? Sechseinhalb?«

»Es war kurz nach Kennis zehntem Geburtstag, zu dem du übrigens auch nicht erschienen bist.«

»Da hatte ich Notdienst! Das sind, aber... das kann doch nicht...«

»Doch-doch, mein lieber Exi. Es sind geschlagene fünf Monate vergangen.«

Höhnisch sah sie mich an. Ich suchte nach Worten.

Da trat die Katastrophe ein.

Das Schloß in der Wohnungstür sprang auf. Kenni trat herein, warf seine Jacke auf den Boden und schleuderte den Ranzen quer durch den Gang. Nannte sie das etwa Erziehung?

Gleich wird er mir eine Szene machen, dachte ich voller Panik, oder mich in kühlem Ton fragen, wann ich ihn abzuholen gedenke. Dieses Wochenende ging nicht, ich hatte noch so viel zu tun.

»Hab früher Schule aus, Mam«, sagte Kenni. »Tach, Fremder.« Er nahm sich eine Dose Cola aus dem Kühlschrank, öffnete sie, suchte sein Zimmer auf, schloß die Tür und hörte sich irgendein Gedröhne und Gekreische an, das gemeinhin HEAVY METAL genannt wird. Karin starrte mich amüsiert an. Ich werde mit ihm einmal reden müssen, sagte ich mir.

5.

Solange nicht in mir selbst der Wunsch nach Änderungsarbeit heranwuchs, war an eine Veränderung meines Mann-Seins nicht zu denken. Zu tief war ich in dem konsumorientierten Alltag des kapitalistisch-patriarchalischen Urchaos verwurzelt. Zwar gab es deutliche Anzeichen dafür, wie verblendet ich gewesen sein mußte, doch um dies erkennen zu können, war es damals noch zu früh. Ich maß meine Fehler an anderen Männern, prüfte sie hundertmal kritischer als mich selbst. So waren es stets die anderen, die meiner Ansicht nach die Welt des Machos verkörperten.

Zum Beispiel Luithard von Terebelin, mein augenblicklicher Kompagnon und ehemaliger Kommilitone. Während ich nach unserem Studium in der Praxis meines Onkels die Arbeit aufnahm und gutes Geld verdiente, reiste Luithard zwei Jahre mit dem Jeep vom Amazonas bis nach Feuerland. Als wir beschlossen, gemeinsam eine Praxis zu eröffnen, war der Wunsch, sich nicht zu überarbeiten, unsere einzige Übereinstimmung. Noch heute bin ich erstaunt, auf welch wundersame Weise wir unser männliches Konkurrenzdenken abgelegt haben. Da wir in einer Woche weniger Patienten ertrugen als andere Kollegen an einem Tag, besaß jeder von uns genügend Freizeit. Für mich war Luithard der geborene Macho.

In dieser Zeit innerer Kritik mißbilligte ich viele seiner Eigenschaften, statt in den eigenen dunklen Tiefen meiner verletzten Seele zu forschen. Im Kino setzte sich Luithard prinzipiell in die erste Reihe und entledigte sich seiner Schnürstiefel. Er ließ keine Gelegenheit aus, sich mit Alkohol im Überfluß abzufüllen und neigte zur Gewalttätigkeit. Um eine Frau kennenzulernen, hielt er plumpe Ansprachen und scheute auch nicht vor prüfenden Handgriffen zurück. Dummerweise hatte er damit auch noch Erfolg. Und obwohl Luithard, wenn wir – selten genug – zusammen ausgingen, immer zwei Frauen ins Visier nahm (er hatte für mich ein weiches Herz), brachte ich es nicht über mich, die für mich vorgesehene Dame (meistens die dickere oder kleinere, flachbrüstigere und strammwadigere) ins Bett zu ziehen. Um diesem Sog ins Sexuelle zu entgehen, verwickelte ich diese belanglosen Bekanntschaften in philosophische Diskurse. Wir sprachen über das Sein, das Bewußtsein der Existenz, über religiöse Grundfragen und Karin. Ich stufte mich als extrem liebesbedürftig ein, aber von einem One-night-stand versprach ich mir keine Linderung in meiner maskulinen Krise. Wahrscheinlich ahnte ich bereits, daß etwas *aus mir heraus* geschehen mußte. Luithard dagegen folgte hemmungslos seinem Geschlechtstrieb. Wenn er mit seinem Geländewagen durch die Innenstadt donnerte, wurde er nie geblitzt. Er gehörte zu jener Sorte Männer, die immer einen Parkplatz fanden oder sich zumindest einen schufen. Er rauchte kleine Zigarren, trug stets einen silbernen Flachmann und ein Überlebensmesser mit sich herum. Luithard verbrachte mit Reinhold-Messner-Typen seinen Urlaub, betrieb regelmäßig Bodybuilding und joggte jeden Morgen dreißig Kilometer. Seine Konstitution nahm er zum Maßstab. Einmal begleitete ich ihn in die Sauna. Bevor ich das zweifelhafte Vergnügen genießen konnte, von halbnackten Taiwanmädchen massiert zu werden, schleppte Luithard mich mit einem Kreislaufkollaps an die frische Luft. Generell erschien er zu spät zur Arbeit und zeigte sich in der Wurzelbehandlung sehr ungeschickt. Deshalb führte ich sie aus, während er mit brachialer Gewalt Zähne zog. Seine Patienten, die er mit drei Togal nach Hause schickte, nannte er hinterrücks »arme blutende Säue«.

»Du mußt dich stählen«, pflegte er mir zu sagen und hielt inne. Auf einen zusätzlichen, freundlichen Klaps auf meine Schulter mußte er verzichten, seitdem er mir damit einmal einen Wirbel verschoben hatte.

Nach Biggi schloß ich mich ihm auf seinen Touren durch die Kneipen an. Bevor wir aus dem ersten Lokal traten, war ich schon betrunken. Ein anderes Mal besuchten wir gemeinsam ein norwegisches Fest. Einen Tag später erwachte ich im Krankenhaus. Alkoholvergiftung.

»Du bist einfach zu zart geraten«, erklärte Luithard in der Praxis. Trotz des vertraulich wirkenden Umgangstons konnte nicht von einer Männerfreundschaft die Rede sein. Mit Frauen verstand ich mich besser, dort stand ich nicht unter dem Zwang, pausenlos meine Männlichkeit beweisen zu müssen. Meine Eltern stellten mir immer wieder Heiratskandidatinnen ihrer Wahl vor. Meistens zogen diese Frauen (aus vermögendem Elternhaus) einen Mann wie Luithard vor. Ich trat sie gerne an ihn ab.

»Heirate, mein Junge«, riet mir meine Mutter beim Sonntagsessen. »Wir stehen schon mit einem Makler in Verhandlung.«

Zur Hochzeit wollten sie meiner unbekannten Braut und mir unbedingt ein Ferienhaus auf Teneriffa schenken. Sie begriffen nichts. Für sie ging es immer so weiter. Aber der Tag würde kommen, an dem ich nicht mehr käuflich sein sollte.

6.

Conny trug ihr strohblondes Haar offen und pflegte mit dem Make-up sehr sorgfältig umzugehen. Ihr grauer Faltenrock saß genau, und ihre seidene Bluse war gerade so weit geöffnet, daß das zierliche Amulett auf ihrem Brustbein zur Geltung kam. Conny arbeitete im Vertrieb einer Elektronikfirma, doch sprach sie nicht gern über ihren Beruf. Vielmehr interessierte sie sich für meinen Alltag. Nach Biggi war Conny ein Labsal für mich. Sie vertraute mir von der ersten Minute an.

»Ich überlasse Ihnen das kulinarische Feld, mein Lieber«, sagte sie bei »Da Giacomo«.

Ich erwähnte meine (seinerzeit noch schwächlich konstruierten) Mann-Theorien, dozierte über meinen lang gehegten Wunsch nach Veränderung, nach dem Ablegen der maskulin-abgefeimten Maske. Meine Rede, die sich erst mit jedem weiteren Wort fester formte, schritt voran. Ich war nicht sicher, ob Conny mich verstand, oder ob ich womöglich für ein erstes Treffen zu intim geworden war. Sie jedoch nickte noch ein wenig verständnisvoller, wenn mein Ton eine Spur verzweifelter wurde. Bis zum *formaggio* (Käse) erwies Conny sich als eine phantastische Zuhörerin. Das ist heutzutage eine sehr rare Gabe.

»Ich bewundere Ihre Offenheit. Damit haben Sie schon eine Hauptlast von sich nehmen können«, sagte sie anerkennend und fügte ein Süßstoffstückchen in ihren Cappuccino.

»Was ist aber«, erwiderte ich vom eigenen Ernst bewegt, »wenn ich bekenne um des Bekennens willen. Wenn ich mich also nur mit Erkenntnissen zufriedengebe, statt an mir zu arbeiten?«

Einen Augenblick sah sie mich freundlich-nachdenklich an, und ich sah Zähne, die einen Mann meines Berufes in Euphorie versetzen konnten.

»Ich kenne die Männer«, erklärte Conny selbstsicher. »Sie dagegen sind von britischer Zurückhaltung, ein Gentleman, ein wahrer Kenner der weiblichen Seele.«

Bescheiden schlug ich die Augen nieder.

»Finden Sie?« Ich war erstaunt, wie offenkundig sie meine ungeheure Sensibilität bewunderte. Ihre Aussagen schmeichelten mir. Und es tat gut.

»Ich kann das beurteilen«, sagte Conny. »Ich bin eine Frau und sehr zärtlichkeitsbedürftig. Die Natur schuf mich scheu, zurückhaltend und leicht verletzlich.«

Ich weiß nicht, ob es am Wein lag, an den langen Kerzen, der süßlichen Hintergrundmusik im »Da Giacomo« oder an meiner Bereitschaft, mich fallenzulassen. (Das war zwar unmännlich, aber auch nicht besser.) Dieser Augenblick des Abends hatte mich jedenfalls sehr ergriffen. Ich spürte das Wasser in meine Augen steigen, und ich konnte nur noch heiser »Ich könnte dir niemals weh tun« flüstern.

»Das weiß ich doch«, sagte sie milde und ergriff meine Hand. »Du hast ja auch den hippokratischen Eid geleistet.«

In dieser Nacht nahm sie mich mit liebevoller Rücksicht.

Conny, so schien es mir, war die Frau an der Seite eines Mannes, mit der er alle Hindernisse und Widrigkeiten überwinden konnte. Sie nahm mein Leben vollkommen neu in die Hand. Bereits am ersten Abend motivierte sie mich, meine Wohnung zu renovieren. »Kein Wunder, daß du so bedrückt bist. Ist dein Innenarchitekt heroinsüchtig?«

Verlegen zuckte ich die Achseln und starrte auf die lila Wand.

»Tod allen Unterdrückern, Tod allen Menschenschindern und Tod allen Tierquälern!« stand dort mit Eddingstift geschrieben. Biggi war stolz darauf gewesen, ihre Ansichten nicht mit einer Farbsprühdose verewigt zu haben.

»Frauenpower!« verkündete die gegenüberliegende Wand.

»Du liebe Güte. Dieses Dunkel muß einen Mann doch in seinen Grundwerten erschüttern«, befand Conny. »Deine Wohnung sollte hell und freundlich sein. Das wird sich doch ändern lassen.« Zwei Tage nach unserem Kennenlernen standen wir in alten Klamotten in meiner Wohnung, umgeben von Plastikplanen, Leitern, Farbeimern und Lammfellrollen. Wir mußten die Wände sieben- bis achtmal tünchen. Lila ließ sich nur schwer decken.

Conny beseitigte rigoros die letzten Überbleibsel von Biggi. Selbst das tote Kätzchen entfernte sie in einer halsbrecherischen Aktion aus der Rinne. Nur vom Zusehen bekam ich schweißnasse Hände. Das Weißblech und die Zeitungen verschwanden.

»Müll sammeln ist einfach, aber wenn sich niemand um die Entsorgung kümmert. Du liebe Güte.«

Jedesmal, wenn sie »Du liebe Güte« sagte, zuckte ich unweigerlich zusammen.

Allmählich trat die ursprüngliche Geräumigkeit meines Apartments zum Vorschein. Conny polierte mein Bad mit schärfsten Reinigungsmitteln, während ich die Klassik-Compact-Discs sortierte. Sie entfernte sogar die hartnäckigsten Schlieren der Hennafarbe, hängte meine alten Bilder wieder auf und fand für Warhols »Hohler Zahn« einen günstigeren Platz.

»Das Bild paßt so schön zu dir«, bemerkte sie lächelnd. Bevor ich fragen konnte, wie das gemeint sei, kroch sie schon wieder auf dem Boden herum und beseitigte bisher unentdeckt gebliebene Dreckhäufchen des Kätzchens. Meine Möbel erhielten eine Politur, die Fenster wurden geputzt, die Heizkörper geschrubbt. An allen Fenstern postierte sie Yucca-Palmen (»Machen kaum Arbeit!«). Auf den Fensterbänken brachte sie Blumenkästen voller Usambaraveilchen unter. (»Die geben dem Raum eine neue Note.«) Sie schlug Biggis handgetöpfertes Tongeschirr zu Scherben und legte sie in die Böden der Blumentöpfe. Die Terrasse verwandelte sich in einen hängenden Garten, in eine kleine Oase. Unermüdlich wischte sie unter den Teppichen, brachte das Innere der Kleiderschränke in eine eigene logische Ordnung, mit der ich heute noch nicht zurechtkomme, kaufte mir neue Hemden und Krawatten und bestand darauf, daß ich BOSS- und Armani-Anzüge trug. Sie wusch den Kühlschrank mit Essigwasser aus und reinigte das Flusensieb meiner Waschmaschine. Sie würzte meine *pasta* mit Maggi nach. Mein Klo verstopfte sie mit Damenbinden. »Wenn du wüßtest, was es für mich bedeutet, dir ein wenig zur Hand zu gehen.«

Sie entdeckte Kenni mit Schultüte auf einem Foto und fand ihn »süß«. Je mehr ich ihr von Karin erzählte, desto mehr bestärkte sie mich darin, erneut um das Sorgerecht zu kämpfen. Meine einzige Selbstkritik bestand darin, morgens mit bangem Schritt die Waage zu besteigen. Ich hatte in den wenigen Mastwochen fast sieben Kilo zugenommen.

7.

Unangenehm wurde es, als wir Connys Eltern in der Pfalz besuchten. Sie lebten recht gut von einer kleinen Schuhfabrik, die mit einer Firma in Italien kooperierte. Wir genossen den Tag auf der Gartenterrasse ihrer Eltern und blickten versonnen auf die endlosen Reihen von Weinreben, die sich bis zum Horizont erstreckten. Conny und ihre Mutter servierten oder deckten pausenlos ab. Der Vater sprach mich mit »Herr Doktor« an und versuchte, mich in die Welt des Schuhs einzuführen. Herr Doktor hier, Herr Doktor da. Und immer wieder Herr Doktor. Kurz bevor wir abfuhren, nahm der alte Herr sogar sein Gebiß heraus und bat mich voller Vertrauen, es zu begutachten. Meine Eltern schienen ganz ähnlich von Conny begeistert zu sein. Die Augen meiner Mutter glänzten. Endlich konnte sie ihre Fürsorge getrost einer anderen überlassen. Seit ich zu Conny eine Beziehung unterhielt, erschienen sie jeden Sonntag zu Kaffee und Kuchen. Gemeinsam blätterten sie in den reich bebilderten Katalogen der Makler: Ferienhäuser auf Teneriffa. Conny reichte selbstgebackene süße Stückchen und servierte aus Rücksicht auf die unvorhersehbare nervliche Verfassung meiner Mutter koffeinfreien Kaffee. Schon die positive Einstellung meiner Eltern hätte mich mißtrauisch machen müssen.

Conny wurde unentbehrlich. Sie wusch meine Kleider, bügelte sogar Strümpfe und Unterwäsche. »Es wäre doch Lacoste gegenüber eine Schande«, erklärte sie mit einem Lächeln, das keinen Widerspruch zuließ. Ab sechs spielten wir Karten oder planten, wohin uns der erste gemeinsame Urlaub führen sollte. Jeden Abend rauschte die Spülmaschine, ratterte der Wäschetrockner und rumpelte die Waschmaschine. Ich verstand mein eigenes Wort nicht mehr.

»Für mich ist *das* Musik«, pflegte Conny allabendlich die Geräuschkulisse zu kommentieren. Sie reduzierte ihren Job auf zwanzig Stunden, um ihr Pensum in meiner Wohnung zu halten.

»Du mußt das doch nicht alles machen«, sagte ich nach dem Essen eines Abends zu ihr, als ich ihr beim Ausräumen der Spülmaschine zusah. »Ich kann doch eine Putzhilfe einstellen.«

»Du liebe Güte. Du hast Ideen, mein Lieber. Eine Putzfrau macht das doch nicht richtig. Die vertrödelt ihre Zeit, und ich muß trotzdem nachwischen. Das ist rausgeworfenes Geld, wenn du mich fragst.«

Das leuchtete mir ein.

Kurz darauf fuhren Conny und ich für drei Wochen ins Elsaß. Wir bewohnten ein abgelegenes, entzückendes Häuschen. Ein Hexenhaus, klein aber stilvoll. Mit einer knarrenden Holztreppe und einem romantischen, wilden Garten. Jeden

Morgen ließ Conny mich ausschlafen. Sobald ich aufgestanden war, setzte ich mich an den Kaffeetisch. Conny hatte schon mit einem Fahrrad, das im Schuppen stand, frische Baguettes geholt. Mir war es peinlich, mich bedienen zu lassen.

»Du liebe Güte! Ich habe diesem Urlaub nur zugestimmt, damit du dich einmal richtig von deinem anstrengenden Beruf erholen kannst«, entrüstete sie sich.

Während Conny noch einmal den letzten Schliff an Ordnung ins Ferienhäuschen brachte, markierte ich Wanderrouten auf der Karte oder überprüfte den Ölstand des Alfa Romeo. Täglich wanderten wir drei bis sechs Stunden und betrachteten die wundervolle Natur. Blühende Bäume, grüne Felder und freundliche Bauern, die uns gelegentlich auch Äpfel schenkten. Conny packte uns vor dem Abmarsch ein paar Happen und einen Genever in ihren Rucksack. Meine Vorstellungen von Idylle wurden Wirklichkeit. Ich ruhte ausgestreckt im Schatten eines Baumes, kaute versonnen auf einem Halm, während Conny mit geschickter Hand eine wilde Wiese in eine Picknickoase verwandelte: Wurst, Käse, Baguette, Trauben. Sogar den Auto-Aschenbecher hatte sie für mich mitgenommen.

»Ist es nicht wie im Paradies?« fragte sie schwärmerisch.

Das Wetter blieb in diesen Tagen beständig, ich litt nicht unter den gesundheitlichen Folgen (Unwohlsein, Schwere in den Gliedern, Ziehen in einer alten Platzwunde) eines Wetterumschwunges. Es mangelte unserem Glück an nichts.

Die Abende verbrachten wir in den örtlichen Weinstuben. Conny und ich nahmen über zwei Wochen *choucroute* mit Pinot Noir zu uns. Das galt schon als fester Programmpunkt unserer heiteren, unbeschwerten Ferientage. Am neunten oder zehnten Urlaubstag – nach einem weiteren Verzehr von Sauerkraut – fühlte Conny sich unbehaglich. Sie bekam Magendrücken. Ich reichte ihr noch ein Glas Genever, bevor ich schlafen ging. Am nächsten Morgen bemerkte ich schlaftrunken vor mich hinblinzelnd sofort, daß etwas nicht stimmte. Kein Kaffeegeruch. Rasch wandte ich mich um. Conny lag im Bett. Kreidebleich. Ich bot ihr ein Glas Genever an, das sie jedoch ablehnte.

»Ich habe mich mehrmals übergeben müssen«, flüsterte sie.

»Wieso hast du mich nicht geweckt?«

»Das habe ich ja versucht, obwohl ich weiß, wie sehr du deinen Schlaf brauchst, mein Lieber.«

Sie lächelte gequält. Warum konnten es nicht Zahnschmerzen sein!

»Du hast mich«, fuhr sie mit gesenkter Stimme fort, »kurz angesehen, ›So viel Elend kann ich nicht sehen‹ gemurmelt, dich abgewandt und bist wieder eingeschlafen.«

Entsetzlich! Daran konnte ich mich nicht erinnern, und ich begann, mir Entschuldigungen zurechtzulegen. Conny streichelte meinen Arm.

»Mach dir bitte keine Vorwürfe.«

»Ich werde in die Apotheke fahren und dir ein Medikament holen«, sagte ich entschlossen.

»Ich brauche nur Salzstangen. Heute abend geht es mir bestimmt schon wieder besser«, erklärte sie mit einer Zuversicht, die mich überzeugte.

Ich stand auf und benutzte die kleine Gästetoilette, denn im Bad lagen noch grobe Pfützen ihres Erbrochenen. Mit bereits leichten Kopfschmerzen suchte ich nervös nach Teebeuteln und stellte Wasser auf, brachte Conny Tee, ein paar Plätzchen und legte ihr einen feuchten Lappen auf die Stirn. Erinnerungen aus längst vergangenen Kindheitstagen stiegen in mir hoch. Meine Großmutter verwöhnte mich als Kind während einer Krankheit mit Rindfleischsuppe. Im Zustand kranker Ermattung bedeutete diese Suppe einen ungeheuren Trost für mich. Ich beschloß, Conny ebenso zu verwöhnen, obwohl ich nur *pasta* zubereiten konnte. Mit einem Einkaufszettel, auf dem ich auch nicht das Kopfschmerzmittel für mich vergessen hatte, brauste ich los. Es nieselte. Bei meiner Rückkehr war aus meinen Kopfschmerzen ein übermächtiger Migräneanfall geworden. Meine Augen verdrehten sich in bohrender Pein, meine Kehle wurde trocken, der Nacken schmerzte und war steif. Langsam kroch der Brechreiz in mir hoch. Conny lag im leichten Dämmerschlaf. In der Wohnung hatte sich nichts verändert. Mir fielen die Salzstangen ein, die nicht auf meiner Liste gestanden hatten. Schweiß brach mir aus, und ich beschloß, mein Kochvorhaben aufzuschieben. Das Flimmern vor meinen Augen wurde erst besser, als ich meinen erschöpften Körper zu Conny ins Bett legte. Das feuchte Tuch, das sie beiseite gelegt hatte, nahm ich an mich und legte es mir über die Augen. Sofort fiel ich in tiefen Schlaf – die beste Medizin gegen Migräne.

Zwei Wochen nach dem Aufenthalt im Elsaß, kehrte ich nach meinem ersten Tennismatch mit Luithard verschwitzt nach Hause zurück. Vor der Tür, dies war die neueste Übung, putzte ich mir meine Schuhe ab, zog sie aus und schlüpfte in Hausschuhe aus Fast-Schwiegerpapis Fabrik.

»Ich habe dir Badewasser eingelassen«, säuselte Conny zärtlich und küßte mich obligatorisch. In letzter Zeit kam sie immer häufiger auf die Beendigung ihres Arbeitsverhältnisses zu sprechen. Ich entspannte mich und hörte Conny die Küchenmaschine bedienen. Vermutlich backte sie gerade einen Kuchen. Ich lehnte mich zurück, atmete ruhig und genoß das warme Wasser. Leise knisterte der Schaum. Ich dachte an dies und das. Dann kam mir völlig unverhofft ein Gedanke, der mich in seiner Bedeutsamkeit erzittern ließ: Ich wurde verwöhnt! Pausenlos!

Conny machte einfach alles. Damit aber demonstrierte sie mir mein totales Versagen als Mann. Mit ihr würde ich nicht aus den bestehenden Normen entweichen können, sagte ich mir in der Badewanne. Sie verhielt sich streng nach altpatriarchalischem Brauch. Da meine neue Mannfindung gefährdet war, mußte ich gezwungenermaßen mit ihr brechen.

8.

Wie ich Unordnung verabscheue! Wenn es etwas gibt, das mich in Rage bringen kann, dann sind es Sektgläser, leere Flaschen und volle Aschenbecher auf meinem Arbeitstisch in der Praxis.

Zwischen meinen Abrechnungen lagen Chips und Nüsse, auf Unterlagen hatten sich Glasränder gebildet und Wurstbrote gammelten blaß vor sich hin. Auf meinem Sessel lag ein grüner Slip. Meiner war es nicht.

»Was regst du dich auf?« fragte Luithard, auf das Chaos angesprochen. »Wir haben vorhin ein bißchen gefeiert.«

Er zwinkerte auf unverschämte Weise meiner Assistentin Rosi zu.

»Warum gerade auf meinem Schreibtisch?« wollte ich wissen. Rosi begann die Abfälle aufzusammeln.

»Warst ja nicht da«, meinte Luithard und klapste mir auf die Wange. »Wärst du dabeigewesen, hättest du ja mitfeiern können, alter Sack. Wo steckst du denn die ganze Zeit?«

Tatsächlich hatte ich mich mehr und mehr in mein Schneckenhaus zurückgezogen, um die Trennung von Conny besser zu verkraften. Ich hatte mich in Arbeit gestürzt. Von morgens bis abends nahm ich Patienten an. Ich gab Spritzen, zog Zähne, erklärte mit unermüdlichem Ernst, wie die Zähne richtig geputzt wurden. Ich setzte Prothesen ein, schlug mich mit schreienden Kindern und entsprechenden Müttern herum, die nur mühsam ihre Hysterie unterdrückten.

Männer waren noch schlimmer. Breitbeinig und mit unsicherem Lächeln ließen sie sich auf dem Behandlungsstuhl nieder. Froh, es hinter sich zu haben, verschwanden sie wieder. Manche wimmerten. Rosi besaß ein ungeheures Einfühlungsvermögen. Sie lächelte die angegriffenen Herren kokett an, gab ihnen neues Selbstwertgefühl und einen neuen Termin. Ich legte Füllungen, ich bohrte Füllungen heraus. Immer wieder, tagtäglich. Spritzen, bohren, Füllungen legen. Zwischendurch hörte ich mir die Kriegserlebnisse meiner älteren Patienten an. An Wochenenden polierte ich Zahnfüllungen, präparierte Zähne für spätere Kronen (Inlays und Onlays), die ich selbst herstellte. Ich wartete brav bis der Ofen das Metall auf 1000 Grad erhitzte. Und immer wieder polierte ich die Kronen, die ich gegossen hatte. Ich begann wissenschaftlich zu arbeiten, da mich die Kronenherstellung zu langweilen begann. Kinderspangen waren mir verhaßt. Erst Nachforschungen über Stomatitiden und Gingivitiden brachten mich weiter. Ich verbrachte Stunden in den wissenschaftlichen Bibliotheken, las, schrieb, kopierte. Unter anderem verfaßte ich für das *Deutsche Zahnarztblatt* Aufsätze, hielt Vorträge im Klinikum und besuchte Schulen und Kinderheime, um Kindern das Zähneputzen nahezubringen. Drei Monate waren seit der Trennung verstrichen. Arbeit half. Zu Hause ging mir Marietta, eine Putzhilfe (A.B.O.S.-Vermittlungsservice) aus Mexiko, zur Hand. Sie versorgte meinen Haushalt mit dem Nötigsten und bereitete zweimal die Woche Tortilla für mich zu. Allein zum Blumengießen benötigte sie zwischen 45 und 50 Minuten. Und das für 29 Mark die Stunde. Außer saugen und wischen durfte Marietta nichts in meinem Wohnzimmer machen. Auf dem Boden lagen stapelweise Fachbücher, Kopien und Notizen. Es mochte für andere ein Durcheinander darstellen, für mich war das Wissenschaft.

Luithard mochte recht haben. Ich schottete mich ab, war zu keinem Vergnügen mehr bereit. Um das schlechte Gewissen zu mildern, das Rosi für beide hatte, fragte ich freundlich: »Was habt ihr denn gefeiert?«

»Wenn du das nicht weißt«, meinte Luithard und zündete sich eine Zigarre an. »Du bist vielleicht ein Sepp!«

»Ihren Geburtstag«, sagte Rosi und drückte mir einen zaghaften Kuß auf die Wange. Sie roch nach Alkohol und Tabak.

Meinen Geburtstag hatte ich vollkommen vergessen.

»Gratuliere!« rief Luithard jovial und nahm mich so fest in den Arm, daß prompt ein paar Gelenke knackten.

Gemeinsam überreichten sie mir feierlich eine längliche Papprolle. Ich packte aus. Es war die Fotografie eines Sonnenuntergangs mit einem orientalischen Mann und einem Esel im Gegenlicht (matt, 60 × 80 cm).

»Das habe ich in Ghana gemacht«, erläuterte Luithard. Ich war gerührt. Luithard, der Macho aller Machos, der primitive Wüstling und Weiberheld, der Alkoholapostel, hatte mir etwas *Persönliches* geschenkt. In den letzten Jahren erstand er meine Präsente überwiegend im Sexshop. Ich besaß einen Karton mit einer stattlichen Anzahl an aufblasbaren Puppen, Dildos, Vibratoren und japanischen Liebesringen.

»Übrigens, hast du noch Kontakt zu deiner Ex-Frau?« fragte er und stupste Asche auf meinen Schreibtisch.

»Karin? Selten.«

Nach dem Ende mit Conny hielt ich mich ganz bewußt von ihr fern. Warum soll ich sie mit meinen Problemen belasten, sagte ich mir. Immerhin sind wir geschieden.

»Wieso fragst du?« Neugierig sah ich Luithard an.

»Nun, sie ist hier«, erklärte er seelenruhig.

»Was? Sie ist hier? Und das sagst du mir erst jetzt?«

»Sie hat verfluchte Schmerzen.«

Ich eilte sofort hinaus.

»Karin, was machst du denn hier?«

Wir gaben uns Küßchen. Sie trug einen sehr schönen Sommerrock. Aber mit dem gequälten Ausdruck in ihrem Blick reihte sie sich in jene Horden Gepeinigter ein, die sich von meinen Händen Linderung ihrer Leiden versprachen.

»Meine Zahnärztin ist im Urlaub. Bevor ich irgendeine Vertretung aufsuche, komme ich lieber zu dir«, erklärte sie und hielt ihre Hand an die rechte Wange.

»Das ist nett.«

Es war das erste Mal, daß sie mich als Zahnarzt aufsuchte, nachdem ich ihr während des Studiums einmal in der Uniklinik höllische Schmerzen bereitet hatte. Sie schien ebenfalls daran zu denken.

»Ich hoffe, du hast etwas dazugelernt.«

Karin beschrieb ihre Symptome.

Um sie zu beeindrucken, mystifizierte ich meine Diagnose.

»Vermutlich eine Pulpitis.«

Worauf sie nichts erwiderte. Ich klopfte auf den Zahn, sie zuckte. Auf die Wirkung der ersten Spritze wartend, erkundigte sie sich nach Biggi.

»Ich habe nie wieder etwas von ihr gehört. Du?«

»Sie lebt in einer libanesischen Frauen-Wohngemeinschaft und läßt dich grüßen.«

»Oh, danke«, sagte ich und gab ihr die zweite Spritze.

»Sie hält dich«, meinte Karin, »für eine besondere Art von Anarchisten.« Dann verstummte sie. Die Spritzen wirkten.

Ich erzählte von mir und Conny, während ich mit der Turbine die Füllung herausbohrte. Anhand eindeutiger Beispiele versuchte ich ihr zu erklären, was für ein Typ Frau Conny war und bohrte mit dem großen Diamant, bis die Karies offenlag. Ich hatte gründlich über unsere Beziehung nachgedacht und konnte meine Situation in der Beziehung argumentativ gut darstellen.

»Weißt du, die Einsamkeit hat mir zu vielen Einsichten verholfen.«

Mit dem Winkelstück und dem Rosenbohrer excavierte ich die Karies und prüfte mit der Sonde, ob das Zahngewebe noch hart war. Aber die Karies war bis zum Nerv fortgeschritten. Ich sprach über meine Eltern und fiel in die Pulpa. Meine Eltern hatten die Trennung überhaupt nicht verstanden. Sie telefonierten noch regelmäßig mit Conny und versuchten aus ihr herauszubekommen, woran unsere Beziehung gescheitert war. Einmal die Woche rief mich mein Vater an und flehte, ich solle Conny eine Chance geben. Sie sei bereit, alles für mich zu tun, meinte er.

»Das ist es ja«, sagte ich zu ihm, aber er verstand nicht. Immer wieder führte er mir ihre kulinarischen Fähigkeiten vor Augen. Auch Mutter lud mich am Telefon zum Essen ein. Nur widerstrebend gab sie zu, daß Conny anwesend sein würde. Nachdem die Kronenpulpa entfernt war, fuhr ich mit der Nervnadel in die Wurzelkanäle und entfernte den Nerv. Mittlerweile blutete Karin stark, und Rosi vergaß über meinen Worten öfter das Absaugen, worauf ich sie nicht nur einmal ernsthaft zur Sorgfalt ermahnte. Schließlich erklärte ich mich Wochen später einverstanden, zum Essen zu erscheinen. Diesmal sagte Conny ab. Sie habe, so berichteten mir meine Eltern bleich vor Entsetzen, ihren Traummann kennengelernt. Die Wurzelkanäle wurden mit dem Kerrbohrer und der Hedströmfeile aufbereitet. Meine Rede endete mit jener Erkenntnis, die mich in der Badewanne übermannt hatte. Ich war eindeutig profeministisch eingestellt. Karin wurde geröntgt. Ich hatte den ganzen Nerv erwischt, konnte jetzt das Loch vergrößern, um es endgültig mit Paste zu verschließen. Meine Erkenntnisse schienen sie mitgenommen zu haben, stellte ich fest, als ich Karin zur Tür begleitete. Jedenfalls brach sie wohl aus Rücksicht auf meine Gefühle nicht in höhnisches Gelächter aus.

»Karin«, sagte ich, »wenn du wüßtest, was mir unsere Gespräche bedeuten.«

Kühl sah sie mich an – eine klare Nachwirkung der Operation. Unter großer Mühe brachte sie eine Gratulation zum Geburtstag hervor und kramte aus ihrer Tasche ein kleines Geschenk.

»Vielleicht nützt das deiner Mannfindung«, kommentierte sie das kleine Päckchen und ging. Ich weiß noch, wie ich ihr nachsah und dachte: Was für eine tapfere, kleine Frau.

Ungeduldig riß ich das Papier ab. Es war ein Buch aus dem Manneswort-Verlag von Stanislaus Lublinskij mit dem Titel *Männer lieben lieber. Oder?*

Die Lektüre sollte mein Leben grundlegend verändern.

Verliere keine Zeit. Lese und begreife, Karin, stand als Widmung auf der ersten Seite.

»Rosi«, sagte ich zu meiner Assistentin, »keine Patienten mehr für heute.«

9.

Der Staubsauger dröhnte. Unmöglich, einen klaren Gedanken zu fassen. Marietta arbeitete sich mit dem Gerät durch die ganze Wohnung.

Solange sie hier für Ordnung und Sauberkeit sorgte, kann ich nicht die notwendige Konzentration für das Buch aufbringen, sagte ich mir. So beschäftigte ich mich mit Nebensächlichkeiten. Um einen Zeitaufschub zu erwirken, nahm ich eine Dusche, rasierte mich anschließend mit dem Elektrorasierer, setzte mich auf die Toilette, las so lange Packungsinschriften von Entkalker und Scheuermilch, bis ich von draußen kein Geräusch mehr vernahm. Leise schlich ich mich aus der Tür. Marietta kniete mexikanisch fluchend im Wohnzimmer vor dem Staubsauger. Mit einem Schraubenzieher versuchte sie, meine aufgesaugten Notizzettelchen aus dem

Schlauch zu retten. Verblüfft sah ich zu, wie sie als nächstes das Gerät in seine Einzelteile zerlegte. Sie war nervös, zu Recht, und stocherte im staubigen Müllbeutel nach meinen wissenschaftlichen Erkenntnissen. Ich indes suchte seufzend mein sicheres Badezimmer auf, um meine Nase und Stirn auf Mitesser zu überprüfen. Dank meines kritischen Blicks in den Vergrößerungsspiegel entdeckte ich noch kleine Bartstoppeln, die mir Anlaß für eine zweite Rasur gaben.

Mit einem uralten, weinroten Handstaubroller (Geschenk einer Nachbarin, Mutter verschieden) versuchte Marietta den Dreck zu beseitigen, den sie bei der Demontage verursacht hatte. Auf dem Stapel meiner Notizen lagen kleine, bis zur Unlesbarkeit eingerissene Zettelchen, geschmückt mit dicken Staubflocken. Stöhnend pinselte ich mir das Gesicht mit Rasierschaum ein. Mit einer ungeheuer scharfen Klinge kappte ich meine Barthaare ein weiteres Mal, wobei ich mir zwei beachtliche Schnittwunden um den Lippenbereich herum zufügte. Ich wusch mir die Haare, legte Toilettenpapier auf die kleinen blutigen Rinnsale, tätschelte mir mitleidig die Wangen. Lustlos wedelte ich mit dem Fön herum. Bei meinem dritten oder vierten Ausgang war Marietta endlich verschwunden. Hinter dem Sofa lagen zahlreiche Einzelteile meines ehemaligen Staubsaugers fein säuberlich sortiert.

Mit dem Buch *Männer lieben lieber. Oder?*, das ich mir begierig schnappte, machte ich es mir auf dem Sofa bequem. Ich wußte, sobald ich das Buch erst einmal in meinen Händen hielt, würde ich es nicht einen Augenblick eher beiseite legen, bis ich es Kapitel für Kapitel, Seite für Seite, Zeile für Zeile gelesen hatte. Deshalb erschien es mir notwendig, einen Vorrat an Getränken in meiner Nähe unterzubringen. Der Kasten mit Sprudelwasser war leer, Bier und Wein erschienen mir als flüssige Literaturbegleiter wenig ratsam. Kaffee vertrug ich in letzter Zeit nicht mehr. Mein Magen rebellierte und quittierte jeden Kaffeekonsum mit düsterem Gluckern und unangenehmen Krämpfen. Chrysanthementee erschien für den Anlaß genau richtig. Das Teenetz hatte ein unappetitliches Stadium erreicht, braun und starr. Tatsächlich – wann hatte es das letzte Mal Tee gegeben? Erst vor wenigen Tagen hatte ich ein neues erworben, konnte mich aber beim besten Willen nicht mehr entsinnen, wo es geblieben sein mochte. Das Wasser kochte seit geraumer Zeit, doch das neue Teenetz ließ sich einfach nicht auffinden. Ich suchte, kramte, wühlte in allen Schubladen, sah hinter den Konserven nach, ja, entdeckte meinen vermißten Spargelschäler…, das Netz jedoch blieb verschwunden. Besessen durchforstete ich die entlegensten Stellen meiner Küche, zog gereizt die Schubladen aus ihrer Verankerung heraus, stieß auf veraltete Kontoauszüge, meinen alten Parker-Kugelschreiber und eine Zeichnung von Kenni, die er mir als vierjähriger Knabe zum Geburtstag geschenkt hatte. Die Symbolik rührte mich nur kurz, meinem Teenetz kam ich keine Spur näher. Am Ende bot meine Küche ein Bild der Verwüstung. Marietta kam erst nächsten Freitag wieder. Resigniert verwendete ich schließlich zum letzten Mal das alte, braune, unhygienische Netz, mußte dazu aber frisches Wasser aufkochen lassen. Kaum hielt ich den Kandiszucker in meiner Hand, entfuhr mir ein leiser, entsetzter Aufschrei. Ich erkannte unter dem Zucker das vermaledeite Netz. Weiß und unberührt lag es in seiner Plastikfolie.

Niemand wird mich ansprechen, mich stören oder unterbrechen, sagte ich mir. Mit fiebernder Vorfreude auf einen vielversprechenden Abend goß ich mir eine Tasse Tee ein.

Der Umschlag des Lublinskij-Buches (gelb, grau und lila) zeigte einen Mann, der den Knoten seiner Krawatte gewissenhaft überprüfte. Sein Kopf war nicht abgebildet. Voller Erwartungen las ich den Text auf der Rückseite.

Dieses Buch berichtet mit ernüchternder Schonungslosigkeit vom heutigen Mann…

erklärte der Verlag. Ich nahm einen kleinen Schluck aus der Tasse. Hierbei verbrannte ich mir sofort die Lippe und goß vor Schreck den brühendheißen Tee auf meine Hose. Zwanzig Minuten scheuerte ich mit Waschmittel an dem Fleck herum. Im Jogginganzug kehrte ich zum Sofa zurück.

Bis in die tiefsten Abgründe blickt der Autor in die männliche Seele und beleuchtet – moralisch gesehen – die schamlose Ausnutzung der Frau von der Vergangenheit bis zum bitteren Heute.

Vorsichtig tastete ich meine Lippe ab. Wie sie schmerzte!

Ein ebenso faszinierendes wie enorm wichtiges Buch. Es ist aufklärerisch, radikal, mutmachend und legt den Finger direkt auf die Wunde. Lublinskijs Selbstanalyse ist echt und kein weiteres pseudopsychologisches Werk. Dieses Buch ist für Männer und *Frauen das wichtigste, das uns zur Zeit auf dem deutschen Buchmarkt angeboten wird. ›Cosmopolitan‹*

Mein Magen murrte.

Eine kleine Sensation. Männer sollten sich dem, was der Autor zu sagen hat, und er hat uns wahrhaftig etwas zu sagen, bedingungslos stellen. ›Vogue‹

Ich nahm einen abgekühlten Schluck. Einen Augenblick überlegte ich, ob es mir jemals gelingen würde, meinem Staubsauger wieder zu seiner ursprünglichen Form zu verhelfen.

Lublinskij läßt uns alle an seinen persönlichen Erfahrungen teilnehmen. Der gebürtige Weißrusse setzt neue Maßstäbe im Denken und Glauben. Männern wird dieses Buch sehr viele Schmerzen bereiten. Frauen sollten Männern, die sich in des Autors Sinne bemühen, unbedingt unterstützen. Am besten lesen sie es vorher, um mißverständliche Reaktionen entsprechend auffangen zu können. ›Christ und Welt‹

Ein Ziehen in der Magengegend. Reagierte mein Magen nun schon auf Tee?

Männer ändern sich, zwar ungeheuer langsam und schwerfällig, aber sie ändern sich. ›Marie-Claire‹

Was dieses Buch bringen wird, werden erst unsere Kinder und Kindeskinder erfahren. Denn eine neue wünschenswerte Generation wird heranwachsen. Für sie wird all das selbstverständlich sein, was sich Männer heute nur mit unnachgiebiger Strenge selbst auferlegen. ›Harpers Bazaar‹

Keine Minute länger hielt ich es aus. Rasch betrat ich erneut die Küche, schmierte ein paar Brote, kochte mir Eier hart, schnitt Paprika klein und Tomaten auf. Zwischendurch schob ich mir eine Weinbrandpraline (Rest von Conny. Seufzen.) nach der anderen in den Mund.

Für Lublinskij werde ich ohnehin die ganze Nacht brauchen, dachte ich. Was nützte mir die Entmystifizierung meiner wanzigen Existenz auf zweihundert Seiten im Wohnzimmer, wenn ich nicht gestärkt an meine Veränderung ging.

»Karin, Biggi, Conny – ich stehe auf der Schwelle meiner Mannfindung!« rief ich euphorisch. Vorsorglich fügte ich noch einen kleinen Rest Bohnentortilla auf das Tablett.

Selten aß ich mit solchem Appetit. Ich ahnte ja, welche Anstrengungen auf mich zukamen.

Kurz darauf, die Kanne mit dem Tee war geleert, verspürte ich ein dringendes Bedürfnis, gab dem nach, säuberte, wenn ich schon im Bad stand, meine Zahnlücken mit einem Zahnstocher. Ausgerechnet an diesem Abend überkam mich die Lust auf Zigaretten. Unglücklicherweise fanden sich keine im Haus.

In Hausschuhen (made in Rheinland-Pfalz) lief ich zum Automaten, zwei Block weiter. Da ich schon einmal auf der Straße war, konnte ich auch ein paar Kleinigkeiten einkaufen. Rotwein, Weißwein und ein Weißherbst; Gin, Zitronen, Knabbersachen, Obst, zwei neue Teenetze für alle Fälle.

Endlich war es soweit: Von Getränken und Lebensmitteln umgeben, nach zwei heftigen Zügen an meiner Zigarette, schlug ich, mich auf dem Sofa fläzend, das Vorwort auf. Das

Telefon klingelte. Meine Eltern gratulierten mir zum Geburtstag und baten mich inständig, heute noch bei ihnen vorbeizukommen. Ich durfte sie nicht enttäuschen. Es wurde spät, sehr spät.

10.

Bei dem Leser mag der peinliche Eindruck entstanden sein, ich wollte mich vor der Lektüre drücken. Dies entspricht in keiner Weise der Wahrheit. Widrige, ungünstige Umstände, bösartige Zufälle, höhere Gewalt waren es, die mir jeden Versuch, das Buch zu lesen, zunichte machten. Meinen übertriebenen Arbeitseifer der vorangegangenen Wochen möchte ich hierzu als Beispiel heranziehen. Auf meinen eigenen Wunsch hin hatte Rosi auf zwei Monate im voraus zahlreiche Patienten im Terminkalender untergebracht. In dieser Zeit trug ich das Buch jedoch überall mit mir herum. Wo ich auch hinging, Lublinskij war stets dabei. Selbst wenn sich überdeutlich abzeichnete, daß ich nicht zum Lesen kommen würde, so blieb mir doch die Notwendigkeit der Lektüre im Bewußtsein. Nie verlor ich das Bändchen aus den Augen. Knapp 14 Tage später lag es auf meinem Couchtisch. Danach befand es sich auf dem Nachttisch. Die Aufbewahrungsorte wechselten tagelang: Bücherablage (Toilette), Frühstückstisch, Sekretär, Bett, Stehpult, Wäschekommode, Kühlschrank, Stuhl im Schlafzimmer, Sofa, Sessel, Zeitschriftenstapel, Wäschetrockner, Autositz, Schreibtisch in der Praxis, Stuhl (Küche), Sofa, Bettvorleger, Kühlschrank. Drei Tage blieb es spurlos verschwunden, tauchte neben dem Sack für schmutzige Wäsche wieder auf, dann: Fernseher, Stehpult, Sofa, Sofa, Sofa, Altpapier, Bett, Nachttisch, Videofach, Küchenschrank, Fensterbank, Terrasse, Badewannenrand, Stereoanlage, Computerschreibtisch, Aktentasche. Hin und wieder gesellte sich der Lublinskij auch zu den medizinischen Büchern und fand darauf wieder zum Stehpult zurück. Ich nahm das Buch zu meinen Eltern mit, zur Arbeit und sogar einmal zum Schwimmen, brachte es stets wieder wohlbehalten nach Hause. Der Zeitpunkt, sagte ich mir, es kommt auf den richtigen Zeitpunkt an.

Währenddessen hörte ich nichts von Karin. Das Gespräch über meine kaum wahrgenommenen Besuchszeiten ging mir sehr nach und verdüsterte meine knappe freie Zeit mit Melancholie und Depression (Sibelius). Als ich anrief, meldete sich Kenni. »Hier ist dein Vater, ist deine Mutter da?«

»Mam! Ist für dich«, rief er.

»Ich würde Kenni gerne am Wochenende abholen«, sagte ich.

»Am Wochenende soll das Wetter umschlagen«, erklärte Karin trocken.

»Na und?« Ich mußte mich doch sehr wundern. »Was hat denn das damit zu tun?«

»Ach«, sagte sie scheinheilig, »nur falls du dir deine Migräne nehmen willst.«

Bevor ich falsch reagierte, erwiderte ich lieber nichts auf die Stichelei. Einem Menschen seine Krankheit vorzuwerfen, gehört wirklich nicht zur feinen Art.

»Auf jeden Fall solltest du das mit Kenni selbst ausmachen. Kenni!« rief sie. »Ist für dich.«

»Jaaa«, hörte ich meinen gelangweilten Sohn.

»Ich würde dich gerne am Wochenende abholen.« Ich sprach mit aller mir gegebener Zärtlichkeit.

»Geht nicht.«

»Was soll das heißen?« Ich wechselte die Tonlage.

»Na, geht nicht, heißt geht nicht. Hab Turnier.«

»Turnier?«

»Fußball. Der Verein kann auf seinen besten Stürmer nicht verzichten.«

»Und nächstes Wochenende?« säuselte ich.

»Geht nicht. Sommerferien. Ich geh' zelten mit 'ner Gruppe. Drei Wochen.«

Vielleicht wollte er mich nur nicht sehen. Wer konnte es ihm verdenken – mein Versagen war zu groß gewesen, um auf seine Güte zu vertrauen.

»Wie wäre es mit Mittwoch nachmittag?« Mein letzter Versuch. Wenn er nun ebenfalls ablehnte, war ich abgeschrieben.

»Geht klar«, sagte er. Begeistert klang es nicht.

»Toll«, sagte ich. »Ich hole dich von der Schule ab. Wir können ja zusammen essen gehen.«

Es gab für mich so viel wiedergutzumachen. Ein ernstes Gespräch, in dem ich ihm meine Lage darstellte, würde unsere Bande wieder enger knüpfen.

»Kommste mit dem roten Flitzer?« fragte er noch.

»Natürlich.«

»Okee. Aber auf Oma und Opa habe ich kein Bock.«

»Nein, nein«, beschwichtigte ich ihn. »Nur wir zwei.« Und mit verschwörerischem Ton fügte ich hinzu: »Von Mann zu Mann.«

Die Abneigung gegen die Großeltern schien durchaus berechtigt. Entweder wollten sie ihn baden und zum Friseur schicken (eine Strähne schlängelte sich bis zu seinen Schulterblättern), oder sie nannten ihn pausenlos *Schätzelchen* und forderten ihn auf, *Opa-Papi* oder *Oma-Mami* zu ihnen zu sagen. Hinzu kam, daß sie Kenni auf taktloseste Weise über den Lebenswandel (Männer) seiner Mutter ausfragten und ihm als Zeichen der Liebe (!) eine Spange anfertigen wollten, die er gar nicht benötigte.

Gegen eins warf er einen Ghettoblaster und seinen Ranzen auf den Rücksitz und sprang mit Schwung über die Beifahrertür in meinen Wagen.

»Tach Kumpel, gib schon Gas«, sagte er, und ich mußte ihn zum Anschnallen auffordern.

In letzter Zeit redete mich Kenni öfter mit Kumpel an. Irgendwie lagen mir Begriffe wie Papa, Paps, Vater, Vati erheblich näher. Als ich Kenni darauf ansprach, schlug er mir vor, ihn einfach Partner zu nennen. Die seltsamen Ausdrücke gingen wahrscheinlich auf seinen hohen Fernsehkonsum zurück. Nicht, daß ich Karin Vorschriften machen wollte – ich wußte ja, wie schwer sie es als Alleinerziehende hatte –, aber welchen Namen gab er ihr? Puppe?

Wie körperlos unsere Beziehung war. Kein Kuß, kein Streicheln, kein In-den-Arm-Nehmen. Wir waren zwei vom Killerinstinkt des Mannes getriebene Objekte.

Kenni fummelte an meinem Autoradio herum, gab sich weder mit der Senderauswahl noch mit dem Klang (»gequetschter, ungetunter Sound«) zufrieden. Er stellte schließlich sein eigenes Programm an, indem er eine Kassette in den Riesenrekorder schob. Fortan fuhr ich zu schlingernden, kreischenden, jaulenden Gitarrentönen, beklemmend-schnellen Schlagzeugrhythmen, zu denen sich eine hysterische Stimme, die sich allem Anschein nach die Seele aus dem Leib brüllen wollte, gesellte. Abgesehen davon, daß wir jetzt als bedrohliche Lärmkulisse durch die Straßen kurvten, war an ein ernstes Gespräch nicht mehr zu denken.

»Sollen wir was essen?« schrie ich.

»Was?« Kenni tippte an sein Ohr.

»Möchtest du zum Italiener, Griechen oder Türken?« kreischte ich.

»Waaas?«

Mit der freien Hand machte ich eine Essensgeste.

»MÄC!« schrie er.

Ich staunte nicht schlecht, wieviel Kenni an Hamburgern, Huhn, Sauce und Pommes verschlingen konnte. Vorsichtshalber probierte ich nur einen Hamburger. Dazu schlürften wir Cola Light mit Strohhalmen aus Pappbechern.

Dieser Mahlzeit verdankte ich eine Erkenntnis, die ich meinen Patienten weitergeben konnte. Auch zahnlos ließen sich diese soften Hamburger kleinmalmen. Ich testete eine Pommes. Die ideale Ernährung für Gebißproblemfälle. Versonnen lutschte ich weiter an dem Pommes frites, als der Manager an unseren Tisch trat und mich dazu zu bewegen versuchte, die Lautstärke des Rekorders zu senken. Ich selbst hatte nichts zu Kenni gesagt, sondern stumm auf baldiges Versagen der Batterien gehofft.

11.

»Was unternehmen wir als nächstes?« fragte ich ihn nach dem dritten Milchshake. In Gedanken sah ich uns durch Museen streifen, im Zoo herumwandern oder eine Architekturausstellung bewundern. In mir besaß Kenni einen Vater, den er bedenkenlos ausfragen konnte. Soweit es mir möglich gewesen wäre, hätte ich die Welt für ihn neu definiert. Es gab viele Themen, die ein Kind beschäftigen. Warum die Umweltverschmutzung nicht weiter voranschreiten durfte, weshalb es noch immer Kriege gab oder wie Zähne richtig gepflegt wurden. Ich hätte Ratschläge geben und das Vertrauen, das er in mich setzte, festigen können. Statt dessen klapperten wir in der Innenstadt die Kaufhäuser ab. Wieso mußte ich ihm jedesmal, wenn wir uns sahen, neue Turnschuhe kaufen?

Wenige Stunden später saßen wir in einer anderen Filiale von McDonald's. Der Rekorder lag im Kofferraum des Alfa. Eine stattliche Anzahl Einkaufstüten umgab unseren festgeschraubten Sitzplatz. Das Fastfood-Lokal schien mir nicht der angemessene Ort für ein Gespräch zwischen Vater und Sohn. Ich kostete den Kaffee in der Plastiktasse, spürte sofort einen Krampf im Magenbereich (ich sollte zum Arzt gehen) und sah mit väterlichem Lächeln zu, wie Kenni Eiskrem von seltsamer Konsistenz verspeiste. Daß er für sein Turnier neue Fußballschuhe mit Stollen benötigte, sah ich ein. Sollte der Verein verlieren, weil es zu einer ordentlichen Ausrüstung nicht reichte? Den Trainingsanzug kaufte ich unter der Bedingung, daß er ihn nach dem Spiel, wenn er verschwitzt war, anzog. Zusätzlich verhalf ich ihm zu neuen Jeans, wobei ich nicht begreifen konnte, warum zerrissene Hosen teurer ausfielen als ein intaktes Paar. Obwohl mir persönlich die Cowboystiefel aus Schlangenleder nicht zusagten, erfüllte ich ihm auch diesen Wunsch. Immerhin hatte er ja vor kurzem Geburtstag gefeiert.

Erst nach dem Kauf erzählte er mir von einem Fernsehstar (Parzival Kimberly?!), der diese Stiefel in jeder Serie trug, um seinen Gegnern damit in die Testikel zu treten. In einem Phonogeschäft stellten wir seinen Batterie- und Kassettenvorrat wieder her. Kenni legte mir noch einen hübschen Stapel CD's auf den Arm, die sich musikalisch kaum von der Kostprobe im Auto unterschieden. Auf den verschiedenen Covers spielten sich zwischen Skeletten und Zombies heftige Schlachten ab.

»Papa«, bat er und kniff ein Auge zu. Ich hatte mich nicht verhört. Nicht Kumpel: Papa! Kennis kindlicher Charme umgarnte mich dermaßen, daß ich mich fragte, ob ich nicht mit ihm und Karin wieder zusammenleben sollte, wie eine große, heile Familie. Karin besorgte ich ein Alpenveilchen. Leider wußte ich nicht mehr genau, ob sie Alpenveilchen liebte oder verachtete.

Mit Händen und Füßen dagegen mußte ich einen Kinobesuch abwehren. Obskure, muskelbepackte Krötenmenschen mit ehernen Gesichtszügen, narbenübersäten Oberarmen, angeschossenen strammen Schenkeln, richteten eine großkalibrige Waffe auf den Betrachter. Wer wollte schon von einem Kinoplakat auf seine Lebenserwartung hingewiesen werden...

Dafür schleppte mich Kenni noch so lange auf eine Kirmes, bis ich auch die Geldreserve für das Benzin ausgegeben hatte. Vielleicht konnten wir erst miteinander reden, wenn er fünfzehn geworden war.

Karin bot mir ein Glas Rotwein an. Das Alpenveilchen auf der Fensterbank nahm sich ausgesprochen hübsch aus. Kenni war zeitig schlafen gegangen und hütete seine neuen Sachen im Bett.

Karin und ich saßen schweigend da und genossen die Stille.

»Was ist das?« fragte Karin. Sie wies mit dem Finger auf ein kleines Päckchen.

»Zahnbürsten, Zahnseide und Fluorgel.«

Eigentlich wollte ich Kenni noch zeigen, wie die Zähne korrekt gepflegt wurden, aber mein Sohn war zu müde gewesen.

Gedankenverloren sah sie mich an.

»Was denkst du?« fragte ich naiv. Ich wußte ja zu diesem Zeitpunkt noch nicht, daß es genau jene Frage war, die alle

Männer auf der ganzen Welt stellten – und die alle Frauen auf der ganzen Welt haßten wie die Pest. (Oh, Lublinskij!)

»Ich dachte nur an früher«, sagte sie.

Harmonie erfüllte mich. Welche Frau kannte mich so gut wie meine Ex-Frau. Mit Freundschaft, Partnerschaft, Liebe und Verständnis könnten wir eine zweite Chance haben. Hätte sie mich in diesem Augenblick gefragt, ich wäre sofort in ihre Wohnung gezogen. Auch Karin spürte meine wallenden Gefühle, denn sie strich mir mehrmals über die Hand.

»An früher?« Meine Stimme war sanft und leise. Karin zündete sich eine Zigarette an. Sie lachte zärtlich.

»Weißt du, was ich früher an dir immer gehaßt habe?«

»Was denn?«

Hastig blies sie den Rauch nach oben.

»Daß du dir immer vor'm Bumsen die Zähne putzen mußtest.«

12.

Im nachhinein betrachtet, muß ich über meinen Erfindungsreichtum lächeln, als es darum ging, das Buch *Männer lieben lieber. Oder?* nicht zu lesen. In der Zwischenzeit schob ich den Lublinskij tatsächlich vor mir her. Wie ich das alles erst jetzt durchschaue. Damals fühlte ich nur das Unbehagen. Da waren diese Ängste vor einer Veränderung bestehender Formen. Die Zukunft schien unsicher, und woher sollte ich die Gewißheit nehmen, daß die Mannfindung wirklich Positives bewirken würde. Nach außen kehrte ich den »neuen Mann« heraus, der noch gar nicht existierte. Da war nur eine Ahnung, ein Phantom. Ich hangelte mich von einer Selbsttäuschung zur nächsten. Es war nur eine Frage der Zeit bis zum Absturz. Ich ließ mich von dem verstiegenen Gedanken leiten, meine Mannfindung wirklich zu wollen, ohne etwas dafür zu tun. Ja, ich hielt mich für einen Propheten, oder noch treffender, für einen Missionar. Mein Leben war eine Fata Morgana, mein Geist so komplett beschränkt, daß ich in meinem Größenwahn Lublinskijs Buch jedem empfahl, der es hören oder nicht hören wollte. Besonders unangenehme Gespräche beendete ich mit einem Hinweis auf Lublinskijs Buch und gab den durchaus nützlichen Rat, einmal einen Blick in das Buch zu werfen.

»Du wärst ganz schön überrascht, was der uns alles zu sagen hat«, lauteten meine Worte. Mit Sicherheit wäre ich selbst ziemlich überrascht gewesen.

Als ich zu allem Überfluß noch dazu überging, Lublinskijs Buch an meine Eltern und an Luithard zu verschenken, schwappte das Faß über: Ich kam unter die Männer.

»Himmel, ist es zu fassen? Blöde Gans!« Luithard schnaubte vor Zorn. Schniefend goß Rosi ihm eine Tasse Kaffee ein.

»Hör mal«, mischte ich mich ein. »Rosi ist unsere Mitarbeiterin. Das gibt uns aber nicht das Recht, sie zu beleidigen.«

»Ach, Scheiße! Kommt jetzt wieder deine Mannfindung aus der Sesamstraße?«

»Toben, Schreien, Fluchen – das ist typisch männliches Fehlverhalten«, sagte ich und starrte überrascht auf meinen erhobenen Zeigefinger.

»Du mußt sie auch noch in Schutz nehmen, was?« Konzentriert fügte er eine undefinierbare Flüssigkeit aus dem Flachmann in seinen Kaffee.

»Das ist eine Frage des Prinzips«, antwortete ich und griff auf meine bisher einzige feministische Quelle zurück: Biggi!

»Du bist antifeministisch, weil du als Mann den Kapitalismus in all seiner antiweiblichen Haltung darstellst und Rosi demütigst.« Ich kam regelrecht in Fahrt.

Luithard, der alte Macho, erwiderte auf diesen Vorwurf nichts. Das an sich war schon ein Erfolg. Nach einem Schluck Kaffee fragte er in einem wesentlich sachlicheren Ton: »Du findest anscheinend nicht, daß unsere herzallerliebste Maid nach so langer Praxiserfahrung als Zahnarzthelferin wissen sollte, wie herum die Nadel aufgesetzt wird?« Mit unverhohlenem Spott sah er zu Rosi, seine Stimme wechselte ins Zuckersüße: »Die Nadelspitze muß in das Zahnfleisch, Schätzchen. Die Spitze! Und nicht das Nadelende.«

Rosi schniefte über ihrem Kaffee. Schützend trat ich vor sie. Ausgerechnet ich wollte ihm die brutale Macho-Maske herunterreißen.

»So kannst du mit Frau Bauckmann nicht umspringen. Du demütigst sie *öffentlich* vor allen Leuten – nicht nur als Assistentin, sondern als Frau schlechthin.«

Auch wenn außer mir niemand zugegen war, lag doch keinerlei Anmaßung darin, mich zum Repräsentanten der Öffentlichkeit zu machen.

»So?« fragte Luithard mit verschränkten Armen unverbesserlich. »Bist du die erste männliche Suffragette in der Geschichte der Frauenbewegung geworden, oder was?« Ich überhörte diese unsachlichen Einwürfe.

»Rosi läßt sich nicht in deine schalen, verkommenen, frühpatriarchalischen Grundstrukturen einordnen«, gab ich zurück. Biggi wäre stolz gewesen.

Luithard öffnete das Fenster.

»Hörst du dir eigentlich noch selbst zu?«

Die folgende Ansprache war für einen Dilettanten und billigen Epigonen wie mich ein kleines Meisterwerk psychologischen Verständnisses. Eine Weile hatte ich sogar das Gefühl, mit meiner freien Rede die Grenzen zwischen männlich und weiblich endgültig eingerissen zu haben.

»Sieh doch mal«, sagte ich auf- und abgehend und tauschte den Begriff Miete durch Arbeitsverhältnis aus, »auch du als Mann kommst an einer Veränderung nicht vorbei. Fehlverhalten ist stets vorprogrammiert. Nur weil Rosi auch in deiner Praxis berufstätig ist, von der Doppelbelastung mal abgesehen, befindet sie sich noch lange nicht in unserem persönlichen Besitz. Aus dieser Machtposition heraus, als Arbeitgeber schüchterst du sie in ihrem Frau-Sein ein. Mehr noch, du bedrohst sie mit deinem Körper.«

Diesmal stimmte der Satz immerhin, denn mein Kollege nannte einen gewaltigen Corpus sein eigen. Luithard war ein Schrank von einem Mann.

»Hast du die *EMMA* auch für die Patientinnen abonniert, oder liest du die ganz allein auf dem Klo?«

»Mit solchen Äußerungen disqualifizierst du dich nur

selbst. Es mag dir natürlich erscheinen, dich durch Sarkasmus zu entziehen.« Wo hatte ich das her? Intuition? »Irgendwann wirst auch du durch die Erkenntnisse der Männerbewegung von deinem hohen Macho-Roß heruntergerissen werden. Dann wirst selbst du erkennen, daß Frauen so geehrt und geachtet werden wollen, wie du es für dich selbstverständlich in Anspruch nimmst.«

Obschon von der Thematik völlig unbedarft, hatte ich instinktiv das Richtige ausgesprochen. Zu diesen Sätzen kann ich stehen, und wenn eine Männer- oder Frauengruppe mich zitieren möchte, so überlasse ich ihnen gerne den vorangegangenen Absatz.

»Bist du sicher, daß wir beide von Frauen sprechen und nicht von Heiligen?«

»Spotte nur. Eine Veränderung muß sein – und sei es nur, um eine Mitarbeiterin nicht mit billigen Flüchen zu traktieren.«

»Traktieren?« Luithard schlug sich mit der flachen Hand gegen die Stirn. War diese Geste wirklicher Zorn oder ein erstes unbewußtes Anerkennen der Wahrheit? »Du willst dich ändern, Sensibelchen, aber laß mich aus diesem Scheißspiel«, erklärte er. »*Ich* bin nicht auf deinem erleuchteten Weichspültrip.«

»Eine Veränderung erscheint mir wie gesagt erstrebenswert.« Ich betonte jede Silbe. »Hast du übrigens schon das Buch gelesen, das ich dir geschenkt habe? Du wärst ganz schön überrascht, was Lublinskij uns alles zu sagen hat.«

»Ich gehe jetzt Händewaschen.« Luithard wandte sich an Rosi. »Liebste, Beste, Gnädigste. Würden Sie es aus Ihrem Beschäftigungsverhältnis und Aufgabenbereich heraus ebenso empfinden wie ich, daß es jetzt an der Zeit für den nächsten Patienten ist? Ich jedenfalls wäre Ihnen außerordentlich verbunden, wenn Sie es mit sich und der Kollege Schwester vereinbaren könnten.«

Rosi gab mir lächelnd die Hand, nachdem Luithard die Türe hinter sich zugeknallt hatte.

»Das war echt super, was Sie da eben gesagt haben. Von wegen Arbeitsverhältnis und Frau-Sein und so, aber«, und sie verkniff das Gesicht, während sie mir dieses Messer in die Brust stach, »ich kann auch Dr. von Terebelin verstehen. Er muß so hart arbeiten und verläßt sich da hundertprozentig auf mich. Manchmal, ich weiß auch nicht wie das kommt, bin ich ungeschickt. Da halte ich mich auch für eine blöde Kuh.«

Eine halbe Stunde später, ich war mitten in einer Wurzelbehandlung, kam Luithard auf einen Sprung herein.

»Mir fiel gerade was ein. Möchtest du einmal an so einem Sensibeltreff teilnehmen?« fragte er.

Das Gespräch war ihm also nachgegangen.

»Du meinst eine Männergruppe?« Innerlich begann ich zu zittern. Männer!

»So was Ähnliches. Mein Vetter Ludwig-Oswin veranstaltet Wochenendseminare für besonders zart geratene Kerlchen wie dich.«

»Und was geht dort vor sich?«

»Wahrscheinlich sind das Gruppensitzungen mit Gelaber und Übungen. Das magst du doch. Findet alles im Landhaus meines Onkels statt.«

Skeptisch erkundigte ich mich nach dem Beruf seines Cousins. »Psychologe?« wunderte sich Luithard und verzog den Mund zu einem breiten Lächeln. »Nein, nein. Ludwig-Oswin hält nicht viel von Titeln. Er wollte den Menschen Heil bringen, ohne sich der Belastung eines Medizinstudiums zu unterziehen, und so hat er einen Heilpraktikerlehrgang absolviert. Danach wollte er kurze Zeit Psychotherapeut werden, brachte das aber wegen seines Indienaufenthaltes nicht auf die Reihe. Meiner Meinung nach hat er so'n paar Ratgeber à la Lubdingsbums gelesen und bringt das jetzt an den Mann.«

»Du meinst, er macht das Seminar nicht auf psychologischer Basis?«

Luithard lachte.

»Toll, was. Diese Unabhängigkeit macht ihn doch echt sympathisch. Stell dir mal so eine echte Psychotype vor, die dir bis in die tiefsten Abgründe deiner Seele den psychotherapeutischen Eiter spritzt. Ludwig-Oswin dagegen macht das mit seiner Ausstrahlung und Menschenkenntnis. Der hat das Intuitive voll drauf, sag ich dir.«

Ich sah keinen Ausweg.

»Also, was ist?« Luithard machte nun ein ernstes Gesicht. »Ich bin dieses Wochenende ohnehin da unten und gehe mit meinem Onkel auf Jagd. Da könnte ich dich mitnehmen.«

Samstag morgen klingelte es Sturm.

»Wieso hast du deinen Schlafanzug noch an?« schrie Luithard. »Wir sind verabredet.«

»Werde doch nicht gleich laut«, sagte ich und griff nach meiner Wärmflasche.

Luithard lachte bitter.

»Du willst mir doch nicht erzählen, daß du jetzt zufällig krank bist?«

»Ich bekomme ein Gerstenkorn.« Vorsichtig zog ich das Lid meines linken Auges zur Ansicht herunter.

»Wo sind deine Koffer?« fragte er und durchwühlte meine Abstellkammer.

»Außerdem verspüre ich leichte Halsschmerzen. Könnte Angina werden oder so was«, fügte ich hinzu und sah, wie er meinen Samsonite auf das Doppelbett schleuderte. Er griff in meinen Schrank, stopfte wahllos ein paar Klamotten und Schuhe in den Koffer.

»Ich habe so ein Pochen in meinem linken Arm.«

»Wo sind deine Unterhosen?«

Ich ließ mich erschöpft in den kleinen roten Sessel fallen und wies ermattet auf die Kommode. Luithard warf ein paar Boxershorts zu den restlichen Klamotten und stapfte anschließend ins Bad.

Ich vernahm ein Scheppern. Kurz darauf trat er mit ein paar Waschsachen heraus, quetschte sie zwischen die anderen Sachen und verschloß den Koffer.

»Mein Herz sticht und ich habe leichtes Ohrensausen«, erklärte ich.

»In fünf Minuten bist du angezogen, du blöder Arsch.«

13.

Luithard nahm bei diesigem Wetter die Landstraße mit über 180 Stundenkilometern. Was uns in den Weg kam, wurde grob beiseite gehupt. In roter Daunenweste, blau-gelb kariertem Baumwollhemd, Bundeswehrhose und blauer Baseballmütze wirkte er noch massiver. Eine qualmende Zigarre steckte in seinem Mundwinkel. Schützend hielt ich mir mein leicht parfümiertes Taschentuch (Giorgio) vor die Nase. Die grauen Wolken zogen sich zu einem trostlosen Schleier zusammen – ein Tag zum Sterben.

»Ich glaube, ich bekomme auch noch Schüttelfrost«, rief ich in den Motorlärm hinein.

»Ach was«, meinte Luithard barsch und unternahm ein weiteres gewagtes Überholmanöver. »Bei mir sind nur die Stoßdämpfer hin.«

Nervös umklammerte meine Rechte den Haltegriff am Armaturenbrett. Der Anblick meiner jämmerlichen körperlichen Verfassung mußte Luithard doch erbarmt haben – jedenfalls schob er mir sein Heiligstes, den Flachmann, herüber.

Nach dem ersten Schluck hätte ich mich beinah erbrochen.

»Was ist das?« schrie ich, meinen Würgereiz unterdrükkend. »Flugbenzin?« Halberstickt faßte ich mir an den brennenden Hals. Das Innere meines Brustkorbs wurde heiß, die Knie zitterten. Ich spürte jede einzelne Haarwurzel auf meinem Kopf. »Topinambur, ein Schnaps aus irgendeiner Knolle. Bekomme ich jedes Jahr von einem Jagdgenossen. Wer davon nur einen Schluck nimmt, schießt garantiert einen Bock.«

»Was soll ich denn mit einem Bock?«

»Du bist das Therapiebaby. Ich werde mit meinem Onkel ein bißchen in den anliegenden Wäldern bumm-bummbumm machen. Schon vergessen? Da«, er wies in den Himmel. »Vorne bricht die Sonne durch.«

Luithard wollte einer Gruppe Wanderer mit Rucksäcken und Regenmänteln ausweichen und geriet mit quietschenden

Reifen auf die Gegenspur. Ich konnte die T-Shirt-Aufschrift des entgegenkommenden Lastwagenfahrers lesen. Tiefer und tiefer sank ich in meinen Sitz, als Luithard einen Mercedes brutal schneidend zu einer Vollbremsung zwang, die reguläre Spur erreichte und mit Vollgas und »Horrido«-Rufen an einer Gruppe schockierter Polizisten vorbeifuhr, die gerade im Begriff waren, eine Radarkontrolle aufzubauen. Bevor wir in einem Ampelstau zum Stehen kamen, lenkte Luithard wieder auf die freie Gegenfahrbahn. Mit Höllentempo brauste er auf die Kreuzung zu, was die Fahrer in den stehenden Autos auf meiner Seite dazu veranlaßte, lautstark zu hupen oder aufzublenden. Schon kam uns ein altmodisches Motorrad mit Beisitzer entgegen. Gezwungenermaßen riß mein Gefährte des Todes den Wagen auf den Seitenrand. Wir flogen über einen kleinen Graben und holperten querfeldein. Der Geländewagen mähte mühelos die gewaltigen Maispflanzen nieder. Ohne vom Gas zu gehen, riß Luithard das Lenkrad herum. Mit einer gewaltigen Staubwolke hinter uns, landeten wir erneut auf der Gegenspur. Die Insassen der stehenden Autos starrten uns mit offenen Mündern an. Wenigstens Luithard schien sich an seiner Fahrkunst zu erfreuen.

»Nur mit Bus und Bahn kommst du lebend an«, sang er und brach in Gelächter aus.

»Warum«, fragte ich, die Pflanzenreste betrachtend, die am Auto hängengeblieben waren, »warum fahren wir nicht auf der Autobahn?«

»Bist du wahnsinnig?« Er boxte mich auf meinen Oberarm. »Das ist ein Geländewagen.«

Mein Flehen um eine kurze Rast wurde überhört. Ich wollte Wasser und Durchfall von mir lassen und mich zusätzlich noch ein bißchen übergeben.

»Kurbel doch die Scheibe runter.« Luithard griff sich vom Rücksitz einen Sechserpack Dosenbier.

»Huiiiiii!« rief er jetzt bei jedem Wagen, den er überholte. »Huiiiiii!«

Mit einer Hand bedeckte ich meine Sonnenbrille, die andere lag auf Lublinskijs Buch in meiner Jackentasche. »Wenn ich das hier überlebe«, schwor ich stumm, »werde ich es unverzüglich lesen.«

Das Auto rauschte mit offenen Fenstern in einen Waldweg hinein. Da ich während der mörderischen Fahrt insgeheim mit meinem Leben abgeschlossen hatte, fielen nach einer Weile meine gesammelten körperlichen Beschwerden ab. Zu diesem Zeitpunkt ahnte ich nicht, welche positiven Aspekte erlebte Angst barg. Erst wesentlich später sollte ich erfahren, daß das Anerkennen von Angst und Furcht ein wesentlicher Bestandteil der Mannfindung war. Verwundert tastete ich meinen Hals ab.

»Ich bin geheilt«, murmelte ich.

»Das war der Topinambur«, sagte Luithard lachend. Wir fuhren an Feldern vorbei. »Willkommen auf dem Terebelin-Gut!« rief er feierlich. »Das gehört alles meinem Onkel. Und einige tausend Hektar drumrum. Der Wald, ein See und die saftigsten Weiden weit und breit.«

Ich sah aus dem Fenster. Kühe grasten friedlich.

»Gehören die auch deinem Onkel?«

Luithard legte sich mit dem Wagen in die Kurve.

»Ihm gehört hier einfach alles, mein Lieber. Vom Eichhörnchen bis zur Kuhscheiße.« Er hielt inne. Wir hatten Schüsse gehört.

»Haben die etwa ohne mich angefangen?« fragte er. »Na ja, du hast mit Onkel Brandolf nichts zu tun. Während ich mir ein schönes Wochenende beschere, mußt du an deinem Mann-Sein feilen. Denk dran, wo gehobelt wird, fallen Späne.«

»Blödmann«, sagte ich.

Ohne zu klopfen, öffnete er das schwere Portal eines ehemals fürstlichen Herrenhauses. Im Augenblick sah es hier wie auf einer Baustelle aus. Gerüste umrankten das Gebäude. Wir hatten eine Mischmaschine, Sand- und Kieshaufen passiert. »Tante Eugenia«, rief er im Haus und legte Büchse und Waidsack ab. Auf dem Absatz der gewaltigen Treppe stand eine 25jährige Frau, die mit jedem Dutzend Stufen, die sie herunterschritt, um eine Dekade alterte. Unten erreichte uns schließlich eine Dame Mitte fünfzig. Ihr Gesicht verriet deutliche Spuren operativer Glättungen. Wie alle Frauen, die sich das Gesicht liften lassen, besaß sie unnatürliche Züge.

»Du mußt entschuldigen, Lui, wir lassen zur Zeit streichen und umbauen«, begann sie und verschmierte seine Wangen mit Lippenstift. »Dieser verstaubte fürstliche Charakter muß weg, damit wir hier so ein Museum errichten können wie der Henri Nannen. Du kennst doch den Henri Nannen?« Ihr Blick musterte mich kurz, die langen Wimpern waren wirklich ein bißchen zu lang.

»Nicht persönlich.«

»Willst du mich deinem Freund nicht vorstellen?« fragte die Tante.

Luithard winkte ab.

»Der gehört zu Ludwig-Oswins Psychotruppe.«

»Ach so«, sagte sie gelangweilt, und jedes Interesse an mir erstarb. »Dein altes Zimmer ist gerichtet. Ich werde mal unserem Guru Bescheid sagen, daß Sie da sind.«

Damit ließ sie uns stehen.

Luithard zündete sich eine weitere Zigarre an.

»Bis dann, alter Knabe. Wenn's dir stinkt, kannst du jederzeit zu mir kommen.« Er zwinkerte. »Ich lasse nachts mein Fenster für dich auf.«

14.

Ich nahm alles intensiv in mich auf, denn immerhin hatte ich am Ende diesen Flop mit insgesamt zehntausend Mark finanziert.

Das astrale Erlebniswochenende unter besonderer Berücksichtigung des kompliziert-männlichen Innenlebens. Kompetenz und Inkompetenz unterscheiden. Die Frucht platzen lassen, das wahre Ich entdecken, hatte ich auf dem Fax in unserer Praxis gelesen. Siebentausend Deutsche Mark wurden am selben Tag von mir überwiesen.

Das riesige Foyer mit den weißen Wänden und den kalten

Strahlern verbreitete eine kühle Atmosphäre. Keine Ahnengalerie, keine schweren Lüster mit klimperndem Kristall.

Ein etwa vierzigjähriger, hagerer Mann im blauen Maoanzug und Sandalen trat auf mich zu.

»Herr Kollege, ich freue mich, daß du kommen konntest«, sagte er, ohne mir die Hand zu reichen.

Kollege?

Um den Hals trug er eine orientalische Kette, deren Glieder zum Teil unter seinen langen grauen Haaren verschwanden. »Das ist dein Zimmer«, sagte er feierlich und wies auf eine zweimeterfünfzig mal zweimeterfünfzig große Kammer mit einem kleinen getönten Fenster. Außer einer Strohpritsche und einem Aschenbecher stand nichts drin. Keine Bilder, nicht einmal ein Blumentopf. Er registrierte meinen leicht verwunderten Blick.

»Werter Kollege, wir sind hier, um hart an uns zu arbeiten. Wozu willst du dich ablenken? In diesem Raum kannst du dich ganz auf dich selbst konzentrieren. Ein Ort der Ruhe und Meditation.« Sein Ausdruck wurde verklärter: »Hat es nicht etwas Klösterliches?«

Ich schluckte. Wo war ich gelandet? Vielleicht sollte ich mir zur Sicherheit Luithards Fenster zeigen lassen.

»Hier bist du ungestört. Für Notfälle kannst du das Fax oder das rote Telefon benutzen.«

Wen sollte ich schon anrufen. Meine Eltern, Karin?

Ludwig-Oswin küßte mich plötzlich auf den Mund – ich erschrak.

»Nur um dir zu zeigen, daß ich nichts gegen dich habe«, sagte er sanft und streichelte meine Wange. Wie beruhigend.

Insgesamt sieben Seminarwillige nahmen am folgenden Champagnerumtrunk teil. Konnten wir unsere Mannfindung erfolgreich absolvieren, indem wir zur Begrüßung Champagner erhielten? Machten wir in diesem Fall nicht gerade mit jenem weiter, das wir abbauen sollten – dem Verwöhntwerden?

Ich mahnte mich zur Ruhe, warf mir vor, zu mißtrauisch zu sein.

Du bist zu emotional, dachte ich. Hypersensibel und feinfühlig.

Ludwig-Oswin stand abseits im ehemaligen Ballsaal. Er mied auch das Buffet eines hantierenden Partyservice. Die meisten Männer kompensierten die mittlere Größe des Tellers, indem sie ungeniert die kleinen Happen (Hummer, Krabben, Rebhuhn, kalter Braten, Salate, Avocados...) unansehnlich zu häufen begannen.

»Danke«, sagte der Gastgeber reserviert zu einem Mann, der ihm ein Glas reichen wollte. »Ich esse und trinke nur alle 24 Stunden.«

30 Minuten später brannten die ersten Zigaretten.

»Meine Herren, meine Herren!« Ludwig-Oswin klatschte kurz in die Hände. Das Raunen im Saal erstarb. »Liebe Freunde, lieber Herr Kollege«, das ging an meine Adresse. »Bevor wir miteinander über die intimsten Ängste des einzelnen sprechen können, müssen wir uns erst einmal kennenlernen. Ich schlage vor, daß jeder seinen Namen, seinen Beruf und seine Lieblingsfarbe nennt. Das wäre schon ein Anhaltspunkt.« Ein Mann vom Partyservice raunte dem Asketen hinter vorgehaltener Hand etwas zu.

»Oh, ich erfahre gerade, daß ihr schon jetzt euer Abendessen wählen müßt.«

Eine Liste ging herum und ich machte meinen Strich beim zweiten Menü.

Steinpilzsuppe. Hausgemachte Wildpastete mit Waldorfsalat (biologischer Anbau) und Sauce Cumberland. Gänsebraten von junger Freilandgans mit hausgemachten Kartoffelklößen und Apfelrotkohl. Als Dessert flambierte Waldfrüchte mit Vanilleeis und Brombeersorbet.

Immerhin schien die Verpflegung recht vielversprechend zu werden. Wie kam es nur, daß ich eine mir unbekannte Verachtung spürte, sobald ich Männer sah. Heute weiß ich, daß ich zwar die anderen nicht ausstehen konnte, sich aber meine Antipathie im Grunde gegen mich selbst als Mann richtete.

So ließen sich großartige Freundschaften knüpfen. Mußte ich nicht einen Mann, der als Farbe *chrom* (!) angibt, in mein Herz schließen? Namen, Farben und Berufe wurden in den großen Topf des Vertrauens geworfen. Warum nicht noch Sternzeichen und die Versicherungsnummer.

»Macht was draus«, sagte der große Asket. »Dies ist ein Anfang.« Und der charismatische Seminarleiter (»Seelenkoordinator (!), Lieblingsfarbe orange«) gab uns den Nachmittag zur eigenen Verfügung frei, pries noch die örtlichen Möglichkeiten des großzügigen Anwesens, die den Teilnehmern Tennis, Segeln und Golf erlaubten. Die Herren, diejenigen wenigstens, die für Sport ein Faible hatten, gründeten begeistert Zweierformationen. Einer (»Mein Name ist Bernd und ich bin Designer, deshalb schätze ich chrom, schätze ich.«) erkundigte sich nach Surfbrettern. Das Bootshaus barg auch diese und freudig begab sich Bernd in Radlerhosen mit Mustafa (Anlageberater, anthrazit) zum See.

Rudolf (beim Rundfunk tätig, blau) und Dieter (Redakteur, lachs) entschlossen sich zum Tennis. Peter (Jurist, grün) und Hubert (genannt Schorsch, freischaffend, davor Religionspädagoge, malve) versuchten es mit der Nautik.

Unentschlossen blieb ich mit Michael (»Ich heiße Michael und bin Bibliothekar. Meine Farbe ist rot, nein, äh, blau, äh, doch rot, ja rot.«) in der Einfahrt des Landhauses stehen. Obwohl der Tennisplatz über zwei Spielflächen verfügte, fiel diese Sportart für uns flach. Michael litt, der Morgen war klamm und feucht gewesen, an seinem kaputten Knie. Tatsächlich begann er augenblicklich zu humpeln. Segeln kam ebenfalls nicht in Frage. Er vertrug das Schwanken der Schiffskörper nicht.

»Bleibt nur Golf«, erklärte er mit einem kleinen Lächeln. »Spielst du Golf?«

»Tut mir leid«, sagte ich. »Ich kann Golf nicht ausstehen.«

»Was machen wir da bloß?« Irritiert blickte er sich hilfesuchend in die Richtung des großen Asketen um. Väterlich faßte der uns um die Schultern.

»Na, noch nicht einig? Ihr könntet die Natur erfahren und spazierengehen.«

Michael und ich waren alles andere als begeistert.

»Ihr wollt doch nicht in eure natürlich – männerorientierte Isolation zurück? Eine kleine Wanderung kann Wunder bewirken, obwohl ich da wiederum differenzieren muß. Jede Veränderung des Männlichen an sich ist harte Arbeit und kein Wunder...«

»Bist du das erste Mal bei so etwas dabei?« fragte ich, um das Eis zu brechen.

»Nein, äh, ja. Ich meine, ich war schon mal bei einer Selbsthilfegruppe, aber das war irgendwie nicht das richtige für mich. Hier ist es schon anders.«

Michael schaffte es immerhin, schon nach dreißig Metern auf sein Hinken zu verzichten. Im nahegelegenen Hain hörten wir Schüsse.

»Anders?«

»Na ja, du kannst deine Männlichkeit ausleben. Surfen, Golf, Tennis, segeln und so.«

Die nächsten fünf Kilometer hörte ich mir Michaels Kindheit an. Ich hätte ihm gerne von Karin erzählt, aber ich kam nicht zu Wort.

»Meine Jugend war eine Katastrophe, sage ich dir. Ich kann ja heute offen darüber sprechen. Inzwischen kann ich auch zugeben, daß mein Vater Gemüsehändler ist.«

Es folgten die tragischsten Erlebnisse: der Verlust des Batman-Autos mit fünf Jahren, der Wechsel aufs Gymnasium, der Wunsch, mit zwölf Jahren nicht länger Bettnässer zu sein, die erste und letzte Zigarette, die erste Freundin, die erste Frau, der frühe Tod des Cockerspaniels (vor zwei Jahren)...

Ich fragte mich, ob sich die Surfer und Tennisspieler auch so intensiv auseinandersetzten.

15.

Am späten Nachmittag trafen wir im leergeräumten Seminarraum auf die anderen. Weiße Wände, Terrassenfenster, Parkettboden, zugemauerter Kamin. Jeder von uns hatte sich ein kleines Kissen aus der Unterkunft mitgebracht. Uhren sollten auf dem Zimmer bleiben, hieß es. Der große Asket ruhte im Yogasitz und trug ein orangenfarbiges Kleid aus Seide. Auf seiner Brust baumelte das Amulett.

»Euer Körper ist ein Panzer. Die meisten Menschen atmen falsch. Der Atem ist das Spiegelbild eures Seelenlebens. Ich möchte jetzt, daß ihr alle in der folgenden Stunde auf euren Atem achtet. Versucht herauszufinden, ob ihr zu schnell oder zu flach atmet. Durch regelmäßige Atemübungen könnt ihr euch einer Krisensituation entziehen, euch zur Ruhe zwingen. Wer richtig atmet, ist entspannt, und der Körper wird nicht länger Panzer sein.«

Er atmete vor.

»Möchte jetzt einer von euch was sagen?«

Ludwig-Oswin faltete die Hände ineinander, sah sich abwartend in der Runde um. Die Männer hockten barfuß und mit Jogginghosen und T-Shirts bekleidet auf Matten. Nur ich trug Boxershorts und einen Rollkragenpullover; das Ergebnis von Luithards Packkunst. Sie bewiesen wenigstens soviel Anstand, sich nicht über meinen Aufzug lustigzumachen. »Die Zeit«, predigte Ludwig-Oswin feierlich, »die Zeit ist unendlich und beweist die Wahrheit nicht. Die Wahrheit ist die Wahrnehmung der Existenz des einzelnen. Dazu zählt auch Geist und Aura. Stirbt der Mensch, endet das Bewußtsein. Das Gehirn gibt jede Funktion auf, jede Möglichkeit der Wahrnehmung ist genommen. Den Beweis, wirklich existiert zu haben, bleiben wir schuldig.«

Noch einmal sah er uns eindringlich und mit ernster Miene an: »Möchte jetzt einer von euch etwas sagen?«

Ergriffen dachten wir über unsere Existenz nach. Wir hörten Wind. Der große Asket hatte den Kassettenrekorder eingeschaltet. Das Rauschen des Meeres, eine hauchende asiatische Flöte machten uns die Vergänglichkeit unseres Daseins deutlich. Mit theatralischen Bewegungen zog Ludwig-Oswin die schweren Vorhänge zu und verteilte im Halbdunkeln Kirschkernkissen. Brav hielten wir uns an seine Anweisungen. Michael hatte sich sofort in meine Nähe gesetzt. Während er sich auf dem Bauch liegend entspannte, massierte ich ihn mit dem Kissen.

»Achtet auf euren Atem!« rief der Asket, einen Handgriff von dem Rekorder entfernt.

Kurz darauf polterte Michael über meinen Rücken, wobei er, meiner Meinung nach, das Feingefühl vermissen ließ. Indem ich keine Minute meinen Atem außer acht ließ, erreichte ich dennoch ein beachtliches Stadium der Entspannung.

Der große Asket reichte jedem Paar einen kleinen Luftballon, als handele es sich um eine Hostie. Natürlich mußte ich unser grünes Exemplar aufblasen, da Michael um seinen Kreislauf fürchtete. Er und ich saßen uns gegenüber, den melonengroßen Ballon zwischen uns.

»Schließt eure Augen und versucht nun«, murmelte der große Asket beschwörend, »wortlos den Ballon in verschiedene Richtungen zu drehen. Achtet darauf, was euer Partner will.« Michael begann, den Ballon wie wild zu drehen. Eine Weile ließ ich dies zu, dann beschloß ich es auch einmal zu versuchen, indem ich mit meinen Fingerspitzen den Ballon seitwärts zu wenden begann. Michael fügte sich für ein Weilchen, bis er erneut die Führung an sich riß. Bei Bernd und Rudolf gab es einen Knall.

Keine Minute dachte ich darüber nach, was diese Übung mit Mannfindung zu tun hatte.

Auch wenn ich die ganze Zeit das Gefühl hatte, Michael würde mir viel lieber sein Herz ausschütten, kamen wir dennoch mit der nonverbalen Kommunikation zurecht. Ludwig-Oswin leitete mit sonorer Stimme zu den Entspannungsübungen für den einzelnen über. Bei dieser Meditation begannen meine Gliedmaßen ungeheuer schwer zu werden – ich lag in einem Wach-Traum-Zustand. Michael meckerte an meiner Seite ein bißchen herum, sein Kreislauf würde ihn flach liegend im Stich lassen, doch der große Asket stand ihm hilfsbereit zur Seite. Die Flöte hauchte immer sehnsüchtiger und monotoner aus dem Rekorder. Nicht nur ich kämpfte gegen die zunehmende Schläfrigkeit an.

»Wie fühlt ihr euch?« fragte der Guru. »Habt ihr die Zeit, ihr Gleiten, das Bewußtsein gespürt? Wie war euer Atem?«

Mühsam erhoben wir uns. Außer Peter, dem Rechtsanwalt. Bernd weckte ihn mit der nötigen Rücksichtnahme. Manche räkelten sich. Ich starrte auf meine schwarzen Füße und eine Weile befürchtete ich, sie würden einen unangenehmen Geruch ausströmen.

»Möchte jetzt einer von euch etwas sagen?« Begeistert blickte der große Asket auf seine entspannten Lämmer. »Habt ihr nicht gerade ein bestimmtes Gefühl in euch verspürt?«

Andächtig horchten wir in unseren vergänglichen Panzer hinein.

»Da ist etwas in euch, etwas, das wir aus der Tiefe an die Oberfläche geholt haben«, sagte er und befestigte eine graue Strähne hinter seinem Ohr. »Spürt ihr es? Könnt ihr es lokalisieren?«

Verzweifelt suchte ich in meinem Inneren nach einem passenden Gefühl. Das war typisch für mich. Ich setzte mich zu gerne einem Prüfungsstreß aus. Daß ich in dem Augenblick kein Gefühl in mir verspürte, beunruhigte und deprimierte mich. Wozu das Ganze, fragte ich mich niedergeschlagen. Unsere Existenz ist nicht einmal bewiesen.

»Gebt dem Gefühl einen Namen, wie würdet ihr es nennen?« Der große Asket gab nicht auf.

Nach einer langen Pause meldete sich Rudolf (beim Rundfunk, blau): »Ich spüre meinen Hunger.«

»Du meinst das Verlangen? Die Lust auf Sex?« Der große Asket legte zur Unterstreichung seine Hand auf die Höhe seines Geschlechts.

»Nee, du, eigentlich nicht«, antwortete Rudolf (beim Rundfunk, blau). »Weißt du, ich rieche schon seit ungefähr einer halben Stunde das Abendessen. Das macht mich echt total fertig.«

16.

Während Michael noch seine Decke akkurat zusammenlegte, floh ich zu den anderen ins Speisezimmer, fand zwischen Bernd (chrom) und Dieter (lachs) Zuflucht. Auf der lila Tischdecke standen silberne Kerzenständer und eine riesige Uhr (wessen Idee das wohl war) mit weißem Zifferblatt, die ohne Zeiger laut tickte. Wurden sonst Tische mit Obst dekoriert, lagen hier antike Uhrenteile.

Ausschließlich männliche Angestellte vom Partyservice bedienten zuvorkommend. Alle Seminarteilnehmer, bis auf mich, trugen noch ihre Jogginganzüge. Meine Boxershorts (Motiv Warhol-Bananen) beschämten mich.

Obwohl die Tafel sehr breit war, versuchte Michael mir gegenüber einen Platz zu bekommen. Weder Grün noch Malve waren bereit, zur Seite zu rücken. Vor weiteren Bekenntnissen befand ich mich erst einmal in Sicherheit. Über meine Steinpilzsuppe gebeugt, hielt ich vorsichtig nach meinem »Kollegen« Ausschau. Der große Asket kauerte abseits auf dem Boden, aß aus einer Schale Reis mit seinen langen Fingern und trank dazu Evian.

Ich war froh, Michael entkommen zu sein. Verstimmt suchte er sich am anderen Ende des Tisches einen Platz. Während des Tischgesprächs wurde ich Zeuge allesverachtender, himmelschreiender Blödheit und urpatriarchalischer Hirntrockenheit.

Chrom und Lachs plauderten über die Meditation an sich. Erfahrungen hatten sie schon in der Volkshochschule gesammelt, und gemeinsam bedauerten sie die mangelnden Möglichkeiten im eigenen Heim. Frau und Kinder forderten Aufmerksamkeit, der Hund mußte raus, Vereinstreffen, Parteistammtisch... Lachs behauptete, Meditation zu »trainieren«, während Grün einen Freund einer Freundin seiner Frau erwähnte, der im Herbst völlig umgekrempelt aus dem Terebelin-Seminar zurückgekehrt sei. Grüns Frau, begeistert von der Veränderung, meldete ihren Gatten sogleich an.

»Ich müßte im Grunde meiner Frau dankbar sein«, faselte

Grün und machte sich über seinen Salat her. »Ich wollte ja zunächst nicht.«

Chrom und Malve verdankten ihren Aufenthalt ebenfalls ihren Partnerinnen. Malves Gattin wäre vor kurzem das Buch eines Russen in die Hände gekommen. Seitdem wollte es im Hause Malve nicht mehr stimmen. Unentwegt beanstandete sie sein Verhalten.

»Sag mal«, fragte er mit FDP-Miene, »sehe ich vielleicht wie ein Macho aus?«

Grün brachte noch einmal die Luftballonübung zur Sprache. Nur um den ständig schwelenden Streit mit seiner Frau abzubauen sei er hierhergekommen, praktisch im Dienste seiner Beziehung. »Seit dieser Luftballongeschichte...« schwafelte er, »Junge, Junge, da kommen mir meine Probleme mit ihr banal vor. Da sind Kinder da draußen, die verhungern. Tag für Tag, und ich kabbel mich mit meiner Alten. Sobald ich zurück bin, werde ich ihr erklären, was mir vorhin so durch den Kopf gegangen ist.«

Ich fegte die Krümel beiseite. Innerlich aufgebracht, hatte ich mein Brot zerbröselt. Zum Glück nahm der Geräuschpegel ab, als die Hauptspeisen eintrafen. Michael machte mir Zeichen, die ich beflissentlich übersah. Der Gänsebraten zerging auf der Zunge, doch der vorige Gesprächsstoff schmälerte seinen Genuß.

Chrom, ein Mann mit stämmiger Figur und einem Geflecht protziger Goldkettchen am Handgelenk, fühlte sich bemüßigt, über seinen Panzer laut nachzudenken. Zunächst habe er befürchtet, sich an diesem Wochenende unter die Softies zu mischen. Der Anblick der parkenden Wagen aus der S-Klasse beruhigte ihn. Malve und Grün wünschten mehr Männer an diesem »wundervollen Erlebnis« (Luftballons) teilhaben zu lassen.

Lachs bewies psychologisches Talent und überraschte uns mit seiner These, die besagte, Männer hätten große Angst, Gefühle zu zeigen.

Grün, offenbar Leser der gleichen Illustrierten, stimmte ihm zu: »Wenn mehr Männer in Seminare gingen, gäbe es nicht so viele Herzinfarkte.«

Während des Essens sprachen fast alle äußerst kräftig dem Alkohol zu. Angeduselt planten sie die Gründung von Umerziehungsschulen in ganz Deutschland. Der große Asket war glücklicherweise außer Hörweite. Schweigend verbog ich meinen Dessertlöffel unter dem Tisch.

Eine bessere Organisation würde den Zulauf garantieren, fand Chrom und entwarf mit den Fingern in der Luft eine Lichtreklametafel: »Changing-Man-Zentrum. Die einzige Meditationskette. Über 250 mal in Deutschland.«

Mit entsprechender PR (Rundfunk, Fernsehen, Programmzeitschriften) könnte eine regelrechte Massenbewegung ins Leben gerufen werden. Mittlerweile wurde geraucht. Im Qualm wurden die ersten Schwerpunkte besprochen. Diplome (mit Siegel) nach Teilnahme, Regelungen mit den Krankenkassen und, und, und. Sprachlos hörte ich zu. Aber ich konnte nicht länger schweigen, als Grün vorschlug: »Wir sollten den komischen Russen einladen. Die Frauen fahren total auf den Typen ab.«

»Das ist kein komischer Russe«, platzte es aus mir heraus. Ich knallte mein Glas auf den Tisch. »Er heißt Stanislaus Lublinskij und hat die Lage der Männer bestens analysiert.«

Verstummend starrte mich die versammelte Farbskala an.

»Genau«, rief eine Stimme hinter mir. Michael! Und dann folgte ein Satz, der mir glatt den Boden unter den Füßen wegzog.

»Ihr«, rief Michael mit rotem Kopf, »ihr wärt ganz schön überrascht, was der uns alles zu sagen hat.«

17.

Um nicht wieder in ein peinliches Gespräch verwickelt zu werden, zog ich mich auf mein Zimmer zurück. Da ich keinen Schlafanzug hatte, ließ ich die Boxershorts an, legte mich aufs Bett und achtete sorgfältig auf meinen Atem. Der große Asket hatte uns geraten, früh schlafen zu gehen.

»Es ist jetzt halb neun«, sagte er, bevor er sich verabschiedete. »Schaut, daß ihr um zehn im Bett seid. Achtet auf euren Atem. Morgen früh werden wir gleich nach dem Frühstück eine Intensivsitzung abhalten. Da werdet ihr eure ganze Kraft brauchen.«

Mein Atem war langsam und regelmäßig. Eine halbe Stunde später putzte ich mir die Zähne und legte mich schlafen. Kurz darauf klopfte es.

»Stör ich dich?« fragte Michael mit einer Weinflasche und zwei Gläsern in den Händen.

»Nein, komm nur herein«, sagte ich. Vor so viel Ausdauer kapitulierte ich. Eigentlich hatte ich gar nichts gegen ihn. Natürlich weiß ich jetzt, daß Michael nur meine Freundschaft suchte, eine Freundschaft, die mir noch sehr viel bedeuten sollte und deren Entstehung ich damals durch Anmaßung und Arroganz aufs Spiel gesetzt hatte.

»Ich bleibe nicht lange«, erklärte er mit einem verlegenen Lächeln. Er setzte sich auf meine Strohpritsche und schenkte ein, ich nahm auf dem Boden Platz.

»Was für Arschlöcher«, sagte er. Dann schwiegen wir. Nicht lange.

»Mein Problem ist...« begann er und nestelte sich eine Zigarette aus meiner Packung, paffte brav, nachdem ich ihm Feuer gegeben hatte, »mein Problem...« Er räusperte sich. »Mit Frauen und mir – das haut überhaupt nicht hin.« Schnell schüttete er sich ein halbes Glas Wein in den Rachen und sog wie ein Anfänger an seiner Zigarette. Sinnlos, von meinen Problemen zu berichten. Michael war zu sehr mit seinen Frustrationen beschäftigt. Heute schäme ich mich ein wenig, daß ich zunächst genervt geschwiegen habe. Mir ist inzwischen bewußt, daß derjenige mehr spricht, der mehr leidet. Einigen Menschen sehe ich die Selbstquälerei an. Michaels Nervosität und seinen Augenringen schenkte ich seinerzeit keine Beachtung.

»Damals habe ich überlegt, ob ich Theologie oder Bibliothekswesen studieren soll«, erklärte er. »Ich entschied mich für die Bibliothek, weil ich da – das ist natürlich alles unbewußt gewesen – Frauen kennenlerne, mit denen ich eine Beziehung eingehen kann.«

»Das verstehe ich nicht«, sagte ich. Es klopfte.

»Kann ich mit dir sprechen, Kollege?« fragte Ludwig-Oswin in seinem seidenen Kleid. Was wollte er, *Ungeküßt sollst du nicht schlafen gehen* singen?

»Komm rein.« Ich öffnete die Tür ganz, um ihn einzulassen. Er blickte jedoch über meine Schulter hinweg und sah Michael auf meinem Bett sitzen.

»Ah, ihr habt gerade ein Meeting. Das ist, nun ja, sehr gut. Ich komme vielleicht später wieder.«

»Du kannst gern bleiben«, betonte ich.

»Wir sehen uns ja auf jeden Fall morgen.«

»Wo war ich?« erkundigte sich Michael, nachdem der große Asket mit krampfigem Lächeln gegangen war.

»Frauen, die bei dir in der Bibliothek arbeiten.«

Michael konnte keine Frau außerhalb der Bibliothek ansprechen. Durch seine Stellung habe er anderen Mitarbeiterinnen gegenüber eine Position, anders als draußen in der großen, weiten Welt, in der er sich für einen Niemand hielt. Auszubildende und Praktikantinnen waren seine Spezialität. Nadine gab seinem Werben nach. Sie hatte allerdings etwas ungewöhnliche Vorstellungen, brach ihr Praktikum ab, um fortan als Model zu jobben. Am Anfang störte ihn das nicht, obwohl seine Eifersucht erheblich zunahm. Er machte Szenen und steigerte seine Eifersucht bis zu Wahnvorstellungen. Ein Verhalten, das Michael auf seine Knieverletzung zurückführte, die ihn in seinem gewohnten Bewegungsradius einschränkte. Ein Detektiv wäre das richtige gewesen, aber den konnte er sich nicht leisten. Immerhin erhielt Nadine zur Unterstützung etwas mehr als die Hälfte seines Gehalts. Michael (34) wohnte noch bei seinen Eltern. Mietfrei, versteht sich. Von seinem Geld richtete sich Nadine ein hübsches Apartment ein. Er selbst durfte nur zweimal die Woche zu ihr, einen Schlüssel gab sie ihm nicht. Seine Eifersuchtsanfälle brachten die Beziehung zum Scheitern. Im Toskanaurlaub, nun kramte er ein altes, zerknittertes Foto aus der Geldbörse (eine blasse, unauffällige Blondine mit Sommersprossen, rot geblitzten Augen und einem reizlosen Überbiß saß auf einem Küchenstuhl), im Toskanaurlaub habe sie sich einem Pantomimen angeschlossen. Eine Weile ließ er die Geldzuwendungen weiterfließen, falls sie zurückkehrte. Er nahm sich noch eine Zigarette.

»Ich habe mir zwei Dutzend Schlaftabletten in eine Tasse mit Wasser verrührt und nur zwei, drei Schlucke genommen. Es schmeckte zu widerlich.« Verzweifelt sah er mich an. »Wohin soll ich dieses Jahr in Urlaub fahren?« fragte er, und die Tränen stiegen ihm in die Augen. »Die Toskana erinnert mich an Nadine.«

»Nach Spanien«, riet ich ihm.

»Geht nicht, Jolanda.« Sein Gesicht sprach Bände.

»Frankreich, Jugoslawien.«

»Brigitte und Erika.«

»Griechenland?«

»Georgina!« Er schneuzte sich in sein Taschentuch, faltete es sorgfältig zusammen und tupfte damit mehrfach die Nasenspitze ab. »Jeder Besuch im Reisebüro ist für mich eine Tortur. Meine vermasselten Beziehungen haben mir sämtliche Urlaubsländer verdorben.«

»Warum gehst du nicht zu einem Therapeuten?« fragte ich und zündete mir die letzte Zigarette an.

»Die machen auch nur das, was ein guter Freund ebenfalls tut. Außerdem kann ich mit meiner Mutter über alles sprechen.«

»Vielleicht solltest du ausziehen«, empfahl ich. »Als ich bei meinen Eltern abzog, ging es mir besser.«

»Das würden meine Eltern nicht überleben. Sie hängen zu sehr an mir. Ich bin ihr einziges Kind.«

»Vielleicht schenken sie dir eine Eigentumswohnung.«

»Eine Eigentumswohnung schenken? Wie kommst du auf so eine absurde Idee?« fragte er mich entgeistert. »Woher sollen die das Geld nehmen?«

Darauf hatte ich keine Antwort.

»Wenn du nicht mehr bei deinen Eltern wohnst, bist du auf dich allein gestellt und zu Veränderungen gezwungen«, erklärte ich.

»Ich habe immer noch Hoffnung«, sagte er melancholisch.

»Daß Nadine noch zurückkehrt?«

»Nein, aber im September kommen neue Praktikantinnen.«

18.

Das Frühstück:

Platte mit: Kaltem Braten, geräuchertem Beinschinken, Salami, Bündner Fleisch, kalter Zunge, Wildpastete, grober Leberwurst.
Platte mit: Cantal, Blue Stilton, Gouda, Brie, Bâton de Savoie, Brin d'Amour, Edamer.
Beilagen: Schwarze und grüne Oliven, Gewürzgurken, eingelegte grüne Tomaten, gehackte Zwiebel, gehackter Schnittlauch, Radieschen, hartgekochte Eier, Stangensellerie, gehackte Schalotten, Artischockenherzen.
Brot: Schwarzbrot, Stangenweißbrot, Pumpernickel, Vollkornbrote, Knäckebrote und Butter.
Rotwein, Weißwein, Bier, Mineralwasser, Melonen, Ananas und Papaya.
Kaffee mit Milch.
Obstler, Calvados.

Breakfast and Brunch zogen sich zweieinhalb Stunden hin. Gerade waren die Teilnehmer gesättigt, überkam sie die große Schläfrigkeit. Auch ich konnte meine Augen kaum offenhalten. Michael hatte gegen sechs Uhr meine Selbstbesinnungszelle verlassen. Die Zukunft der ersten deutschen Meditationskette hing schlaff über die Tafel gebeugt. Die ganze Nacht hatten sie an ihren Manifesten und Statuten gebastelt. Gegen vier, so erzählte mir Anthrazit, seien sie zum hauseigenen Fax und Nottelefon gehastet, um die ersten Schritte in die Wege zu leiten. Danach sei ein solches Euphoriegefühl unter den Männern aufgekommen, daß sie eine Spazierfahrt bei Sonnenaufgang unternahmen. Die ersten, die dem Frühstück beiwohnten, der Ehrlichkeit wegen sollte das Erwähnung finden, befanden sich in einem leicht benommenen Zustand. Erst später erfuhr ich, daß Bernd (chrom, schätze ich) zur Feier des Tages, eine Tüte schwarzen Afghanen herumgehen ließ. Kurzum, die Stimmung im Ballsaal war lausig. Kaum einer konnte sich wachhalten. Gerade war das feierliche Gedeck abgeräumt – der Partyservice wirkte unermüdlich –, ging wieder eine Liste für das Abschiedsmittagessen herum:

Mus von der Bresse-Ente in Scheurebengelee.
Soufflierter Wildlachs auf geschmorten Gurken.
Wachtelbrüstchen an warmem Linsensalat mit Aceto Balsamico.
Zwetschgensüppchen mit Champagner.
Gefüllter Wildhasenrücken an Pilzpiroggen.
Mille feuille von Erdbeeren und Moccaeis.

Die ersten ratzten friedlich auf den Matten ein, als der große Asket sich endlich blicken ließ und mit viel zu guter Laune, in die Hände klatschend, den Saal betrat.

»Guten Morgen!«

Seine verkniffenen Gesichtszüge verrieten, daß er die Lage sofort in ihrer gesamten mißlichen Bedeutsamkeit erfaßte. Dennoch forderte er uns mit falscher Munterkeit zu Sprechübungen auf.

Wir ro-ro-roten, ra-ra-raten, ru-ru-ruten, ri-ri-riten, kro-kro-kroten, kra-kra-kraten, kru-kru-kruten, kri-kri-kriten. Unvermittelt wurden Schreie ausgestoßen, die auch den letzten schlappen Mann aus seinem Schlaf rissen.

»Dieser Schrei muß aus der Tiefe eurer Seele kommen«, rief Ludwig-Oswin und ließ ein wahnsinniges Geschrei aus sich heraus. Wir versuchten, einzustimmen, mußten aber bald erkennen, daß wir die Lärmintensität des großen Asketen nicht erreichen konnten. Wir schrien, brüllten, kreischten, grölten. Alles zwecklos. Er übertönte uns alle. So tief wie er konnte niemand in seine Seelentasche fassen.

Mit unseren Anstrengungen gab er sich jedoch nicht zufrieden und kehrte zum Anfang der Übung zurück.

Wir ro-ro-roten, ra-ra-raten, ru-ru-ruten, ri-ri-riten, kro-kro-kroten, kra-kra-kraten, kru-kru-kruten, kri-kri-kriten.

Ludwig-Oswin, heute ganz in oliv mit Jesussandalen, trat in unsere Mitte – wie ein Prophet unter seine Jünger. Unter seinen Anleitungen bliesen wir das Zwerchfell auf und folgten seinen verschiedenen Atemtechniken. Unser Mund wurde schmal, der Atem ging durch das kleine Loch, die Münder öffneten sich weit, wir bliesen mit aller Kraft. Michael wurde bereits blaß, schwankte. Sein Kreislauf.

Die Manöver des stoßweisen Atmens gingen allzuoft in unschönes Grunzen über. Uns brach der Schweiß aus, die Köpfe röteten sich. Nur der große Asket vollführte die Übungen ohne sichtbare Anstrengung.

»Möchte jetzt einer von euch etwas sagen?« fragte Ludwig-Oswin.

Keuchend lagen wir am Boden. Erschöpft, satt und todmüde.

»Ihr fühlt euch in eurem Innern frisch, ihr spürt den Hunger nach der Wahrheit und seid in eurem Geiste erleuchtet und wach«, predigte er.

Das letzte Mal hatte ich mich so fertig gefühlt, als ich die erste Runde auf dem Sportplatz hinter mich gebracht hatte. Schlaff wischten wir uns mit der flachen Hand den Schweiß von der Stirn. Aber der große Asket gab keine Ruhe.

»Möchte einer von euch etwas sagen?«

Das war sie also, die große Bekennerstunde!

»In eurem Innern habt ihr die Seele wie ein offenes Buch vor euch liegen. Bedenkt, ihr habt für dieses Wochenende den Panzer abgelegt. Eure Seele ist nur ein zartes Pflänzlein, welches die ganze Zeit in einer harten Schale gehalten wurde. Sprecht offen über eure Gefühle.«

Noch immer war nicht sonderlich viel zu holen.

»Da ich weiß, wie schwer es ist, einen Anfang zu machen, werde ich euch etwas von mir erzählen.« Er räusperte sich. »Es begab sich im Jahre 1973, daß ich, sei es Zufall oder Bestimmung, eine Reise nach Indien antrat. Dort lernte ich Koshri Ha Maladachtij kennen, einen berühmten Guru, der aus dem ehemaligen Mesopotamien stammen soll. Damals war ich ein harter Kerl, ihr wißt was ich meine?« Mit einem Mundwinkel lächelte er und sah fast wie ein Mensch aus. »Mädchen, Autos und so weiter. Koshri war auf einem Fest, zu dem auch ich eingeladen worden war. Ich riß gerade Witze, eine Tätigkeit, der ich in jener Zeit oft nachging. Er kam auf mich zu, ich war gerade mitten in einem Lachanfall. Er sagte: ›Du bist traurig, warum lachst du?‹ Diese Bemerkung ging mir durch Mark und Bein. Die Wahrheit seiner Botschaft ergriff mich und ich weinte. ›Siehst du‹, sagte er. In den nächsten Wochen schloß ich mich ihm an. Ich lernte sehr viel von ihm. Koshri hat mich verändert. Er machte mich zum Lehrer, damit auch andere Anteil an seiner Lehre haben.«

Bernd klimperte mit seinen Armbandkettchen. Viele hatten ihr Gesicht in die Hände gestützt. Für den Guru mochte es wie Ergriffenheit aussehen. Sie schliefen.

»Möchte jetzt einer von euch etwas sagen?«

Michael wirkte vollkommen ausgeglichen. Kunststück, er hatte mir sein ganzes Leben erzählt.

»Wir sind ein kleiner, intimer Kreis. Wir haben an unserem Atem gearbeitet. Wir können offen sein«, betonte der große Asket.

Da niemand etwas sagte, bot Ludwig-Oswin großzügig an, aus den Lehren Koshris zu zitieren.

Da wurde es Bernd und seinen Goldkettchen zuviel.

»Uns fällt es sehr schwer, offen zu sein«, sagte er.

»Immer noch?« wunderte sich Ludwig-Oswin. »Ich habe euch doch geöffnet. Den Panzer geknackt.«

»Das stimmt.« Bernd strich sich mit der Hand über den Bauch und bat mit Blicken Grün, Blau, Malve, also die ganze neu gegründete Gesellschaft um Hilfe. Durch Bernds durchdringenden Bariton erwachten sie zu neuem Leben. »Ich verstehe nicht...« murmelte der große Asket.

»Nun«, sagte Peter, der juristische Berater der Vereinigung. »Versteh uns nicht falsch, aber wie sollen wir hier offen sprechen?« Er wies mit den Händen auf den großen Raum. »Bei diesem Luxus.«

»Ihr seid befangen«, stellte der große Asket fest, er wirkte leicht erschrocken. »Befangen...«

»Diese Hütte hier ist so prachtvoll. Mich macht sie echt sprachlos«, erklärte Peter.

»Obwohl hier alles schlicht ist?« wunderte sich Ludwig-Oswin, seine Stimme überschlug sich.

»Naja, und dann das Essen«, sagte Bernd.

»Das Essen?« fragte der große Asket verwirrt. »Das Essen ist nicht gut?«

»Das Essen ist eine Spur zu gut«, erklärte Bernd, um den großen Asketen zu beruhigen. Den hatte aber eine veritable Panik ergriffen.

Wäre das Gebäude ein regendurchlässiger Schuppen gewesen und hätte es zum Essen nur Knäckebrot gegeben, kein Mensch wäre für 7000 Mark gekommen, um die paar Übungen zu absolvieren.

»Das Haus gefällt euch nicht, das Essen gefällt euch nicht. Gefallen euch die Zimmer, die Übungen, die Möglichkeiten zum sportlichen Ausgleich?«

Langsam verlor der große Asket seine innere Ruhe. Er achtete nicht länger auf seinen Atem. Er baute sich einen Panzer auf.

Die Gruppe bemühte sich, ihn zu beruhigen. Der zarte Versuch, eine Diskussion anzuregen, wurde in Gang gesetzt. Lachs und Chrom wehrten sich gegen den Vorwurf der Undankbarkeit. Sie führten die armen verhungernden Kinder in der Dritten Welt an. Wie konnten sie hier schlemmen, während andere, die so wenig besaßen, darbten. Der große Asket schlug vor, das Abschiedsessen gegen eine Reistafel austauschen zu lassen – oder gleich zu fasten. Das, so hielt er uns vor, wirke sich entschlackend auf den Körper aus. Nach langem Hin und Her, kam es zu der Übereinkunft, den Seminarbeitrag um 3000 DM zu erhöhen. Zunächst war nur von 1000 DM gesprochen worden. Die erschienen, gemessen an den Schuldgefühlen der Dritten Welt gegenüber, zu gering.

Der große Asket gewann seine Fassung zurück, der Atem verlief kontrolliert, die Gesichtszüge entspannten sich, sein Panzer wurde gesprengt.

»Möchte jetzt einer von euch etwas sagen?« fragte er und versank in seinem Yogasitz.

Und ob die Männer wollten. Sie ließen sich kurz über den Golfkrieg und den Bürgerkrieg in Jugoslawien aus. Ängste wurden laut, bald schon fünfzig Jahre alt zu werden, ohne etwas Entscheidendes im unbewiesenen Leben bewirkt zu haben. Das brachte die Überleitung auf die Problematik des Haarausfalls und der sich ankündigenden Impotenz. Es kam zur Erörterung von Steuerfragen, wobei selbst der große Asket neue Kenntnisse gewann, die er sich sorgfältig notierte. Essensgeruch machte sich breit.

Das angeregte Gespräch ging gerade zu Ende. Malve riß sich einen Stöpsel, in Wirklichkeit ein mit einem Miniradio verbundener Kopfhörer, aus dem Ohr und schrie aus der tiefsten Tiefe seiner Seele, mit einer den großen Asketen übertreffenden Lautstärke: »Kaiserslautern ist Deutscher Meister!«

19.

Auf der Rückfahrt sprach ich kein Wort. Ich zog mir den ganzen Schnaps rein. Luithard hatte seinen Flachmann im Terebelin-Haus aufgefüllt. Während der Fahrt vernahm ich ein »Blonk« nach dem anderen unter dem Auto. Ich drehte mich um und betrachtete gleichgültig die blutigen Hasen auf dem Rücksitz, die Luithard mit seinem Onkel erlegt hatte. Hierbei stellte ich mir die Frage, warum Luithard überhaupt auf die Jagd ging, wenn er mit seinem Geländewagen ein Karnickel nach dem anderen niederstreckte.

Es war noch derselbe Sonntagabend. Ich saß auf meinem Sofa. Neben mir lag Lublinskijs *Männer lieben lieber. Oder?* Ich hatte vor Wochen schon alle Seiten umgeblättert, bis das Buch Spuren aufwies, die meine Arbeit mit dem Titel belegen sollten. Zwischen den Seiten lagen kleine Zettel, die nichts bedeuteten.

Ich begann zu lesen, las weiter, las die ganze Nacht. Alles

traf zu, alles. Ich war es, den Lublinskij vor Augen gehabt haben mußte. Ich zitterte, mein Schädel hämmerte, die Gelenke bewegten sich nur schwerfällig, das Herz wurde schwer und schmerzte, und ich bekam kaum noch Luft. Symptome, die bereits im Buch für die Zeit nach der Lektüre angekündigt waren: Der Körper rebelliere anstelle des Geistes, der sich weigere, die alten Mechanismen (*Machoismen*, S.L.) über Bord zu werfen. Bei mir kamen noch als Zeichen unvorhersehbarer Individualität Schmerzen im Nacken, in den Ohren und Juckreiz im Geschlechtsbereich auf, die im Buch keine Erwähnung gefunden hatten.

Die Konfrontation mit der bitteren Wahrheit schlug erbarmungslos zu. Frei von Scham hatte ich mich mein ganzes Leben lang verwöhnen lassen. Mehrfach war mein Versagen groß gewesen, wenn es beispielsweise darum ging, Verantwortung zu übernehmen. Auch wollte ich nicht wahrhaben, daß ich mich über meinen Beruf definierte. Ich machte die Probe und stellte mir die Lublinskij-Frage nach meinen Hobbys: Ich hatte keine. Somit stand für mich fest, daß ich ein typisches, männliches Arbeitstier, ein Workaholic war, ein *vom Geldverdienen angetriebenes Subjekt*. Nur um mich nicht zu stellen! Wie erschreckend banal, armselig, traurig. Die Beziehung zu meinen Eltern oder zu den Frauen mußte generell neu durchdacht, Männerfreundschaften ohne Konkurrenzdenken aufgebaut werden. Hilfreich wäre eine sich regelmäßig treffende Männergruppe. Kenni gegenüber mußte ich eine neue Rolle einnehmen und mit Karin über alles nicht Ausgesprochene, meine und ihre Ängste und Wünsche reden. Lublinskij zeigte Lösungswege und Beispiele, die mir Mut machten. Nach der Panik in den ersten zwei Stunden folgte Heiterkeit, Zuversicht, ja Hoffnung. Es war noch nichts verloren! Der Wecker zeigte zehn nach drei (nachts), als ich mit einem fröhlichen Lied auf den Lippen Karin anrief. Eine fremde Männerstimme meldete sich schlaftrunken, und ich legte auf.

Montag stürzte ich in die größte Buchhandlung der Innenstadt und fand die Männerproblematik betreffend kein großes Programm vor. Lublinskij sprach davon, wie wenig neue Männer ernstgenommen wurden.

Mir gefiel die Art nicht, wie mich die Buchhändlerin mit maliziösem Lächeln beriet. Wie auch immer ich es ausdrükken mochte, der Buchhändlerin war mehr daran gelegen, daß ich Simone de Beauvoir lese. Das kam aber überhaupt nicht in Frage. Schließlich wollte ich meine Mannfindung literarisch fundieren. Was sollte da ausgerechnet die Beauvoir?

»Eben«, sagte sie.

Schließlich verwies sie mich, während sie ihren Unmut enerviert durch die großen Nasenlöcher ausatmete, an die reine Männerbuchhandlung ein paar Straßen weiter. Ich überlegte mir, wie ich mich für ihr arrogantes Verhalten revanchieren sollte. *Ein neuer Mann zu werden, ist noch lange kein Grund, sich alles bieten zu lassen* stand bei Lublinskij. Zu lange hatte ich geschluckt.

»Ihr Zahn hat sich verfärbt«, sagte ich zur Buchhändlerin giftig, bevor ich sie verließ. »Sie sollten ihn röntgen lassen, falls es den Nerv erwischt hat.«

Schwarzweißbilder von nackten Männern, deren Scham durch die jeweiligen Stellungen verdeckt wurde, hingen an den Wänden. Junge, Muskulöse und Behaarte lehnten sich an Bäume, kauten auf Halmen oder zogen sich die Stiefel aus. Versonnen starrte ich auf das Bildnis eines jungen schwarzen Mannes. Unterhalb einer Pinnwand in der Männerbuchhandlung lehnte ein Fahrrad. Aufmerksam studierte ich Notizen, Adressen und Telefonnummern.

Ich heiße Klaus und suche eine hübsche Maus. Du, nicht älter als 25 Jahre und unheimlich behaart (das wäre geil!), ruf mich an. Ciao.

Aus gesundheitlichen Gründen muß ich mein Mofa verkaufen. Herbi verlangen.

Männergruppe »Die Konzilianten« treffen sich am Freitag, den 26. im Bellinghaus.

Ich riß mir die Kontaktadresse ab, um den Rat von *Männer lieben lieber. Oder?* anzunehmen, und stieß auf einen Riesenstapel Lublinskijs. Eine aufblasbare Werbegummipuppe des Verlages stand davor. Sie stellte einen nackten, tonnenförmigen Mann in schweinsrosa mit überdimensionalem Glied und einem zu kleinen Kopf dar. Um an die restlichen Lublinskij-Bücher heranzukommen, mußte ich mich an der Puppe vorbeidrängen, wobei der Riesenpenis mit leisen Quietschtönen hin- und herzuschwanken begann und leichte Hiebe austeilte.

»Du interessierst dich für Stanislaus?« fragte der Buchhändler. Er war ebenso groß wie ich, braunhaarig und trug einen Bart. »porNO« stand auf seinem T-Shirt. Ich erwiderte, daß ich letzte Nacht sein Buch gelesen hätte.

»Dann schau mal. Hier sind noch Bücher zum gleichen Thema. Außerdem solltest du dich mal mit seinem großen Kontrahenten Vladimir Kubitzki auseinandersetzen.«

Er verwies mich auf das Buch *Der Eisklotz im Mann.*

»Ich heiße Martin«, sagte der Buchhändler, während ich irritiert im *Eisklotz* blätterte. Kaum hatte ich mal ein deutliches Bild von mir bekommen, sollte ich mich schon mit einem Gegenspieler auseinandersetzen.

»Suchst du was zu einer bestimmten Thematik?« fragte Martin.

»Mannfindung«, sagte ich und lächelte schwach, »für Anfänger.«

»Welche Art Mannfindung?«

»Ist Mannfindung nicht gleich Mannfindung?« Ich verstand nicht.

Martin faßte mich vertraulich an die Schulter und fragte herausfordernd: »Bist du schwul oder hetero?«

»He-te-ro«, stotterte ich. Und obwohl mich die Frage schockiert hatte, sah ich doch ihren tieferen Sinn ein.

»Dann gehen wir mal zum Heterofach«, sagte Martin und lief, wie ich jetzt erst bemerkte, barfüßig vor mir her. Er reichte mir ein Buch nach dem anderen, bis das Fach leer war. Ich stand kurz vor dem Zusammenbruch. »Warte mal, die Reihe ist auch noch was. Naja, dann nimm mal das hier, das hier und dies hier, das wäre auch noch gut und das.«

Auf meinen Armen begann der Bücherstapel bedrohlich zu schwanken.

»Darf's noch ein Häppchen aus der Pendelecke sein?«

»Pendelecke?« Ich lebte wohl wirklich hinter dem Mond.

»Esoterik und so'n Zeug. Neues Denken.« Er tippte sich an die Stirn.

»Ich glaube«, sagte ich und wies auf die zwei Dutzend Bücher, »es reicht für heute.«

»Zahlst du bar oder mit Kreditkarte?«

20.

Du brauchst Abstand, Kerlchen. Gut wäre es, wenn du für einen unbestimmten Zeitraum Urlaub nehmen könntest. Du wirst viel Zeit brauchen. Wir Männer weigern uns oft, die Auswirkung einer Veränderung voll zu akzeptieren. Es fällt uns schwer, dort weiterzumachen, wo der In-Schmerz beginnt.

§ 9 a Die ersten Schritte
Stanislaus Lublinskij

»Ich werde es Dr. von Terebelin ausrichten. Sie Ärmster. Leiden Sie wieder an Migräne?«

Eine harmlose Reaktion Rosis? Ich sah klar. Noch nie hatte ich beobachtet, wie rasch und willig Frauen, in diesem Fall unsere gemeinsame Assistentin, sich in das Joch des Mitleids und Verwöhnens spannen ließ. Wie sonst sollte ich es deuten, daß Rosi während meiner telefonischen Krankmeldung gleich einen eigenen Befund erstellte.

»Leiden Sie wieder an Migräne?«

Wie weit waren wir Männer heruntergekommen!

»Hallo?« rief Rosi. Meine Erkenntnis hatte mich sprachlos gemacht. Wie Lublinskij angekündigt hatte, betrachtete ich nun die Welt (Frauen... und Männer) unter neuen Gesichtspunkten. Unfähig, etwas Vernünftiges zustande zu bringen, stammelte ich ein: »Jaa.«

»Also doch. Migräne. Sie Ärmster. Soll ich in der Mittagspause mal nach Ihnen sehen?«

Rosi trieb es wirklich zu weit. Wie tief wollte sie mich eigentlich beschämen?

»D-das ist furchtbar nett, aber unnötig. Danke.«

»Wird der Magen wieder mit angegriffen?« fragte sie.

»Wie?« Was wollte sie denn? Etwa, daß ich alle Krankheiten aus dem medizinischen Lexikon auf meinen Körper vereinte? Noch war ich einer intensiven, grundsätzlichen Auseinandersetzung nicht gewachsen. Statt meine Kraft zusammenzunehmen, lieferte ich ihr den ersehnten Stoff: »Magen, das Auge, der Hinterkopf, ein Ziehen in der Brust und ein Stechen im Handgelenk.«

»Wie gewohnt«, sagte sie seufzend. »Sie Ärmster. Wie lange werden Sie nicht erscheinen?«

Woher sollte ich das wissen? Eine ganz normale Mannfindung konnte bis zu acht Jahre in Anspruch nehmen. Im Grunde, also aus allgemeinmedizinischer Sicht, fehlte mir ja nichts. Aber mental! Wie sah es nur mental aus? Mein bisheriges Weltbild war zerstört worden, erwies sich als Trugschluß, als Tarnung wahrer Gefühle. Von Migräne keine Spur, höchstens, wenn man es ganz genau nahm, ein leichter Halsschmerz. Könnte auf die trockene Luft zurückzuführen sein, andererseits...

»... hoffe ich nicht, daß noch eine Angina daraus wird«, sagte ich und legte auf.

Ich las ein weiteres Buch von Stanislaus Lublinskij. Sein Buch hakte ständig nach: Ist das gut? Ist das richtig? (Da tauchte übrigens auch ein paarmal die Beauvoir auf. Was hatte die da zu suchen?) Mein bisheriges Mann-Sein wurde weiter erschüttert. Ich erfuhr, daß die Ehe impotent mache, weil sich die Partner immer stärker zu Elternteilen des anderen entwickelten. Deshalb schien die Asexualität unvermeidbar.

Auf dem Klo arbeitete ich mich mit Filzstift in die *Neue-Mann-Literatur* ein. Fundamentale Erkenntnisse lösten bei mir Durchfall aus. In meiner Not hatte ich Blatt für Blatt das Toilettenpapier beschriftet.

»Ayyyyh!« schrie Marietta und schloß die Klotür. »Ich nix wußten, daß nix Praxis.«

»Ich gebe Ihnen frei«, rief ich durch die geschlossene Tür.

»Nein, Señor. Marietta muß machen sauber.«

»Bin krank. Ansteckend. Sehr ansteckend.«

Ungläubig, mißtrauisch öffnete sie die Tür einen Spalt. Sie starrte mich an. Ich machte ihr Zeichen und gab unangenehme Geräusche mit der Zunge von mir. Das verstand sie und ging – nicht ohne ein letztes Wort: »Kommt nix von Tortilla.«

Nachdem ich mich wieder meiner Literatur gewidmet hatte, schlug ich mir verdutzt an die Stirn: Wie hatte ich nur all die Jahre so blind sein, an den Bedürfnissen meiner Partnerin vorbeileben können. Ich war gefühllos und roh gewesen. Der diffuse Schmerz, den ich auf eine schwache Lunge oder einen unbemerkten Herzfehler zurückgeführt hatte, erhielt seinen Namen: *Leidensdruck*.

Drei Tage widmete ich mich den Büchern, dann nahm ich eine Dusche und rief Karin an. Ein erneuerter Mensch mußte sich mitteilen.

»Ich habe den ganzen Lublinskij gelesen«, sagte ich. Keinesfalls versprach ich mir Anerkennung von Karin.

»Dann muß es dir aber recht schlecht gehen«, antwortete sie. »Die Partner meiner Freundinnen haben es bis heute nicht vom Nachttisch genommen.«

»Mir geht's wunderbar«, erwiderte ich, ließ aber Durchfall, Erbrechen und Schweißausbrüche weg. »Hast du nicht zugehört? Ich habe das Buch gelesen, spüre die Kraft der Veränderung in mir.«

Karin blieb so reserviert.

»Vielleicht hätte ich dir das Buch nicht schenken sollen«, meinte sie.

Was sollte jetzt der Rückzieher?

»Aber wieso denn nicht? Ich stecke in einer wahnsinnigen Umbruchstimmung. Das Buch bewegt etwas in mir.«

»Weil ich in der Zwischenzeit den Kubitzki gelesen habe und jetzt den Lublinskij doch stark anzweifeln muß. Er hat so einen Hang zum Vereinfachen und übersieht alles Naheliegende.«

Warum zog sie ein Genie in den Dreck? Möglicherweise konnte eine Frau seine Werke nicht in der ganzen Tragweite erfassen. Möglicherweise benebelte jahrhundertelanges Patriarchat.

Ich ließ mich nicht verunsichern.

»Mir zeigt er eine ganze Menge und...« meine Stimme versagte leicht vor Erregung, »Erinnerungen haben sich eingestellt, die all die Jahre in mir begraben schienen. Als ich dich kennengelernt habe, weißt du noch, was ich zu dir gesagt habe?«

»Nein.« Sie wirkte wirklich nicht interessiert.

»In dem kleinen Eiscafé, ich küßte dich auf den Hals. Du weißt es wirklich nicht mehr?«

Wie konnte sie das vergessen!

»Ich sage doch: NEIN.«

»Damals dachte ich daran, daß du meine Praxis führen könntest. Ich habe es dir schmackhaft machen wollen und redete tagelang auf dich ein. Nachträglich ist mir das sehr peinlich, und ich möchte mich in aller Form bei dir dafür entschuldigen.«

»Und was habe ich darauf gesagt?«

»Immer wieder das gleiche, früher habe ich es nur nicht richtig gedeutet: ›Ich will meine Selbständigkeit und möchte nicht in dem Betrieb meines Freundes unterkriechen.‹ Du sagtest auch noch ›Machoarsch‹.«

Sie lachte laut auf.

»Das habe ich gesagt? Ehrlich?«

»Ich schwör's. Zu der Zeit war das eine Beleidigung für mich, erst heute weiß ich, wie recht du hattest.«

»Das sind ja immerhin gute zehn Jahre her.«

»Karin, mit dem Lublinskij stoße ich auf meine Fehler. Ich gestehe sie mir ein, ohne Rücksicht auf Verluste.«

»Ein Wunder«, gab Karin zurück, »daß du noch nicht mit dem Kopf dagegen gestoßen bist.«

Wahrscheinlich trug sie mir die alte Geschichte doch noch nach. Wie mußte ihr die Vergangenheit hochgekommen sein, wenn es bei mir schon Bitternis auslöste.

»Alle meine Gefühle«, erklärte ich freudig am Telefon,

»werde ich bewußter empfinden, meinen Egoismus zurückschrauben und an mir arbeiten. Männer können sich ändern, zwar ungeheuer langsam, aber sie ändern sich.«

»Wenn du schon beim Aufräumen bist, vergiß bloß nicht dabei deine Eifersuchtsanfälle.«

Ein harter Schlag.

»Wie? Eifersüchtig? Ich?«

»Immerhin hast du mir ja einige Szenen gemacht, bevor ich morgens zur Arbeit bin.«

Daran konnte ich mich beim besten Willen nicht entsinnen. »Ich dachte nicht, daß zu allem auch noch Eifersucht auf die Liste kommt«, sagte ich matt. »Ich war doch nicht auch noch eifersüchtig, oder?«

»Wäre doch schade, wenn du die Höhepunkte unseres Zusammenlebens auslassen würdest. Du hast Geschirr zerschlagen, dich auf den Boden geworfen und geheult.«

Auch dieses Beispiel half mir nicht auf die Sprünge.

»Karin, ich schwöre dir, damit ist es vorbei.« Die Inbrunst der Verzweiflung ergriff mich.

»Kein Wunder – wir sind ja auch geschieden.«

Wieviel mußte ich in Karin zerstört haben.

»Nein, nein, ich meine es völlig ernst.«

»Davon werde ich nichts mehr erleben. Gott sei Dank.«

»Eine Frage noch«, sagte ich, bevor ich zurück an meine Bücher mußte. »Wer war der Kerl neulich nacht am Telefon?«

21.

Unglaubliches geschieht. Du gewinnst dein Vertrauen zu den Männern zurück. Suchst ihre Nähe. Erst zaghaft und bang, dann aber mit kräftiger Sensibilität. Veränderte Männer sind die einzige Chance gegen die Chaosgewalt der Zukunft.

§ 15 Die ersten Schritte
Stanislaus Lublinskij

INFORMATIONSZENTRUM FÜR MÄNNERFRAGEN
»Die Konzilianten 1977 e. V.«

Das Messingschild des Bellinghauses glänzte.

Ich wußte zwar nicht, was mir dieses Treffen bringen würde, aber ich war offen, natürlich und frei. Ich trug ganz legere Kleidung, hatte ich doch in den meisten Büchern von Entspannungsübungen gelesen. Etwas unbeholfen tappte ich durch die Eingangshalle.

»Möchtest du ins Infozentrum für Männerfragen?« erkundigte sich ein Hüne mit Backenbart, Halbglatze und Pferdeschwanz. Ich nickte, erwähnte vorsorglich noch, daß ich das erste Mal hier sei.

»Ich bin Sigmund, einer der vier Vorsitzenden. Ich meine, das ist meine Funktion hier. Ich, äh, möchte dir damit nur sagen, wer ich bin. Ich wollte damit auf keinen Fall dir gegenüber eine Machtposition einnehmen, gell.«

»Ist schon okay«, sagte ich.

»Schau mal«, sagte Sigmund, »das ist unser heutiges Programm.«

Er reichte mir ein Flugblatt aus seiner Umhängetasche.

Das Drama der totgeschwiegenen Unterdrückung
Podiumsdiskussion für Männer im
Informationszentrum für Männerfragen, Bellinghaus
Was euch auf dem Herzen liegt, darüber wollen wir sprechen. Ziele:

- Erlebnisse, Gefühle und Ansichten mit betroffenen Wehrdienstlern vergleichen.
(Gesprächsbasis)
- Selbstwertgefühl der Männer aufbauen, die durch den Wehrdienst in eine persönliche Krise gebracht, erniedrigt und gequält wurden; wir machen uns bewußt, daß die Problematik nicht auf die Person, sondern auf das Geschlecht abgestimmt ist.
(Hilfestellung im Emanzipationsbedarfsfall)
- Genaue Untersuchung, wie der speziell auf das Geschlecht abgestimmte Wehrdienst sich auf die Vergegenständlichung der gewöhnlichen

Gefühllosigkeit und das Herzinfarktrisiko auswirkt. (Untersuchung in der Männergruppenforschung)

- Wie können wir den Wehrdienst abschaffen? (Parolen und Möglichkeiten im politischen Bereich)

»Gut, was?« Sigmund strahlte mich an. »Ich wollte dich nicht zu einer positiven Meinung zwingen, wenn du sie dir selbst noch nicht gebildet hast, gell.«

Sigmund führte mich ein wenig im Bellinghaus herum, verwies auf die Gesprächsräume für Gruppen oder separate Zimmer mit Ikea-Einrichtung für Einzelgespräche. Das Männercafé bestand aus einer Theke, Kaffeemaschine und dem Hinweis auf Selbstbedienung. Zum Schluß steuerten wir auf den heutigen Sitzungssaal zu.

»Komisch«, bemerkte Sigmund sich umschauend und runzelte die Stirn. »Meine Plakate sind alle weg. Und die Flugblätter, die ich ausgelegt habe, auch. Zum Glück wurde ja das Programm noch zusätzlich in der Zeitung abgedruckt. Bin gespannt, ob die von der Bundeswehr kommen. Wahrscheinlich haben die Mordsschiß vor unseren Zivis.«

Dann versperrten uns, nein, ihm, drei Männer den Weg.

»Sigmund«, sagte ein dicklicher Typ im Jeansanzug. »Deine Sitzung fällt heute aus.«

Ich linste in den Saal: Etwa zwei Dutzend Männer saßen auf Holzstühlen und rauchten.

»Wieso?« Sigmund verschränkte seine Arme, genau wie die drei Putschisten.

»Die Mehrheit des Vorstandes ist sich darüber einig, daß du bis zur Klärung der Fragen zu deinem Papier »Gleichberechtigung im Bellinghaus« für das neue Männerzentrum nicht öffentlich auftreten kannst«, erklärte der Dicke.

»Ach, eine Mehrheit anwesender Vorstandsmitglieder? So wie du, Hansi«, Sigmund wies auf den mittleren, »der nicht einmal dem Vorstand angehört? Ihr besitzt überhaupt kein Recht, wegen Meinungsverschiedenheiten mit mir als heutigem Veranstaltungsleiter die Veranstaltung abzusagen.«

»Wer behauptet denn so was?« fragte Hansi spöttisch.

»Das Recht dazu hat nur die monatliche Mitgliederversammlung. Ich muß dir ja nicht sagen, daß dies unser höchstes Organ im Informationszentrum ist. Immerhin haben sie ja den Beschluß gefaßt, Wehrdienstabende durchzuführen, gell.«

Die anderen starrten ihn desinteressiert an und positionierten sich breitbeinig. An ihnen würde Sigmund nur schwerlich vorbeikommen.

»Außerdem«, Sigmund ergriff erneut das Wort, »hättet ihr am 5. des letzten und erneut am 7. dieses Monats reichlich Gelegenheit dazu gehabt. Es besteht für mich kein Grund, einer mündlichen Absage hier Folge zu leisten.«

»Ich habe versucht, dich anzurufen«, sagte der Dicke. »Aber es ging keiner dran.«

»Ausreden. Ihr stellt euch an, als wäre mein Konzept ›Gleichberechtigung im Bellinghaus‹ aus dem Nichts aufgetaucht. Tatsächlich existiert das Papier seit über zwei Jahren.«

Sigmund hatte seine Umhängetasche auf dem Fußboden abgestellt und erwartete einen Stimmungsumschwung.

»Wir haben jedenfalls«, sagte Hansi noch einmal, »nicht vor, dich hereinzulassen. Wie du siehst, haben wir alle Flugblätter und Plakate entfernt, gestrichen sind auch alle deine geplanten Veranstaltungen. Aus dem Halbjahresprogramm, das sich bereits im Druck befindet, sind alle deine Vorträge herausgenommen worden.«

Sigmund begann zu taumeln, sein Mund stand offen. Fassungslos. Die Arme lösten sich aus der Verschränkung, die Hände griffen ins Leere.

Mir war es peinlich, dieser Szene beizuwohnen. »Das könnt ihr nicht machen!« schrie Sigmund. »Nicht mit mir. Ich bin Gründungsmitglied«, japsend holte er Luft, »da habt ihr alle noch nach patriarchalischem Karomuster Scheiße gebaut.«

»Du hast schon immer zuviel gequasselt«, erklärte der einzige, der bisher geschwiegen hatte.

Sigmund ließ einen neuen Redeschwall ab: »In meinem Papier weise ich darauf hin, wie die verschiedenen Benachteiligungen gegen Männer zusammenhängen und aufrechterhalten werden...«

»Du brauchst dich nicht vor der Tür zu rechtfertigen«, sagte Hansi ungehalten. Sigmund ging den dreien auf den Wecker. Er hatte einen Stapel Blätter aus dem Inneren seiner Marokkotasche ergriffen und mit ihnen knitternd vor den drei Nasen herumgefuchtelt.

»... und was Männer von umfassender Gleichberechtigung haben – unter anderem das gleiche Recht auf Leben, körperliche und seelische Unversehrtheit durch Aufhebung der Zwangsdienste. Dafür ist es notwendig, die sexistischen Denk- und Verhaltensweisen, durch die die meisten Wehrpflichtsopfer genötigt werden, diese Unterdrückung totzuschweigen, zum Thema zu machen.«

»Streng dich nicht weiter an«, zischte Hansi. »Es ist aus.«

»Warum verpißt du dich nicht einfach?« fragte der Dicke.

»Na, gut«, sagte Sigmund und versuchte seinen Zorn zu bändigen. Er wandte sich an mich: »Kommst du mit? Ich lade dich ins Café ein, dann können wir über die Unterdrückungssache diskutieren.«

Ungläubig starrte ich ihn an, er war vernichtet.

»Ich meine natürlich nur, wenn du willst. Du kannst dich frei entscheiden, gell.«

»Ich bin eigentlich hier, um mich zu orientieren«, sagte ich in diese bedrohliche Stille zu Sigmund. »Ich wollte nur mal reinschnuppern.« Verlegen zuckte ich mit den Schultern. Sigmund nickte, Tränen standen ihm in den Augen. Was sollte ich tun? So stehenlassen wollte ich ihn nicht. In mir verspürte ich die Verpflichtung (das war neu!) etwas Nettes, Aufbauendes zu Sigmund zu sagen.

»Für dein Thema bin ich einfach noch nicht so weit.«

Schnippisch äußerte er seinen letzten Wunsch, der jedem Hinrichtungsopfer gewährt wird. »Schickt alle Interessierten heute abend ins Café drüben. Über das Gesamtkonzept können wir ja beim sonntäglichen Männertreffen diskutieren.«

»Wir wickeln erst mal unseren Kram ab, dann kommen wir zu dir«, sagte Hansi zu mir.

Alles deutete auf ein ähnliches Fiasko hin, wie das mit dem großen Asketen. Keinesfalls wollte ich mein frischgewonnenes Vertrauen in die Männer verlieren. Aber wie sagte Lublinskij: *Gib jedem eine Chance, deine Vorurteile zu bestätigen. Reife daran!*

Ich ließ mich auf dem Holzstuhl nieder, wobei ich auf meinen Atem achtete. Nach ein paar Minuten befand ich mich wieder in der Grundstellung: offen, natürlich und frei.

Anstelle eines männerorientierten Gesprächs wurde eine spontane Mitgliederversammlung einberufen. Etwa zwanzig Männer entschieden über die Zukunft des Belling-Hauses. Als erstes haspelte ein Typ mit Piepsstimme den Jahresbericht herunter. Ich verstand kein Wort. Anschließend sprudelte der Kassenwart seinen Rechenschaftsbericht heraus, und per Handzeichen wurde, außergewöhnlich unkonziliant und rasch, Sigmund abgewählt und Hansi zum neuen Vorsitzenden ernannt.

»Applaus verbitte ich mir.« Hansi fuhr sich durch die Haare. Es hätte ohnehin niemand geklatscht, ein Großteil der Männer drehte sich Zigaretten oder betrachtete, wie ich, die eigenen Schuhe.

Nur noch der Tagespunkt »Sonstiges«, dachte ich, dann geht's endlich los.

Blaue Dunstwolken breiteten sich aus.

»Wer macht einen Vorschlag?« fragte Hansi.

Niemand meldete sich.

»Okay, ich schlage was vor«, rief der neue Vorsitzende. »Es betrifft einen Punkt, der mir schon lange zum Halse raushängt. Dieser Name! Damit auch die breite Öffentlichkeit die neue Gruppe erkennt, müssen wir ihn ändern. *Die Konzilianten*... Das ist doch lachhaft. Wo bleibt denn unser Selbstwertgefühl?«

In der Runde herrschte keine große Aufmerksamkeit.

»Wer ist für *Die Differenzierten*?«

»Der quasselt ebenso 'ne Kacke wie Sigmund«, raunte mir mein Nebenmann zu und verkündete lautstark: »Das ist doch Scheiße pur.«

»Hast du einen besseren Vorschlag?« konterte Hansi und krempelte sich die Ärmel seines Hemdes hoch.

»Weißt du, was es kostet, den Namen eines Vereins zu ändern? Die Briefköpfe, die Visitenkarten, die Poster, vom Emblem ganz zu schweigen«, erwiderte mein Nachbar.

»Du hast doch den Kassenwart gehört, es ist genügend Kohle da!« schrie Hansi erbost.

»Aber nicht, um es für so einen Blödsinn auszugeben. Überhaupt wollte ich den Vorschlag machen, zwanzig Prozent unserer Einnahmen einem Männerwohnheim zu überlassen.«

»Du willst es den Pennern schenken?« Hansi notierte etwas. »Also, gut, bring deinen Vorschlag bei der Mitgliedsversammlung am 9. des Monats ein. Wer ist nun für *Die Differenzierten*?«

Die Männer diskutierten noch anderthalb Stunden über den neuen Namen und konnten keine Einigung erzielen. Wenigstens hatten sie sich nicht geprügelt.

»Dich hab ich total vergessen.« Hansi klopfte mir auf die Schulter. Er war naßgeschwitzt. »Wir gehen jetzt noch in 'ne Pizzeria. Meine Wahl feiern. Komm einfach mit, dort können wir alles in Ruhe bequatschen, gell.«

Im Gewimmel war es leicht, aus dem Bellinghaus zu verschwinden. In irgendeinem Café saß wahrscheinlich Sigmund, und harrte seiner ausgebliebenen Zuhörer. Müde, deprimiert und enttäuscht ging ich zu Fuß nach Hause.

22.

Jeder Mann denkt, daß es für die Frau ein Erlebnis sein muß, mit ihm zu schlafen. Tatsächlich bumsen die meisten Männer munter drauflos, ohne sich vorzubereiten. So kommt es oft zu Verspannungen, zum Stau oder vorzeitigen Erguß. Auf alles bereitet sich ein Mann vor: auf den Führerschein, aufs Skifahren, auf Prüfungen, auf den Wehrdienst, nur beim Sex hält er sich für ein Naturtalent.

§ 28 Mann und Sexualität
Stanislaus Lublinskij

Täglich zog ich meinen PC-Muskel hundertmal zu seiner Stärkung zusammen. Ganz gleich, ob ich frühstückte, las, duschte oder Auto fuhr. Niemals ließ ich diese Übung aus. Lublinskij empfahl etwa fünfmal am Tag, den Pubococcygeus für drei Sekunden anzuspannen. Hierdurch könne die *ejakulatorische Unvermeidbarkeit* nach Belieben hinausgezögert werden. Nebenbei wirkte sich das auch auf Blase und Stuhlgang ausgesprochen positiv aus.

Beim Wasserlassen habe ich mich mit dem Pubo eingehender beschäftigt, versuchte den vollen Urinstrahl durch Anziehen des Muskels zu stoppen, wobei sich um den Toilettensokkel kleine Pfützen bildeten. Erst später lernte ich, Übung hin oder her, mich als bewegter Mann beim Wasserlassen zu setzen.

Ich gebe es offen zu: In diesen Monaten ohne Partnerin machte ich Masturbationsübungen, Training gegen den vorzeitigen Erguß. Die größte Schwierigkeit bereitete es mir, bei Licht ganz bewußt zu onanieren. Mit dem nötigen Handwerkszeug (Vaseline, ein Handtuch, zur Not auch ein Sokken) legte ich mich zu Bett und streichelte meinen Penis. Längst verdrängte Schuldgefühle tauchten auf, Erinnerungen, die erst neu verarbeitet werden mußten, bevor ich wieder unbefangen Masturbation betreiben konnte. So platzte meine Großmutter, die gelegentlich den Babysitterdienst übernommen hatte, mitten in der Nacht in mein Zimmer, riß mich manchmal mit ihrem Schrei: »Da unten faßt sich ein Junge nicht an!« aus dem Schlaf.

Dank der Vorschläge meines Lieblingsautors lernte ich meine eigene Sexualität, die ich bisher nur verschwommen wahrgenommen hatte, besser kennen.

Anfangs gab es technische Schwierigkeiten, eine Erektion herzustellen. Aus meinem Schrank kramte ich ein altes Playboy-Heft, das ich seinerzeit wegen des Interviews mit einem Dentalforscher erworben hatte. Damals hatte ich allerdings die Namen verwechselt und die Befragung eines Fußballtrainers vor mir. Nun klappte ich die Fotos zur Hilfestellung auf. Das Licht fiel unglücklicherweise immer im verkehrten Winkel auf das Hochglanzpapier. Ich versuchte es mit Stellungsänderungen (Zeitschrift und ich abwechselnd). Erfolglos. Letztendlich brachte ich eine halbgare Erektion zustande, indem ich mich absolut entspannte, konzentriert auf meinen Atem achtete.

Sprache konnte Sex zu einem technischen Vorgang machen, deshalb griff selbst Lublinskij auf praktische Skizzen und Fotos zurück. Bei der Preßtechnik kamen Zeige- und Mittelfinger auf die untere Seite des Gliedes, während der Daumen sich oberhalb befand. Sobald ich spürte, daß der Orgasmus nahte, preßte ich am Peniskopf fest zu. Eine andere Möglichkeit, die Ejakulation zu verhindern, bestand darin, die Hoden nach unten zu halten. Nicht zerren!

Es half. Auch wenn es mir fragwürdig erschien, die Masturbation durch Übungen auf fast zwei Stunden auszudehnen. Danach rauchte ich (Empfehlung des Autors) und stellte mir die Fragen aus dem Buch:

> *1. Kannst du erkennen, wo genau du deinen Orgasmus spürst? An der Spitze, an der Wurzel, an den Hoden, im Magenbereich oder in deinem Kopf? Wo, wie und wann?*

Das war zugegebenermaßen ein wenig diffizil, und nicht selten ging ich zur nächsten Frage über:

> *2. Wäre es für dich vorstellbar, Sex mit einer Frau zu haben, ohne den Körper deiner Partnerin zu berühren?*

Das ließ sich eindeutig bejahen. Meine solistischen Übungen begannen mir zu gefallen. In meinem tiefsten Innern wußte ich, ich würde meiner zukünftigen Partnerin große Freude bereiten können. Das gab mir das behagliche Gefühl von Genugtuung, die mich in meinem Handeln bestärkte. Was sprach denn gegen das Penistraining? Andere spielten Squash, machten Bodybuilding oder schwammen. Ich trainierte zu Hause, hart, unnachgiebig, ausdauernd.

3. Ist dir klar, ob du Sex nur haben möchtest, um selbst zu kommen, oder willst du auch deinem Partner zur Befriedigung verhelfen?

Das war zugegebenermaßen ebenso diffizil wie die erste Frage.

4. Macht dir eine Liebesnacht auch Spaß, wenn du nicht in die Vagina eindringst?

Das mußte neu erprobt werden.

5. Findest du nicht, daß ihre Menstruation ein aufregendes Erlebnis für dich sein kann? Macht es dir etwas aus, wenn das Blut auf dich fließt?

Nun, ja. Nächste Frage.

6. Fühlst du dich mies, wenn deine Partnerin nicht kommt?

Schwierig, sehr schwierig.

Endlich lernte ich meinen Körper kennen. Viel zu lange hatte ich ihn aus Minderwertigkeitsgefühlen heraus vernachlässigt. Er war ein unbekannter Planet, meine Finger erforschten alle Stellen, die sie erreichten, begannen zärtlich, streichelten verspielt. Mit welcher vermessenen Infamie hatte ich nur mein Glied für die einzige erogene Zone meines Körpers gehalten? Meine Finger spielten sachte mit meinen Brustwarzen, die sofort steif wurden. Ich streichelte meine Brusthaare, die Achseln, den Hals, den Po, ja, ich erforschte zart und mit besonderer Vorsicht meinen Anus. Nicht länger wollte ich eindringen, ich wollte auch derjenige sein, in den eingedrungen wurde. Leider stand bei Lublinskij außer Homosexualität kein weiteres Beispiel, bei dem das möglich war. Wogen der Erregung, Gänsehaut, Lustjuchzen. Mein Leib reagierte sensitiv auf das Fingerspiel. Ich lernte zu begreifen, daß er mein wertvollstes Gut ist. Ich mußte ihn gut behandeln. Jeder Schmerz, wie das Sausen in den Ohren, waren Anzeichen dafür, daß ich gewisse Dinge nicht hören wollte. Hatte ich Schmerzen in der Brust, war irgend etwas nicht erträglich. Und bekam ich Schnupfen, mußte wohl eine Angelegenheit in meiner Umgebung zum Himmel stinken. Das alles durfte nicht länger ignoriert werden.

Bald schon konnte ich den Ekel vor manchen Körperstellen überwinden und mich ohne Plastikhandschuhe streicheln.

Lublinskij war mir nach wie vor die größte Hilfe. Sein Buch wirkte auf mich allumfassend. Zweimal hatte ich es bisher gelesen. Mit Filzstift unterstrich ich bei der dritten Durcharbeitung jene Stellen, die ich gerade für Luithard als besonders wichtig einstufte. Meine Unabhängigkeit verbunden mit dem Wunsch, mich nicht länger verwöhnen zu lassen, demonstrierte ich, indem ich meinen Eltern den roten Alfa einfach vor die Tür stellte und den Schlüssel in den Briefkasten warf. Noch hatte ich nicht den Mut, ihnen persönlich zu sagen, weshalb. Ich absolvierte vor dem Spiegel (fiktiver Partner – alles bei Lublinskij nachzulesen) meine Frageübungen.

»Wie geht es dir?« Ich lächelte mein Spiegelbild an. »Wie war dein Tag heute? Hast du alles erreichen können, was du dir am Morgen vorgenommen hast? Hat dich jemand verletzt, ohne daß es derjenige wußte?«

An solchen Tagen überkam mich zuweilen eine große Sehnsucht nach einer ebenbürtigen Partnerin, der ich meine Neuerungen vorführen konnte.

Für die nächste Zeit ließ ich mir drei Monate Urlaub geben. Luithard reagierte unfreundlich. Sein zügelloses Machoverhalten war ich nicht mehr gewohnt.

»Was soll ich denn mit den Wurzelbehandlungen machen?« schrie er am Telefon. »Oh, mein Kollege kommt gleich. Er sucht nur nach seinem Mann-Sein, dauert drei Monate. Ach, nehmen Sie doch so lange im Wartezimmer Platz.«

»Was sind schon drei Monate?« fragte ich. »Gemessen an den Veränderungen, die es zu erreichen gilt.«

»Und was ist letztes Jahr gewesen, als ich wegen meiner Segeltour zwei Monate Urlaub wollte?«

»Das ist kein Vergleich. Du warst ja, als du telegrafiert hast, schon ganze zwei Monate unterwegs.«

»Also, gut, altes Hemd. Ruf mich trotzdem mal zwischendrin an, damit ich Bescheid weiß. Vielleicht kommst du ja als seelischer Schwarzenegger zurück.«

23.

Die Jahre der Schule und der Schrott-Fascho-Erziehung haben alles verschüttet. Suche nach deinen Ursprüngen, horche in dich hinein. Wenn du Freunde hast, gehe beherzt auf sie zu. Auch auf jene, die dir auf den ersten Blick womöglich nicht so sympathisch waren. Öffne dich, sei frei und finde die Gefühle unter dem Schutt der Jahre.

§ 45 Der Mann geht voran
Stanislaus Lublinskij

Mindestens zweimal in der Woche tauchte ich in der Männerbuchhandlung auf. Von dem kleinen Laden mit dem Fahrrad unter der Pinnwand ging eine angenehme Ausstrahlung aus. Hier konnte ich stundenlang ungestört stöbern. Trotzdem wußte ich, was sich gehörte, und ich erwarb indianische Märchen, ein Werk über indianische Mythologie, alternative Balkonbepflanzung und das tibetanische Totenbuch. Mit Martin, dem Buchhändler, wechselte ich regelmäßig ein paar Worte. Seine warmherzige Art gefiel mir. Auch wenn wir nur über Belanglosigkeiten sprachen, war die Unterhaltung mit ihm der einzige Höhepunkt der Woche, in der ich Zuspruch, Verständnis und zusätzlich eine Tasse Tee mit Plätzchen erhielt.

Ich suchte nach einem geeigneten Kochbuch. Martin empfahl *So kocht der Mann.*

»Danach habe ich gekocht, wenn meine Mutter mich besuchte. Für einen Anfänger ist es genau das richtige«, meinte er.

Ich mußte lächeln.

»Eigentlich bin ich gar nicht so ein Anfänger.«

»Jeder Mann schiebt immer seinen Sachverstand in den Vordergrund«, gab er zurück. Das stimmte. Auch er, so wußte ich inzwischen, hatte seinen Lublinskij im Kopf.

»Nein, im Ernst«, verteidigte ich mich. »Ich kann prima *pasta* zubereiten.«

Martins Gesicht hellte sich überrascht auf.

»Wirklich? So richtig frisch mit allen Zutaten hausgemacht?«

»Ich schwör' es dir.«

Martin stach mir frech seinen Finger in die Brust.

»Warum lädst du mich dann nicht mal ein?« fragte er.

»Warum nicht«, sagte ich. »Wie wäre es heute?«

So erhielt ich Gelegenheit, mich für die freundliche Aufnahme in seinem Laden zu revanchieren.

»Ich schließe die Buchhandlung um sechs. So um sieben Uhr könnte ich bei dir sein.«

»Gern«, sagte ich.

»Gut. Ich bringe Wein und Salat mit.«

Gegen sieben läutete es.

»Überraschung! Ich hoffe, ich störe nicht«, sagte Michael (rot), reichte mir eine Flasche Wein und wies auf meine Schürze und meinen Quirl. Beim großen Asketen war es auch zum unvermeidlichen Adressenaustausch gekommen.

»Ähm, ich habe mich irgendwie nicht getraut, dich anzurufen«, sagte er.

»Komm nur rein«, bat ich endlich ohne Unbehagen. Mein ablehnendes Verhalten auf dem Seminar hatte ich abgelegt.

Der Einfluß meiner Lektüre.

»Du, wenn ich dich gerade störe, kann ich auch ein andermal wiederkommen.«

»Michael«, begann ich und nahm ihn in den Arm. »Ich freue mich, daß wir uns wiedersehen. Ich bereite gerade *pasta* für einen Freund und mich. Es reicht auch für drei.«

»Das finde ich toll, daß du mich so spontan einlädst.«

Kurz darauf erschien Martin und schwenkte zwei Tüten mit Salat und Rotwein.

»Voilà, here I am, wie der kleine deutsche Urlauber sagt.«

»Michael, das ist Martin und umgekehrt.«

»Das ist ja eine Superküche.« Martin stieß einen Pfiff aus. »Hast du auch eine Spülmaschine?«

»Klar, hier«, sagte ich.

»Ist die laut?« erkundigte sich Martin.

»Sie läuft gerade.«

»Das ist ja irre. Ich hatte solche Dinger immer aus dem Gebrauchtkaufhaus. Rainer, mein Ex, hat sie angeschlossen. Aber die haben einen höllischen Lärm gemacht.« Er lachte. »Das Chrom deiner Küche macht mich total an. Hier könnte ich jeden Abend kochen.«

»Komisch«, murmelte Michael. »Mich erinnert es an Bernd vom Seminar.«

Michael entkorkte die Flasche, schnitt fachmännisch die Melone zum Nachtisch auf, bevor er sie im Kühlschrank unterbrachte.

Martin wusch den Salat mit der Handbrause der Spüle. Zuvor hatte er fasziniert einer Schublade mit dem kleinen Finger einen leichten Schubs gegeben. Langsam und lautlos ging sie zu.

»In so einer Wahnsinnsküche zu kochen, war immer mein Traum. Da stecken doch gleich die drei Sterne aus dem Michelin drin.«

Endlich saßen wir am gedeckten Tisch (Michael) mit zwei brennenden Kerzen (Martin). Wir tranken auf meinen ersten Männertreff. Es war für mich der schönste Abend seit langer Zeit. Und wer hätte jemals gedacht, daß ich ihn ausgerechnet mit Männern erleben würde. Alle meine Vorbehalte und innersten Ängste erwiesen sich als unbegründet. Wir aßen, tranken, rauchten, lachten.

Die Atmosphäre war sehr entspannt und friedfertig. Männer waren es, die mir Anerkennung gaben.

»Also, deine *pasta*...«, rief Michael, »formidabel!« Er

führte Zeigefinger und Daumen zum Mund und gab ein Kußgeräusch von sich. »Das habe ich nicht einmal in der Toskana so toll gegessen.«

Martin erhob feierlich sein Glas: »Auf den Koch! Deine *pasta* ist geradezu exorbitant, ja genial. Ich gehe noch weiter – du mußt deinen Beruf wechseln.«

Für einen Augenblick dachte ich ernsthaft darüber nach.

»Alle meine Frauen hatten was an meiner *pasta* auszusetzen.«

»Frauen«, sagte Michael verächtlich.

»Aber der Mensch braucht doch einen guten Freund fürs Leben«, beharrte ich.

»Wenn du einen Freund suchst«, sagte Martin, »kauf dir einen Hund.«

Nach dem Essen saßen wir im Wohnzimmer auf dem Boden und rauchten. Martin hatte es sich nicht nehmen lassen, die Spülmaschine aus- und einzuräumen. Michael wischte die Küche blitzblank, ich verwahrte die Reste in Tupperschüsseln im Kühlschrank und brachte den Tisch in Ordnung.

»Etwas Sensationelles ist passiert«, verkündete Michael. Wir schlürften Grappa.

»Eine neue Praktikantin?« scherzte ich und schnitt ein bißchen Käse auf einem Holzbrett auf.

»Treib damit keine Witze. Beinah hätte ich wegen so einer Tante meinen Job verloren. Jetzt mache ich die EDV. Nur Männer um mich herum, keine Gefahr.«

»Was ist denn so Tolles vorgefallen?« fragte Martin.

»Ich habe den Lublinskij gelesen.«

»Das hattest du doch schon auf dem Seminar«, stellte ich fest.

»Da hatte ich ihn nur überflogen, aber jetzt erst verinnerlicht.«

»Ihr wart zusammen auf einem Seminar?« erkundigte sich Martin und rauchte eine Zigarette mit kleiner schwarzer Spitze.

»Ein Wochenende auf dem großen Terebelin-Seminar.« sagte Michael. »Da haben wir uns getroffen. Kennst du es?«

Martin zuckte die Schultern.
»Ich weiß nur, daß es sündhaft teuer ist.«
»Und gebracht hat es gar nichts.« Aus Michaels Ton war die Enttäuschung deutlich herauszuhören.
»Vielleicht bringt es was, wenn du Surfen kannst«, bemerkte ich.
Vergnügt erzählte ich vom Belling-Haus und dem oberbürokratischen Einführungsabend. Martin kannte zwar keine Männergruppen, erwähnte aber einen Akiro Takahashi, einen Psychotherapeuten. Durch die Gespräche mit dem Japaner hatte er sein Coming-out erarbeitet.
»Oh, wow«, rief Martin plötzlich und sprang auf. »Ist das deine?«
Er wies zu der Nähmaschine auf meinem Arbeitstisch.
»Die ist neu«, sagte ich.
Michael hob einen Stoffetzen hoch.
»Hey, du kannst nähen? Hast du das gemacht?«
»Na ja«, ich lächelte bescheiden, »es wird eine Hose für die Freizeit.«
Seit einem Monat war ich in einem Nähkurs der Abendakademie.
»Die hat ja sogar Taschen.« Martin fuhr mit der Hand hinein. »Das ist doch ungeheuer schwer.«
»Ach, was.« Ich winkte ab. »Kinderspiel. Im Abendkurs lernst du unheimlich viel.«
»Kannst du mir auch so eine machen?« bat Martin. »Mit der kann ich bestimmt unheimlich gut Fahrrad fahren.«
»Und mir, wenn du schon dabei bist.« Michael prüfte den Stoff zwischen seinen Fingern.
»Liebend gern.« Es war ein völlig neues Erlebnis, für andere Männer dazusein.
»Wißt ihr was«, sagte ich ein wenig gerührt. »Ihr könnt einen richtig motivieren.«
»Das kommt nur daher, weil wir das Konkurrenzdenken abgelegt haben«, fand Michael.
»Wenn ich da an die Männer im Nähkurs denke«, sagte ich nachdenklich. »Das sind alles frisch Geschiedene oder Verwitwete. Solche Trauermienen. Die wollen anschließend je-

desmal was trinken gehen, aber ich habe keine Lust, mir den Trennungsmist anzuhören.«

Tatsächlich sprachen sie beim Nähen nur über Alimente und die Vorzüge der Ex-Frauen.

»Die haben alle diesen gequälten Blick – ich lebe jetzt allein und muß damit fertig werden. Das kann ich mir doch nicht antun.«

»Gib ihnen doch eine Chance«, forderte Michael.

»Will ich ja. Aber ich muß erst mal den ersten Rückschlag verdauen.«

Michael schenkte uns Grappa nach. Martin holte frisch gebrühten Espresso.

»Rückschlag?«

»Naja, einer fragte mich, ob ich sie mit in die Kneipe begleiten wolle. Als ich dankend ablehnte, meinte er doch, er habe mich ja nur gefragt, weil die anderen fänden, ich würde immer so gequält dreinblicken.«

24.

[...] werden Männer dein Seelenfell bürsten.

§ 56 Stanislaus Lublinskij

Am Wochenende fuhren wir drei mit den Rädern in ein Naherholungsgebiet am Altrhein. Ausführlich hatte uns Martin von dem See mit dem Nacktbadestrand vorgeschwärmt. Er sei schwer zu erreichen, wir müßten mit unserem Gepäck durch 1,50 m tiefes Wasser waten. Doch der Aufwand würde sich lohnen. Ich kam mir vor wie Bogart in *African Queen*. Stellenweise war der Tümpel doch etwas tiefer, abenteuerlich hielten wir unsere Habe über unsere Köpfe. Von der kleinen Wanderung erschöpft, erreichten wir den von Bäumen umgebenen See. Wir breiteten unsere Handtücher aus, und Michael und ich zogen die Badehosen aus. Martin hantierte an seiner Kühlbox mit zwei Sektflaschen.

»Ist es nicht herrlich hier?« pries Martin und holte demonstrativ Luft, die er mit einem knappen »Aaah« wieder entließ. Nebenan gab es ein paar Badegäste mit Klappstühlen, Tischen, Grill und Sonnenschirm. Wie waren die damit hergekommen? »Hierher fahre ich schon seit Jahren. Ein Nachmittag an diesem Ort ist für mich wie zwei Wochen Urlaub.«

Schäumend floß der Sekt in die Plastikbecher.

»Wißt ihr, meine Lieben, Klamotten beschränken uns, geben dem Körper keine Möglichkeit zu atmen und frei zu sein. Deswegen gehe ich immer wieder zum FKK. Das ist ein völlig anderes Feeling. Seht euch doch nur um. Keine Spanner. Alle sind natürlich und nackt. Wie eine große Familie.«

»Martin«, warf ich in seine Lobrede ein. »Wenn du so für FKK bist, wieso hast du dann als einziger noch die Badehose an?«

Martin blickte zunächst auf unsere Genitalien, dann auf seine Badehose.

»Tja«, antwortete er gedehnt, »wer von euch geht mit mir jetzt ins Wasser?«

Reagierte so ein echter Lublinskij? Ungläubig starrten wir ihn an.

»Schon gut, schon gut. War nur ein Scherz. Also, ihr wollt wissen, warum ich meine Badehose anhabe?«

»Klar«, sagte Michael. »Ich hoffe, du hast einen guten Grund.«

»Kennt ihr eigentlich den alten Nudistenwitz...« Er lächelte und kraulte seinen Bart.

»Martin!« riefen wir. »Martin!«

»Also gut, also gut. Ich war vor ein paar Wochen beim Urologen und habe mich sterilisieren lassen. Ich meine, ich möchte keine Kinder in die Welt setzen. Seht euch doch nur um in der Welt. Überall Kriege, hungernde Menschen, Katastrophen.«

»Aber«, sagte Michael nachdenklich, »du sagtest doch, daß du schwul bist.«

»Wo ist da der Widerspruch?« fragte Martin pikiert.

»Ich bewundere deine Tat«, sagte ich, »ehrlich. Aber was hat das mit deiner Badehose zu tun?«

»Naja, der Urologe hat mich da unten ziemlich kahlrasiert.

Nicht nur, daß es höllisch juckt, schwitzt und stinkt, es sieht auch noch dämlich aus. Wie ein gerupftes Huhn. Seid ihr jetzt zufrieden?« fragte er und sprang kopfüber ins Wasser.

»Kommt rein, es ist herrlich hier«, rief er.

Michael und ich sahen uns irritiert an. Sterilisation! So weit war von uns beiden noch keiner gegangen.

»Wo ist denn schon der Widerspruch?« sagte ich und ging ins Wasser. Michael folgte mir – zum Glück, denn im nächsten Augenblick packte mich ein Wadenkrampf.

Kaum ging der Nähkurs seinem Ende zu, meldete ich mich für den Fortgeschrittenen-Kurs an. Die »Kochkurse für Männer«, veranstaltet von der AOK, nahmen einen weiteren Abend der Woche in Anspruch. Ich konnte ja meinen Jungs nicht dauernd *pasta* vorsetzen. Mit der Zeit reizten mich die doch eher einfachen Rezepte nicht mehr. Für eine beachtliche Summe erhielt ich Gelegenheit, einem Spezialkurs von Franz Löwensteiner, dem mehrfach preisgekrönten Koch, beizuwohnen. Seine Bedingung: Nur zusehen, nichts anfassen! Zeuge kleiner Tricks und Kniffe feiner Saucen zu werden, aber nicht sprechen. Ergriffen sah ich zu, wie Löwensteiner Trüffel unter die Haut eines Huhns schob. Drei Abende durften ich (und zwei andere Männer, Journalisten bei *Essen und Trinken*) über des Meisters Schulter sehen. Es war aufregend und anregend, machte mich jedoch auch hungrig. In Löwensteiners Küche konnten wir zwar zusehen und andachtsvoll schweigen, erhielten aber keinen Bissen. Wenn ich nach Hause kam, bereitete ich mir mit großem Enthusiasmus das zu, was sich gerade im Kühlschrank befand.

Häufig träumte ich davon, ein gefragter Koch zu werden. Einer, um den sich die großen Restaurantbesitzer reißen würden. Nach dem Spezialkurs sah ich mir Löwensteiner und andere Koryphäen in einer Fernsehsendung an, die ich auf Video bannte. Lammbraten, Kalbsnieren – alles lernte ich von den Fachleuten. Wie wurden Nudeln richtig abgeseit, wann war eine Kartoffel wirklich gar, durfte ich Gemüse aus der Tiefkühltruhe verwenden? Einen Supermarkt betrat ich nur noch, um Zigaretten zu kaufen. Alle anderen Nahrungsmittel erstand ich beim wöchentlichen Flanieren über den Marktplatz, wo ich mit immer sicherer Hand die Frische der Waren vor dem Kauf prüfte.

Nicht nur ich veränderte mich. Martin stellte eine zusätzliche Kraft in seiner Buchhandlung ein, um mehr Zeit für sich zu haben. Er befaßte sich mit Häkeln und Babypflege, beides Grundkurse der Abendakademie. Michael ließ sich aus »gesundheitlichen Gründen« auf eine Halbtagsstelle versetzen, die weit unter seiner Vergütungsgruppe stand. In seiner freien Zeit widmete er sich dem Töpfern und Holzschnitzen. Keiner sollte bei seinem alten Wissensstand bleiben.

Die Tage mit meinen neuen Freunden zählten zu den unbeschwertesten meines Lebens. Manchmal kam es mir wie das Nachholen meiner Jugend vor.

Michael hängte meine Vorhänge ab und wusch sie, Martin bügelte meine Hemden. Ich selbst hatte mich vom falschen Hasen zu *Truite saumonée à l'imperiale (Getrüffelte, in Champagner gedünstete Lachsforelle)* gesteigert. Die Verbesserung unserer Ernährung dankten mir die Jungs mit bewundernden Rufen und Applaus bei Tisch. Michael, zum Beispiel, betrat mit dem Bügelspray in der Hand die Küche.

»Hier riecht es aber gut.«

So eine leise Bemerkung freute mein altes Männerherz. Oder Martin, der stets mein Gefühl für Farbe und Form im Anrichten einer Platte beachtete, stärkte damit mein Selbstbewußtsein. Kochen war meine Passion geworden, und meine beiden Freunde waren kulinarische Jünger. Dauerte die Zubereitung des Essens mal ein bißchen länger, beklagten sie sich nicht, sondern suchten sich neue Aufgaben in meiner Wohnung. Auch wenn ich die Ansicht vertrat, das heutige *Bécasse aux croûtons (Schnepfe mit Salmi)* sei nicht ganz gelungen, so ließen sie mich mein Versagen nie spüren.

Sah ich Martins und Michaels erwartungsvolle Blicke, wenn sie meine Nachspeise *Bombe glacée à moscovite (Vanille-Himbeer-Eistorte)* bestaunten, dann wußte ich: wir waren wesentlich weitergekommen und hatten uns der verschütteten kindlichen Freude und Ursprünglichkeit genähert. Wir lernten, uns wieder zu freuen.

Wir hatten es uns zur Gewohnheit gemacht, reihum aus Lublinskijs Buch vorzulesen, während Michael an seinem Holz schnitzte, ich meine Gans rupfte oder Martin unermüdlich eine Puppe wickelte. Lublinskijs Erkenntnisse jagten uns jedesmal erneut einen eisigen Schauer den Rücken hinunter. Bis spät in die Nacht vertieften wir uns in ernsthafte und intime Gespräche. Welchen urpatriarchalischen Ballast hatten wir abgelegt!

»Ich wollte nur mit Liesbeth schlafen«, erzählte Michael freimütig. Wir tranken auf meiner Terrasse französischen Landwein und knabberten Knoblauchbrot mit einem russischen Dip. »Damals war mir nicht bewußt, daß ich sie bedrängte. Ich wollte ihren Körper, wollte sie nur vögeln. Obwohl sie bei jedem Kleidungsstück, das ich ihr abnahm, nein sagte, fuhr ich fort. Steif, unbeweglich lag sie da und ließ es geschehen.« Er faßte sich an den Kopf. »Wie ich mich heute dafür hasse. Es war so schäbig und egoistisch von mir.« Er wischte sich mit der flachen Hand die Tränen weg. »Ich schäme mich so.«

Ich ergriff spontan Michaels Hand, streichelte sie sanft.

»Mir ging es mit Ralf so ähnlich«, begann Martin, den der Gefühlsausbruch unseres Freundes nicht gerade kalt gelassen hatte. »Er war ganz scharf auf mich. Vor Aids wäre ich auf so einen Typen bedenkenlos abgefahren. Ab dreißig wirst du automatisch vorsichtig in der Szene. Traust dich ja kaum, nach dem Schein zu fragen. Ich kannte Ralf nicht gut genug, trotz meiner Proteste nahm er mich. Er tat mir ungeheuer weh. Wenn du dich wehrst, schmerzt es wahnsinnig.« Martin schluchzte leise. »Ich fühlte mich so erniedrigt.«

»Genau wie Liesbeth«, sagte Michael schniefend. Auch ich war von diesem Gespräch ganz mitgenommen. Ich zitierte unser Buch: »Nein heißt nein und nicht vielleicht!«

Aus freien Stücken erhoben wir uns auf der Terrasse, umfaßten die Schultern des anderen und schrien aus der Tiefe unserer Seele an die zwanzigmal in die Nacht:

»Nein heißt nein und nicht vielleicht!
Nein heißt nein und nicht vielleicht!
Nein heißt nein und nicht vielleicht!
Nein heißt nein und nicht vielleicht!
Nein heißt nein und nicht vielleicht...«

Obwohl uns dieser Augenblick sehr bewegte, stießen unsere befreienden Rufe in der Nachbarschaft auf wenig Begeisterung. Immerhin war es schon eine Stunde her, seitdem die Glocke einer entfernten Kirche Mitternacht geschlagen hatte. Eine Reaktion erhielten wir von einer Katze, die unserer Parole nur ein blödes Miauen entgegensetzen konnte. Ein Nachbar aus dem Haus gegenüber verlor die Beherrschung. Sein niedriges Niveau erkannten wir schon an seiner Aufmachung (Unterwäsche).

»Haltet endlich eure Fressen, sonst mach ich euch Beine!« schrie er.

»Blöder Macho«, riefen wir im Chor zurück und: »Sklave deiner falschen Bedürfnisse.«

Daraufhin hörten wir einen Schuß, der eine meiner Terrakottakugeln zerstörte. Eilig gingen wir hinein und besannen uns eisern auf unsere natürliche Friedfertigkeit.

25.

Die Selbstfindung wird euch weiterbringen. Ihr werdet bessere Männer, bessere Partner, bessere Väter, bessere Söhne. Gebt euren Kindern, euren Eltern, euren Partnern und Freunden ein gutes Gefühl. Nehmt sie an. Diskutiert mit ihnen. Laßt vor allem die Kinder eure neue Zärtlichkeit erfahren. Sonst wird es wie bisher weiterlaufen – ihr zieht euch einen abgehärmten Kronprinzen auf. Ein sattes Spiegelbild eurer ursprünglich eigenen Arschlöchigkeit.

§ 71 Männer im Alltag
Stanislaus Lublinskij

In welche Höhen das neue Bewußtsein reißen konnte! Ich weiß, ich weiß. Meine Rede ist von Idealismus und Engagement geprägt, wirkt gelegentlich überladen und wie der penetrante Missionarstrieb eines notorischen Bekehrers. Andererseits möchte ich nicht auf meine erkämpfte Gefühlsbetonung verzichten.

Zu lange hatte ich rational gedacht und gehandelt, mich in die typischen Abhängigkeiten der Besserverdienenden begeben. Ganz deutlich sah ich alles vor mir: unser bisheriges Versagen, das verquere, männliche Denken der Jahrhundertwende und vor allem die Unfähigkeit zu Zärtlichkeit und Vertrauen Männern gegenüber. Unvorstellbar, sich zum Skat oder Fußballspielen zu treffen. Unter anderen Umständen wären Martin, Michael und ich vielleicht ins Kino gegangen. Damit hätten wir jedoch keinen gemeinsamen Konsens erreicht. Statt uns mit moderner Freizeitunterhaltung zu verblöden, sprachen wir lange und intensiv über die neuen Erkenntnisse und alten Ängste, Ziele und Gelüste. Diese tiefe Freundschaft und Verbundenheit stellte für mich alles in den Schatten, sie bedeutete mir unsagbar viel. Ungezwungen trat ich nun Männern gegenüber, ja, es war mir sogar möglich, meine intimsten Dinge (Kontoauszüge, Briefe) offen herumliegen zu lassen. Selbst mein hartes, einsames und trostloses Einzelkindschicksal arbeitete ich auf. Noch verblieben mir drei unbekümmerte Wochen, bevor ich wieder in meinen Beruf zurückkehren mußte. Luithard reagierte voller Verständnis auf meine Empfindungen und überwies alle komplizierten Fälle an meinen Vater. Eines Tages lud ich ihn am Telefon zum Schwimmen mit Martin und Michael ein. Sollte er ruhig sehen, daß Veränderung möglich ist. Er sollte veränderte Männer kennenlernen, um seine lächerlichen Vorurteile abzubauen. Als wir uns mit den Fahrrädern im Hof trafen, nahm ich ihn zur Begrüßung in den Arm. Ein Zeichen wahrer Sympathie. Martin, Michael und ich hatten vor kurzem – auf Anraten Stanis (wie wir jetzt den Lublinskij vertraulich nannten) – begonnen, uns auf diese Weise zu begrüßen. Es war nichts dabei, einen anderen Mann in die Arme zu schließen. Alle Ängste und neurotischen Komplexe gehörten der Vergangenheit an. Ich konnte freier atmen und hatte beim Sprechen eine weniger gepreßte Stimme.

Luithard stellte unser Trio dennoch vor eine schwierige Situation, indem er uns am Nacktbadestrand fortwährend in das alte Konkurrenzdenken herunterzog. Da war einmal sein Penis, dessen gewaltiges Ausmaß uns ganz schön zu schaffen machte. Dann gebärdete er sich wie ein Teenager, warf seine Frisbeescheibe ins Wasser, schwamm hinterher oder forderte uns auf (demonstrativ lag das Buch von S. L. auf dem Handtuch), mit ihm Handball zu spielen. Die Veränderung in mir schritt stetig voran. Weshalb also sollte ich an einem harmlosen, sonnigen Badenachmittag in die alten Formen des Aneinandermessens zurückfallen. Aus diesem spielerischen Gegeneinander wuchs der größte Feind der Menschheit, der Krieg. Wacker versuchten wir seinen Provokationen zu trotzen. Die Stimmung blieb gereizt. Wenn wir schwammen, mußte Luithard sich immer wieder produzieren. Er kraulte mit einem Affenzahn durch den See, tauchte, prustete oder strampelte mit den Füßen platschend im Wasser. Schweigend saßen wir beisammen und wußten uns nicht zu helfen. Martin cremte pikiert und mit eleganter Nachlässigkeit sein Glied ein. Da kam mir ein Einfall. Stani erzählte in einem seiner Bücher von einem aggressiven Wochenende. Die drückende Stimmung löste sich in Nichts auf, als er ganz spontan seinen Spitzbart à la Lenin abrasierte. Durch diese äußerliche Veränderung wurde der Frieden in der Gruppe wiederhergestellt.

Um – symbolisch – meinem großen Vorbild nachzueifern, zog ich meine Badehose herunter. Michael und ich hatten uns beide vor kurzem sterilisieren lassen. Warum sollten immer die Frauen verhüten, hatten wir uns gesagt. Allein die Luftverschmutzung, die schlechte Trinkwasserqualität und das mäßige Fernsehprogramm mußten jeden vernünftigen Mann von der Kindeszeugung abhalten. Nachdem Martin noch einmal genaue Auskünfte geliefert hatte (lokale Betäubung, Schmerzen, Folgeprobleme...), stand der Entschluß fest.

Der Anblick meines kahlen Geschlechtes brachte uns alle zum Lachen. Die Friedfertigkeit der vergangenen Tage war wieder da. Sie ließ sich selbst nicht mehr durch Luithard zerstören.

Ein weiterer Punkt in unserem Leben war die Gesundheit. Die Entscheidung fiel, mehr auf unseren Körper und Organismus Rücksicht zu nehmen und Eigenverantwortung zu beweisen. Es begann mit harmlosen Atemübungen und endete mit der rigorosen Umstellung der Ernährung. Bier und Cola tranken wir nur noch in der Light-Version, wir rauchten Light-Zigaretten und warteten ungeduldig auf den Vertrieb von Demeter-Tabak. In der Küche hing ein Poster von Barbara Rütting (die weißhaarige Version mit Ziege und Kräutern). Nach ihren Rezepten führte ich jetzt die Küche. Fast. Das heißt, Fleisch gab es schon ab und zu. Auch Fisch. Die neue Eßkultur (Halbwertkost) erforderte jedenfalls eine Getreidemühle, um unser Mehl selbst zu mahlen und eigenes Brot zu backen. Die Ausflüge mit den Rädern führten zum Biobauern, bei dem wir unser Obst und Gemüse selbst ernteten. Oft unternahm ich kulinarische Ausflüge in makrobiotische Gefilde. Die Ergebnisse waren verblüffend. Seitdem wir Kaffee light, Cola light und Bier light tranken, vergingen meine Herz- und Gelenkschmerzen, verflogen Michaels Unpäßlichkeiten in seinem Knie bei Wetterumschwung und Martins akneartiger Ausschlag. Meine Haut wurde zarter, und das sonst zweimal wöchentliche Peeling vollführte ich nur noch einmal im Monat. Auch trugen wir jetzt Birkenstockschuhe, die anfangs ungewohnt waren und Anlaß zu unfreiwilligen Stolpereien boten. Bald aber hatten wir uns daran gewöhnt und wechselten höchstens zu Noppenschuhen, um im Gehen die Reflexzonen massieren zu lassen. In meiner Begeisterung schenkte ich meinen Eltern die gleichen Schuhe. Darüber schienen sie sich nicht zu freuen. Eigentlich freuten sie sich über gar nichts richtig. Sie hatten es nie gelernt. Martins gehäkelte Topflappen zu Ostern lehnten sie ab. Sie maßen jenen Dingen keine Bedeutung zu, die ideellen Wert besaßen.

Auch im Gespräch gerieten wir aneinander. Sie begriffen nicht, weshalb ich für ein Vierteljahr aus dem Berufsleben ausgestiegen war. Meine ganze Mannfindung leuchtete ihnen nicht ein. Alle Ausführungen über meine neuen Männerfreundschaften wurden skeptisch zur Kenntnis genommen. Meine Eltern konnte ich nicht mehr ändern, aber mein Verhältnis zu ihnen für mich neu durchleuchten.

»Ihr habt mich als Einzelkind stets verhätschelt«, sagte ich. »Versteht mich nicht falsch, ihr habt es lieb gemeint, damit aber mein Gefühlsleben blockiert.«

Irritiert sahen sie mich an. Neuerungen bringen alles immer ein wenig durcheinander. Außerdem spielte hier noch der Generationskonflikt eine führende Rolle.

»Du hast nie mit mir gespielt, richtig gespielt«, warf ich meinem Vater vor. »Wegen deiner Distanz komme ich mit meinem eigenen Sohn kaum zurecht. Ich gebe dein ganzes Fehlverhalten weiter.«

»Dein Vater ist immerhin ein äußerst begabter Zahnchirurg. Das solltest du nicht außer acht lassen«, äußerte meine Mutter.

»Und die Eisenbahn?« fragte mein Vater. »Habe ich nicht jedes Jahr zu Weihnachten die Eisenbahn aufgebaut?«

»Schon. Du hast mir sogar immer neue Teile dazugeschenkt, aber ich durfte nie damit spielen. Die ganzen Feiertage bist du deswegen auf allen vieren herumgekrochen.«

Fürsorglich nahm ich meinen Vater in die Arme. Er sollte meine Liebe spüren. Willenlos, ja erstarrt, ließ er es geschehen.

»Du weißt doch«, ergriff meine Mutter wieder das Wort, »was für eine schwierige Kindheit dein Vater hatte. Damals, nach dem Krieg, mußte er schon früh anfangen zu arbeiten. Du kannst ja nicht wissen, wie die Zeiten waren.«

Daß ich jetzt nicht schwieg, zeigte mir, wie sehr ich seit meiner Kindheit mit Analyse und Verständnis weitergekommen war.

»Jetzt nimmst du ihn wieder in Schutz«, stellte ich fest. »Und schonst ihn. Du verwöhnst ihn damit und läßt ihm keine Möglichkeit, mit dem Konflikt fertig zu werden. Du hast auch mich meine ganze Kindheit durch verwöhnt und mich nicht zu emanzipierter Selbständigkeit erzogen. Das soll kein Vorwurf sein, Mama, nur eine Feststellung.«

Meine Mutter zündete sich eine Zigarette an und schob nervös die schwarze Videokassette beiseite, eine leise Anspielung auf mich, den Spielverderber. Eigentlich wollten sie mir den Urlaubsfilm aus Kenia zeigen.

»Auch Paps hast du maßlos verwöhnt. Er könnte sich nie selbst seine Hemden bügeln.«

Paps zuckte zusammen.

»Schau doch dein krumpeliges Hemd an«, sagte meine Mutter, »wenn du so bügelst, kannst du es gleich seinlassen. Und auf wen fällt das zurück?«

Paps öffnete den Mund, ohne etwas zu sagen.

»Auf mich«, sagte sie und verkniff die Lippen. »Du bist ungerecht. Ich habe dich nicht zur Selbständigkeit erzogen? Du mußtest dein Bett machen und hast deine Spiegeleier persönlich gebraten. Damals hatten wir die Befürchtung, du wolltest Koch werden.«

»Aber, Mama«, beharrte ich. »Was bedeutet es schon, Betten zu machen? Hast du eine Ahnung, was ich heute alles selbst mache, selbst machen kann? Am Haushalt bin ich gereift. Ich habe gelernt, daß ein gutgeführter Haushalt nicht auf dem Rücken einer Ehefrau oder Mutter ausgetragen werden muß. Du hast dich dein Leben lang neben deiner Arbeit in der Praxis im Haus mit Wäsche und allem Pipapo abgerakkert, während Paps in seinem Sessel geschnarcht hat.«

»So kannst du das nicht stehenlassen«, sagte mein Vater säuerlich. »Wir hatten zweimal die Woche eine Putzfrau, für Wäsche und Einkauf eine weitere Hilfe.«

»Trotzdem blieb noch genügend Arbeit für Mama!« rief ich und wies dabei mit dem Finger auf sie. Irgendwie hatte ich mich verheddert. Das Ganze nahm mich emotional dermaßen mit, daß ich nicht mehr auseinanderhalten konnte, wer von uns dreien das Opfer war.

»Also, Junge.« Meine Mutter hatte einen Schluck Whiskey getrunken. »Spiel dich doch nicht als mein Anwalt auf. Das ist ja einfach zu lächerlich.«

Es gelang mir nicht mehr, das Gespräch in die richtigen Bahnen zu lenken. Schweigend sah ich mir den Film über Kenia an und verabschiedete mich. Meine Mutter reichte mir zum Abschied Kuchen, den sie eingepackt hatte. Es war nicht der rechte Zeitpunkt, um über Vollkornmehl zu sprechen. Mir schwirrte der Kopf.

»Weshalb hast du eigentlich deinen Alfa Romeo bei uns abgestellt?« fragte sie. »Die Werkstatt ließ ihn durch einen Abschleppwagen abholen. Sie haben ihn gründlich durchgecheckt und konnten nichts finden.«

Immerhin hatte ich die Eltern-Kind-Beziehung ansatzweise neu definiert und meine Sache würdig vertreten. Endlich war ich in der Lage, die Gaben meiner Eltern ohne Zweifel, schlechtes Gewissen und peinigende Schuldgefühle anzunehmen. Wortlos nahm ich den Schlüssel an mich, klemmte das Fahrrad auf den Rücksitz und fuhr mit dem Alfa nach Hause.

Ich hatte Position bezogen. Es war jetzt endlich mein Wagen. Ohne Wenn und Aber.

Spannungen gab es auch mit Karin. Durch meine vielen Kurse fand ich unglückseligerweise keine Zeit für Kenni. Als ich mich telefonisch meldete, hielt er sich im Ferienlager auf. Ich fragte Karin vorsichtig, ob wir etwas gemeinsam unternehmen könnten. Wir verabredeten uns fürs Kino. Martin und Michael sahen diesem Treffen skeptisch entgegen, malten mögliche Pannen in düsteren Farben aus. Aber ich mußte mit meiner Vergangenheit ins reine kommen. Das sahen die Jungs ein. Vor allem nach dem Teilerfolg (positives Denken) mit meinen Eltern, von dem ich ihnen brühwarm erzählte.

Im Kino wartete Karin mit Biggi.

»Wie siehst du denn aus?« fragte Biggi und wies auf meine pinkfarbene Hose.

»Selbstgenäht«, sagte ich beiläufig und reichte ihnen das Päckchen Vollkornkekse für den Film, ließ mich zu einer Cola light einladen und berichtete den beiden von meinen vergangenen, mannfindenden Wochen.

»Männerscheiße«, sagte Biggi. »Gequirlte Männerscheiße. Egal, wie du's drehst und wendest, ihr bleibt ein Haufen altpatriarchalischer Nachfahren der Affen, ein hübsches, quadratisches Päckchen Affenscheiße.«

Wieso hatte alle Welt mit meiner Mannfindung Probleme?

»Aber, Biggi«, hielt ich ihrem unsachlichen Einwand entgegen, »wir engagieren uns für den Feminismus.«

Und ich erzählte ihnen von den Veranstaltungen, die wir drei Jungs in der Frauenbuchhandlung besuchten.

»Die lassen euch rein?« fragte Biggi entsetzt.

»Klar«, antwortete ich.

»Die lassen euch da rein? Echt rein? Euch?« Biggi griff sich an den Kopf.

»Wenn ich es dir doch sage.«

»Scheiße«, fluchte Karin, »wie weit müssen wir eigentlich noch runterkommen?«

»Jetzt nehmen die Männer auch noch den Feminismus in die Hand«, sagte Biggi bitter.

»Kannst du auch etwas Positives über uns Männer sagen?« wollte ich wissen.

Sie dachte nicht einmal nach: »Ein toter Mann furzt nicht!«

Bei den Treffen in der Frauenbuchhandlung fielen wir auf. Wir waren nicht nur die einzigen Männer bei diesen Terminen, sondern trugen auch noch alle drei die gleichen pinkfarbenen Hosen. Das war nicht abgesprochen, aber unsere intensive Freundschaft sensibilisierte unsere Intuition, auf die wir uns zu verlassen lernten. Zusätzlich trugen wir pinkfarbene Birkenstockschuhe, die Martin für uns drei günstig erworben hatte. Welchen Eindruck hätten wir denn im Anzug hinterlassen?

Meistens hielten wir uns bei Themen der Frauenbewegung zurück, nur Martin engagierte sich stark und meldete sich bei einer Diskussion über § 218 zu Wort. Er redete sich richtig heiß, und als Martin im Überschwang der Worte den Lesben das Recht auf Abtreibung zusprach, kam Unruhe auf. Wir traten den Rückzug an. Bei den nächsten Abenden (»Untergang des männlichen Imperiums«) hielten wir die Klappe.

Biggi war nicht von meinen tiefen Beweggründen zu überzeugen. Schweigend und verstimmt sah ich mir den Film, eine schwedische Produktion, an. Halb Dokumentar-, halb Spielfilm. Die Regisseurin stellte verschiedene Frauen in die gleiche Situation. Die ähnlichen Abläufe in den verschiedenen Schichten erschütterten mich. Meine Kekse, stellte ich fest, wurden aus gekränkter Weiblichkeit boykottiert.

»Im Grunde«, so faßte ich nach dem Film im Foyer meine frische Theorie zusammen, »im Grunde haben Frauen keine Chance, der Männerwelt gänzlich zu entkommen. Egal, wo sie sich befinden, ständig werden sie moralisch und körperlich kastriert und vergewaltigt. Das ist eine Schande für alle Männer.«

Überrascht starrten mich Karin und Biggi an. Soviel Einfühlungsvermögen für die weibliche Problematik trauten sie mir einfach nicht zu.

»Was ist?« sagte ich, weil sie mich mit offenen Mündern betrachteten.

»Das ist schon absolut richtig, was du sagst«, meinte Karin und berührte kurz meine Schulter.

»Aber«, fand jetzt Biggi, »aus deinem Mund klingt das alles ungeheuer blöd.«

26.

Zeige diese riesige, unglaubliche Scheißangst, die sich deiner bemächtigt. Zu lange warst du der furchtlose Mann in einer furchtlosen Männerwelt.

§ 132 Männer und Ängste
Stanislaus Lublinskij

»Man (!) könnte dauernd den Kopf schütteln, wenn man (!!) sich klarmacht, was der Mensch, ein intelligentes Wesen, tut, um alles Lebendige und Natürliche – und damit auch sich selbst – zu vernichten«, las ich vor, während Martin den Tisch deckte. Das Vorlesen aus Büchern, Aufsätzen und Artikeln zählte bei uns zu den guten Sitten. Bildung für alle.

»Interessanter Satzbau.« Michael hechtete mit zwei selbstgehäkelten Topflappen (Fischform) und dem heißen Kartoffel-Lauch-Auflauf an mir vorbei. »Von wem ist das?«

»Barbara Rütting«, sagte ich, Martins Besteckanordnung korrigierend.

»Heilige Ba-ba-Barbara.« Martin bekreuzigte sich, wobei er ein unschuldiges Jungferngesicht, oder das, was er sich darunter vorstellte, aufsetzte. Er war es, der über dem Poster mit ihrem Konterfei ein Blumenkränzchen aufgehängt hatte.

Ohne direkten Zusammenhang, eine weitere Demonstration unserer Flexibilität, lenkte Martin beim Essen zu einem neuen Thema über – der möglichen Existenz von Außerirdischen. Er schwor, in der Vorderpfalz ein UFO gesehen zu haben. Es habe »rosa und lila geglimmt«. Geglimmt!

Nur schwerfällig lösten sich die veralteten, negativ besetzten Denkweisen aus unseren Köpfen. Zwar gingen wir mit dem nötigen Respekt miteinander um, arbeiteten an unserer Sprache, aber solange sich noch Vorurteile in unseren Hirnwindungen hielten, waren wir nicht gänzlich befreit.

Michael vertrat auf Martins Aussage den eher kühlen, wissenschaftlichen Standpunkt und sagte: »Das müßte erst alles bewiesen werden, mein Lieber. (Einen solchen Scheiß-Stuß habe ich ja noch nie gehört.)«

Schon allein diese Formulierung zeigte, wie gut wir miteinander umgingen. Schließlich hatte es Michael durch die versachlichte Formulierung seiner Ansicht vermieden, Martin persönlich zu verletzen.

Martin war natürlich trotzdem getroffen, reagierte aber nur sensibel auf das Thema und bezog die Ablehnung nicht länger auf sich selbst.

Auch sachliche Gespräche bedurften der Vermittlung. Endlich konnte ich mein Harmoniebedürfnis ausleben, ohne Konflikte zu unterdrücken.

»Warum sollten wir die einzigen Männer im Universum sein?« fragte ich.

»Ich jedenfalls«, betonte Martin und verteilte das Kompott aus selbstgekochten Pflaumen in die Schälchen, »ich jedenfalls habe damals diese Erscheinung in den Weinbergen gehabt, und wenn ich etwas Ungewöhnliches erlebe, bin ich auch offen und bereit (im Gegensatz zu dir, du blöder Ignorant), das zu akzeptieren.«

Michael schwieg säuerlich.

»Immerhin wurde uns die sogenannte Vernunft«, fuhr Martin fort, »vom abgefeimtesten Exemplar des Mannes, dem Studienrat, eingetrichtert. Und was Studienrätinnen betrifft, so füllten sie ihren Wissensfundus doch stets mit Literatur und Lehrstoff, die von Männern geschaffen wurden. Sie brachten das urpatriarchalische Verhalten als Normvorgabe in den Unterricht ein und zwangen Generationen von Schülerinnen und Schülern ganz unauffällig in die veralteten Auffassungen. Ein UFO scheint nur jenseits der Vernunft...«

Wer Stanislaus Lublinskijs Buch je gelesen hat, weiß, welche kräftigen Anleihen Martin gemacht hat. Klang aber trotzdem ganz gut.

»Ich glaube nicht an UFOs, Geister und Seelenwanderung (und den ganzen Schwachsinn)«, beharrte Michael.

»Wenn du ein Erlebnis hättest, das dir durch Mark und Bein ginge (welches du als Ignorant allerdings kaum haben kannst), würde dich das überzeugen?«

Michael nickte.

»Klar, (wenn die Marsmenschen direkt vor meiner Nase landen würden) das würde mich überzeugen.«

»Gut«, Martin stopfte die Pflaumen in sich hinein. »Morgen ist Walpurgisnacht. Die Nacht der Hexen und Teufelsanbeter. Morgen, punkt Mitternacht, begeben wir uns zur Rickburg.«

»Was sollen wir denn im Odenwald?« fragte ich überrascht. Nichts war mir so verhaßt, wie mit den beiden Jungs Auto zu fahren. Im Alfa stritten sie sich immer um den Vordersitz, denn von ›sitzen‹ konnte auf der Rückbank keine Rede sein.

»Die Rickburg ist besonders nachts ein beliebter Ausflugsort und Treffplatz der Hexen, Magier und Teufelsanbeter. Teufelstanz und so fort. Das volle Programm.« Martin rieb sich vor Freude die Hände. Gab es da etwa noch andere Seiten an ihm...

»Ohne mich«, brach es aus mir hervor, und ich räumte das Geschirr ab. Übrigens typisch weibliches Fehlverhalten. Einen Satz hinwerfen und verschwinden.

»Ach, komm schon«, quengelte Martin. »Es geht doch nicht um die Existenz des Unglaublichen allein. Es geht doch um viel mehr. Zum Beispiel darum, die innersten Ängste aus den Tiefen der Seele herauszuhieven, um sich selbst besser kennenzulernen. Wenn du...«

»Ich kenne das Kapitel«, unterbrach ich.

Unsere Ansichten über Gewalt stimmten grob überein. Eine genaue Definition, inwieweit wir dazu neigten, hatten wir noch nicht erarbeitet.

Bis an die Zähne bewaffnet, wanderten wir bei Vollmond den Burgweg hinauf. Michael hielt eine Gaspistole in der Hand. Er hatte sie in seinem Auto deponiert, aus Furcht vor brutalen Überfällen in seiner Tiefgarage. Schon längere Zeit versuchten wir, ihn von der Waffe wegzubekommen. Bisher vergebens. Er klammerte sich an die Pistole, als wäre sie das letzte Refugium seines ehemaligen Manneslebens. Trotz Pistole hielt er sich für einen überzeugten Pazifisten (Protestant, Wehrdienstverweigerer). Ein Aspekt, den wir in langen, verzweifelten Gesprächen zu begreifen versuchten. Michael hielt Notwehr und Pazifismus für vereinbar.

Auch Martin holte aus seiner Lederweste einen Schraubenschlüssel. Prüfend schlug er ihn in seine Handfläche. Damit sich bei beiden keine Schuldgefühle bildeten – sie sollten nicht alleine auf Gewaltpraktiken zurückgreifen –, schnappte ich mir solidarisch einen stabil erscheinenden Holzprügel. Schweigend stapften wir den düsteren Waldweg entlang.

»Viertel vor zwölf«, sagte Martin. »Bis Mitternacht dürften wir es schaffen.«

»Es ist stockfinster.« Ich schauderte. »Was machen wir, wenn wir uns verlaufen?«

»Der Mond ist nur hinter einer Wolke«, gab Martin zurück. »Also, mach dir (nicht ins Hemd) keine Sorgen, mein Lieber.« Punkt zwölf erreichten wir den Innenhof der Ruine. In der Ferne vernahmen wir das leise Schlagen einer Glocke.

»Hierher!« rief Martin mit größtem Erstaunen in der Stimme. »Kommt her, seht nur.«

Der Mond beleuchtete den bemoosten Boden. Ein Zeichen

von etwa einem Meter Durchmesser schimmerte im silberhellen Mondlicht.

»Was ist das?« fragte ich.

»Ein Teufelskreis«, antwortete Martin mit Grabesstimme. Wir schluckten.

»Aus Sägespänen«, diagnostizierte Michael, ganz unerschrockener Wissenschaftler, indem er das Material prüfend zwischen seinen Fingern zerrieb.

»Laßt uns besser umkehren«, bat ich. Eine Scheißangst bemächtigte sich meiner, die Knie begannen zu schlottern.

»Auf gar keinen Fall«, flüsterte Martin. »Erst wenn Michael zugibt, daß Dinge existieren, die jeder Realität spotten.«

»Ich bleibe«, erklärte Michael und kontrollierte entschlossen seine Waffe.

Wir bewegten uns weiter, etwas flatterte an uns vorbei.

»Was war das?« piepste ich erschrocken, meine Stimme gehorchte mir nicht mehr. Der Schreck saß mir zu tief in den Knochen.

»Ein Spatz«, meinte Michael.

»Ein Spatz?« wunderte sich Martin. »Mitten in der Nacht? Du hast doch genau wie ich gesehen, was *es* war!«

»Naja«, räumte Michael ein. »Eine Fledermaus. Na, und?«

»Eine Fledermaus?« Meine Stimme überschlug sich, und die Knie wurden immer weicher. Diese Methode, die eigenen Ängste abzubauen, war nichts für mich.

»Ich gehe zum Auto«, sagte ich, obwohl ich allein keinen Schritt unternehmen mochte.

»Wir müssen zusammenbleiben, wenn wir eine Überlebenschance haben wollen«, beschwor uns auch Martin.

»Weiter«, befahl Michael.

Geduckt folgte ich den anderen in das Treppenhaus des Turmes. Ein merkwürdiger Geruch empfing uns.

»Wir hätten eine Taschenlampe mitnehmen sollen«, äußerte Michael bedauernd.

Ich mußte dringend austreten.

Plötzlich vernahmen wir murmelnde Geisterbeschwörungen. Aus der Dunkelheit rief eine Stimme in unmittelbarer Nähe: »Was, in des Dreiteufelsnamen, sucht ihr hier?«

Da war es mit unserer Selbstbeherrschung ganz aus. Wir rannten aus dem Treppenschacht, raus ins Freie, vorbei am hellerleuchteten Teufelskreis und sprangen so schnell, wie es die Konstitution erlaubte, den Berg hinab. Michael fiel über eine Wurzel und verlor seine Waffe. Martin trug seinen Schraubenschlüssel auch nicht mehr bei sich, und ich hätte keine genaue Auskunft darüber geben können, wo mein Prügel abgeblieben war. Außer Atem erreichten wir meinen Wagen. Wenigstens er war noch da. Ein Blick zum Himmel – der Mond und ein paar Sterne. Keine fliegenden Besen. Ich startete den Motor, und wir machten, daß wir davonkamen.

»Bist du nun überzeugt (alter Skeptiker)?« fragte Martin in einer Kneipe in der nahegelegenen Altstadt. Wir saßen bei alkoholfreiem Bier, rauchten Light-Zigaretten und knabberten je an einer würzigen Frikadelle mit Senf. Ein klarer Affront gegen Barbara Rütting, doch diese Sünde nahmen wir uns raus, zumal nachts um halb zwei Uhr nichts anderes angeboten wurde. Zuvor hatten wir schweigend in den Kabinen der Herrentoilette unser Wasser gelassen (sitzend!).

»Überzeugt nicht«, antwortete Michael, »aber ich hatte eine höllische Angst.«

»Bammel hatte ich auch«, erklärte Martin grinsend. »Mir rauscht es jetzt noch in den Gedärmen.«

»Diese Angst«, ließ ich zwischen zwei Bissen vernehmen, »war elementar und in jeder Faser meines Körpers spürbar.«

»Heute haben wir die Abgründe unserer Persönlichkeit kennengelernt. Das ging uns durch und durch, was?« Michael bestellte noch ein Bier. »Ich fühle mich nach diesem Abend wie befreit. Die Angst vor Atomkraftwerken, vor der Neutronenbombe, bekommt eine neue Perspektive.«

Martin stimmte zu.

»Diese Ängste waren unpersönlich und global. Aber heute abend verspürte ich eine Angst, die nur mir gehörte. Eine Angst, die ich sinnlich erfaßt habe.«

Erschöpft und glücklich saßen wir noch eine Weile beisammen. Unser Puls schlug wieder normal.

»Morgen früh gehen wir der Sache bei Tageslicht nach«, sagte Michael.

»Wozu?« fragte ich gereizt. Nie wieder würde ich das Gelände der Rickburg betreten.

»Du kannst mir vertrauen, Michael«, meinte Martin. »Da war das Böse am Werk. Ich kenne mich damit aus. Das mußt du nicht mehr überprüfen. Mit einer logischen Erklärung kommst du da auch nicht weiter.«

»Trotzdem gehe ich morgen wieder hin«, versicherte Michael. »Ich möchte meine Knarre wieder.«

Der Schraubenschlüssel schimmerte im Sonnenlicht, aber der Revolver blieb trotz intensiver Suche verschwunden. Eine halbe Stunde krochen wir durch das dornige Gestrüpp.

»Laßt uns noch einmal hochgehen«, bat Michael.

Wir taten ihm den Gefallen. Bei Tag wirkten der Wald und die Burg nicht mehr so unheimlich. Nach langem Ausschlafen und einem gemütlichen Pfannkuchenfrühstück waren wir aufgebrochen.

»Das ist jetzt schon der zehnte Teufelskreis in einer Viertelstunde«, sagte ich.

»Na und«, herrschte mich Martin an. »Die waren eben besonders gründlich. Oder kennst du dich mit den Riten der Teufelsanbetung aus?«

»Das nicht«, antwortete ich. »Aber wozu im ganzen Waldgelände den Teufel anbeten, wenn sie sich in der Burg getroffen haben?«

»Kein Grund, aggressiv zu werden«, knurrte er.

»Was sind das für Kreuze, Martin? Die Sache interessiert mich wirklich.«

»Und was sind das für Pfeile?« Michael wies auf die Zeichen aus Sägespänen. »Martin (du elender Hundesohn), das sind keine Teufelskreise, sondern Richtungsweiser einer (verdammten) Schnitzeljagd von irgendwelchen Schülern.«

Martin sagte nichts.

»Gehen wir nochmal auf den Turm«, erklärte er knapp. Er konnte sich eben nicht nur dem Ungewöhnlichen, sondern auch dem Gewöhnlichen stellen. Das Treppenhaus war auch tagsüber stockfinster und stank. Keuchend kamen wir oben an. Kerzen, billige, leere Korbflaschen und eine gewaltige Menge von ausgebreitetem Zeitungspapier befanden sich dort.

»Na, was ist mit deinen Teufelsanbetern, Hexen und Magiern?« fragte Michael spöttisch. »Haben die hier das *Tageblatt* um Mitternacht gelesen?« Er hatte sich wohl für einen Moment vergessen, jedenfalls trat er hochmütig in die Zeitungen hinein. Unter dem Wust von Papier war ein leiser Aufschrei zu hören – und Stöhnen. Ein neues, gewaltiges, harnanregendes Schreckerlebnis. Ich mußte schon wieder.

Eine dunkle Hand mit schwarzen Rändern an den Fingernägeln erschien aus einem Spalt und schob die restlichen Blätter zur Seite. Am Boden räkelte sich ein müder Tippelbruder.

»In Dreiteufelsnamen«, rief er, die Stimme kam uns gleich bekannt vor, »schon wieder die Bullen!«

»Bullen?«

»Erst gestern nacht, als ich pissen wollte, sind hier Bullen rumgestrichen«, sagte der Penner und spie auf den Boden. »Haste mal 'ne Zigarette?«

Ich reichte ihm mein Päckchen.

Er entließ einen Würgelaut des Ekels aus seinem Mund. Würde er sich erbrechen? Nach all dem Fusel kein Wunder.

»Das sind ja Leichte«, maulte er.

»Was hast du gestern hier gemacht?« fragte Michael, der sich als erster gefangen hatte, neugierig.

»Wir haben nur ein bißchen gefeiert. Die anderen sind schon weg. Die haben ja immer gesagt, daß ihr mich als ersten am Arsch kriegt, weil ich gern lange schlafe.« Er gähnte und zeigte dabei riesige, gelbe Zähne. Eine Lebensaufgabe für den Zahnarzt.

»Was habt ihr denn gefeiert?« forschte Martin.

»Paul hat Geburtstag gehabt, da hat er uns ein bißchen Roten ausgegeben. Nett von dem. Kam zu Geld.«

»Wieso ausgerechnet auf der Burg? Habt ihr denn nichts von den Teufelsanbetern gehört?«

»Naja, in der Altstadt nehmt ihr uns doch immer hoch,

was.« Interessiert sah er uns an. »Oder seid ihr keine Bullen?«

»Sind wir nicht.«

Spontan griffen wir zu unseren Brieftaschen. Michael reichte ihm zehn, ich zwanzig und Martin dreißig Mark. Erstaunt über die unterschiedliche Höhe der einzelnen Spenden, legte ich noch einen Zehner und Michael einen Zwanziger drauf.

»Oh, sehr nobel. Vergelt's Gott!«

Schweigend zogen wir den Berg hinunter.

»Pennertreff«, murmelte Martin. »Und wenn schon.« Er wurde lauter. »Hauptsache, wir haben eines unserer schönsten Angsterlebnisse gehabt.«

Michael wollte etwas erwidern, stolperte aber erneut über eine Wurzel und fand seine Pistole wieder.

»Die brauche ich nicht mehr«, erklärte er pathetisch und schoß die gesamte Munition in die Luft. Mit Schwung warf er die Waffe in die Böschung hinein.

Wir waren stolz auf ihn.

27.

Es ist wichtig, daß du dein neues Ich gut kennst und darauf vertraust, ohne in die alten Gentlemanallüren zu verfallen, die zweifellos verführerisch sind. Bedenke, du veränderst dich – die Frau ist noch immer die gleiche.

§ 167 Beziehungen
Stanislaus Lublinskij

Martin wurde launisch bis ungenießbar. Er schleppte seine Katze bei mir an, ein rot-weißes Weibchen mit dem sinnigen Namen Cocteau. Sein Vermieter untersagte ihre Haltung. Zu oft füllte sie die Nächte mit ihrem rolligen Maunzen.

»Du hättest sie sterilisieren lassen können«, sagte ich vorwurfsvoll und streichelte sie. Cocteau schnurrte.

»Bist du verrückt? Das arme Tier. Ich werde doch nicht an so einem wehrlosen Kätzchen rumschnippeln lassen.«

Kaum setzte ich die Katze ab, kackte sie in meinen Blumenkübel.

»Bevor ich's vergesse, sie frißt nur frischen Aufschnitt. Aber keine Blutwurst.«

Insgeheim beschloß ich, es bei Cocteau mit Hirse- und Buchweizenauflaufresten zu versuchen. Fett, wie sie war, würde ihr eine Ernährungsänderung gut zu Fell stehen. Martin packte das Fleisch und den Rotwein aus. Ich schliff das Messer. Auf dem Programm stand *Côtelettes d'agneau Soubise (Lammkoteletts mit Zwiebelpüree).*

»Wann wollten sie kommen?« fragte er seufzend.

»Um acht.«

»Eine Schande ist das«, sagte er und stellte die *Pêches Escoffier (Pfirsiche auf Nougateis mit Orangensauce)* in den Kühlschrank.

»Es ist seine Sache«, sagte ich, obwohl es uns sehr wohl anging und betraf.

Fortan schwiegen wir.

Michael hatte uns verlassen. Das gab er nicht zu, aber innerlich schloß er mit uns ab. Er hatte, oh, himmlische Fügung, Daniela in der Verbraucherzentrale kennengelernt und sich in sie sofort rasend verliebt. Mit rotem Kopf kam er abends zu uns und erzählte von *ihr*. Egal, worüber wir sprachen, immer wieder brachte er das Gespräch auf sie. Sie vorne, sie hinten, sie sagte, sie machte. Sie, sie, sie.

Martin schmollte schweigend, bis ihm der Kragen platzte: »Du kannst keine Beziehung mit einer Frau eingehen.«

Das war auch exakt meine Ansicht. Für eine Bindung erschien es mir noch zu früh, und ich erteilte dem hitzigen Liebesgockel den Rat, noch ein wenig zu warten.

»Du bist noch nicht so weit«, sagte ich. »Du hast bisher nur einen minimalen Durchbruch erreicht, dein neues Bewußtsein besteht nur in groben Zügen.«

»Genau«, stimmte Martin zu. »Du bist noch nicht reif für die Liebe. Noch nicht. Du wirst zermalmt, und die ganze Arbeit war umsonst.«

»Woher wollt ihr denn das wissen?« schnauzte Michael uns an. »Ihr seid doch nur eifersüchtig.«

Auf einen solch primitiven Vorwurf brauchten wir erst gar nicht einzugehen. Wir hielten uns an die Fakten.

»Naja, wir sehen es doch an uns selbst«, gab Martin sanfter zurück.

»Dann seid ihr eben langsamer als ich. Ich jedenfalls merke den Unterschied«, erklärte Michael trotzig. »Wir haben unseren ersten gemeinsamen Abend bei mir verbracht und die ganze Nacht über Sex geredet.« Er bekam wieder diesen entrückten Blick. Seine Ohren glühten vor Verliebtheit – das war ja nicht mitanzusehen. »Es war ... toll.«

Eine Weile starrte er ins Leere.

»Außerdem habe ich, das kann ich mit Stolz verkünden, schon einen Riesenfortschritt gemacht.«

»So? Welchen denn?«

»Sie ist keine Praktikantin. Ich habe sie nicht in der Bibliothek kennengelernt.«

»Das ist allerdings ein wichtiger Fortschritt«, sagte ich und klopfte ihm anerkennend auf die wattierte Schulter.

Das erwies sich als Fehler, da er nun begann, uns ausführlich die Vorteile ihrer Person (Erscheinung, Anmut, Sprache...), die uns entsetzlich langweilten, aufzuzählen. Martin blieb mißtrauisch.

»Sie wird dich nur aus unserer gefestigten Männerfreundschaft reißen. Nachdem sie dich umgekrempelt hat, läßt sie dich fallen.«

»Wer sagt euch Jungs, daß wir uns wegen ihr nicht mehr sehen sollen?«

»Sie wird's dir schon austreiben« prophezeite Martin bitter. »Frauen sind so, glaub mir.«

»Das ist natürlich klar.« Michael schnaubte. »Ich für meinen Teil habe schon immer die Ansicht vertreten, daß männliche Homosexualität frauenfeindlich ist.«

Was für ein Schlag unter die Gürtellinie! Martin sprang wutentbrannt auf.

»Du wirfst mir Antifeminismus vor?« schrie er. »Mir? Das kannst du nicht so stehenlassen.«

»Seid friedlich«, mahnte ich. »Ihr wollt doch nicht vergessen, was wir so mühevoll gelernt haben.«

Michael, dem die Tränen kamen, biß sich auf die Lippen. Auch Martin trat das Wasser in die Augen.

»Ihr hackt auf ihr herum und kennt sie gar nicht. Gebt ihr und mir eine Chance.«

Daraufhin schlug ich vor, sie gemeinsam zum Essen einzuladen. Ich nahm erst Michael in den Arm, dann Martin.

»Ich habe ihr schon von deiner *pasta* vorgeschwärmt«, sagte Michael und kramte eine Polaroidaufnahme hervor.

»Nicht mein Typ«, flüsterte mir Martin zu.

Einigermaßen höflich stellten wir uns vor. Michael strahlte uns an. Seine Danny saß bereits am Tisch.

»Ist sie nicht wundervoll?« schienen seine Blicke zu fragen, als Martin und ich servierten.

Daniela schob sich ein Stückchen Lamm in den Mund.

»Also, daß ein Mann so toll kochen kann.« Sie wandte sich ihrem Lover zu. »Warum kannst du das eigentlich nicht?«

Michael lächelte dümmlich.

»Ihr versteht euch also gut?« erkundigte sich Martin, ganz Brautvater.

»Ich liebe sie. Von den Haarspitzen bis zu den Zehen, die Augen, der sanfte Schwung der Lippen, das niedliche Nasenbein und die Oberarme«, ratterte Michael seine abgegriffene poetische Erklärung herunter. Das sah verdächtig nach Heiraten, Kindern, Reihenhaus, Zweitwagen und einem Hund aus.

»Und ich liebe ihn von den Haarspitzen bis zu den Knöcheln«, sagte sie und kicherte. »Seine Knie, die Haare auf dem Rücken und, na ja, ihr wißt schon.«

»Einen knackigen Arsch hat er auch«, sagte Martin beiläufig.

»Wie lange seid ihr beiden schon zusammen?« fragte die Inhaberin geliebter Oberarme.

Die Bissen blieben Martin und mir im Halse stecken. Überrascht starrten wir uns an.

Was hatte der Kerl eigentlich erzählt?

Michael glotzte angestrengt auf seinen Teller. Kalter Schweiß glänzte auf der Stirn.

Danny trug den Grand-Dames-Look: dunkelblauer Pullover mit weißer Perlenkette darauf; glattes braunes, zu einem Zopf zusammengebundenes Haar. Der Rock war weitgeschnitten, so daß wir uns von der näheren Beschaffenheit ihrer Figur kein Bild machen konnten. Ob zwanzig oder vierzig, diese Art Frauen würde immer gleich aussehen. Sonnenbräune bedeckte alle Runzeln. Die Zähne – wenn sie lachte, sah ich es ganz deutlich – waren grauenvoll vernachlässigt worden. Zahnstein aus mindestens zwei Jahrzehnten. Michaels Hals schmückte ein dunkler Knutschfleck. Die ganze Zeit küßten sie sich demonstrativ und alberten während des Essens herum. Diese Heiterkeit war widerwärtig. Wie sie mein Essen mißachteten! Eine schlimmere Herabsetzung gab es kaum. Und Daniela ließ noch die Hälfte auf ihrem Teller liegen. Sie war einfach unübertrefflich. Martin stieß mich unter dem Tisch an und grinste. Wir hatten uns einen ganzen Abend den Kopf zerbrochen, welche Speisen sie vermutlich verschmähen würde. Wir wägten zwischen Fisch und Innereien ab, entschieden uns aber für das Lamm.

Martin triumphierte hinter seinem Bart.

»Es war ganz wundervoll«, sagte sie und lächelte. »Aber ich habe es im Augenblick mit dem Magen…«

»Es sind die Tage«, sagte Michael, der unseren Plan durchschaute, ein wenig platt. »Sie mag Lamm. Ganz ehrlich.«

»Mußt du das schon wieder ansprechen?« kreischte sie unbeherrscht in das traute Liebesglück. Danny von ihrer besten Seite. Wem mußten sie alles absagen? Dem Pfarrer, dem Gemeindesekretariat, dem Brautladen, dem Herrenschneider, dem Fotografen, Konditor, Restaurant, Hotel, Reisebüro, Blumenladen…

Martin und ich deckten ab, um den Nachtisch zu holen. Bei halbgeöffneter Küchentür lauschten wir angestrengt.

»Wieso schon wieder? Ich spreche es das erste Mal an», antwortete Michael.

»Ach, hör doch auf.«

»Wieso aufhören?« wunderte sich Michael. »Ich habe ja noch gar nicht angefangen.

»Stani § 112«, sagten wir in der Küche wie aus einem Mund. Wie hieß es da so treffend:

Wenn sie einen Streit vom Zaun bricht, bewahre dir dein Ich und krieche nicht aus Friedenssucht.

»Gib's ihr«, wisperten wir, während das Nougateis schmolz.

»Sag, soll ich gehen?« Danny wurde hysterisch. Auch eine Version von Temperament.

»Ich habe nicht gesagt, daß du gehen sollst«, meinte Michael seelenruhig. »Wenn du jedoch gehen möchtest, kannst du gerne gehen.«

Bravo, Michael! Erste Sahne!

»Also, gut.« Sie schob den Stuhl mit den Waden nach hinten und warf die Serviette auf den Tisch. »Ich gehe.«

»Aus dem Abend könnte noch etwas werden, wenn die Schnalle abzieht«, raunte Martin.

»Gib mir deinen Schlüssel.« Ihr Ton wurde höflicher. »Ich habe meinen bei dir in der Wohnung gelassen.«

»Ich werde dir meinen Schlüssel nicht geben, weil ich sonst nicht reinkomme.«

Wacker, wacker. Weiter so.

»Außerdem habe ich dir extra einen Schlüssel für meine Wohnung gegeben.«

»Das war ein Fehler«, meinte Martin.

»Dein Schlüssel ist ebenfalls mit den anderen Schlüsseln in deiner Wohnung.« Sie stampfte auf. Mein Parkett!

»Hättest du ihn mitgenommen«, erklärte Michael. Danny rauschte zur Garderobe.

»Du kannst auch bei meinen Eltern klingeln.«

»Deine Eltern können mich nicht leiden.«

»Hier kommt der Nachtisch«, sang ich fröhlich.

»Sieht toll aus«, murmelte Michael verstimmt. Das Nougateis war fast völlig zerschmolzen.

Martin brachte die restlichen Portionen.

»Sie ruft draußen nach dir. Gockedi-gockeda!«

Widerwillig erhob sich Michael, durch das wattierte Jakkett bewahrte er Haltung.

Leider bekamen wir nur noch Fetzen mit.

»Ja, ja, ja…«

»So, so, so…«

»Ich fahr jetzt.«

»Ich geh wieder zu den anderen.«

»Nein, bleib hier.«

Schniefen. Danny schnaubte in ein Taschentuch. Wir konnten ja schlecht aufstehen, um dem Verlauf besser folgen zu können.

»Also gut…«

»…was… ist…«

»Schon wieder… Eltern…«

»Geht's schon wieder los?«

Sie heulte auf.

»Ich fahre jetzt mit dir heim, laß uns tschüß sagen.«

Michael erschien mit einer rotäugigen, verweinten Danny am Tisch.

»Danny möchte jetzt, daß wir gehen.« Er ließ sich nicht unterkriegen. Der Junge hatte Format.

»Ooooh«, riefen wir traurig. »Ach, bleibt doch noch. Bitte.«

»Na, gut«, meinte Danny und setzte sich an den Tisch, ergriff ihre Serviette (Stoff) und schneuzte hinein.

»Puh«, machte Michael und widmete sich seinem Dessert. Danny aß nichts mehr, schwieg und legte ihre Hände demonstrativ auf ihre Schmerzzone.

Weder Martin noch ich standen auf, um der Leidenden einen Tee zu kochen. Bloß, weil wir jahrelang geschont wurden, war das noch lange kein Grund, jetzt bei den Frauen damit anzufangen.

»Schmeckt toll, Schatz«, sagte Martin im Tuntenslang zu mir und streichelte über meinen Kopf.

»Freut mich, Hasi«, antwortete ich und warf ihm ein Kußhändchen zu.

Michael verschränkte die Arme vor der Brust.

28.

Du wirst staunen, auf wie viele Bereiche das neue Bewußtsein Einfluß nehmen wird. Das Leben ist nicht mehr das gleiche.

§ 189 Veränderungen, privat und im Beruf
Stanislaus Lublinskij

Die Rückkehr ins Berufsleben fiel mir schwer. Selbst meine sporadischen Operationen unterlagen Lublinskijs Einfluß. Was bedeutete, daß ich mich im psychologischen Umgang mit den Patienten offener gab als jemals zuvor. Die Frauen wollten keine Spritzen, hielten die Schmerzen ohne zu murren aus. Ganz anders die Männer. Schlotternd betraten sie das Behandlungszimmer, und schon beim Zahnsteinentfernen bestanden sie drängend auf einer örtlichen Betäubung. Früher fand ich das lächerlich. Roh hatte ich ihnen jeden Gefühlsausbruch (Schmerzensschreie) abgesprochen. Nach den reichhaltigen Erfahrungen der letzten Wochen hielt ich es für unzumutbar, mich über die Angstempfindungen männlicher Patienten hinwegzusetzen.

»Selbstverständlich bekommen Sie eine Spritze.« Mein Tonfall näselte beruhigend. »Ich finde es toll, daß Sie Ihre Angst so offen zeigen können.«

»Angst?« Der Mann fuhr im Stuhl zusammen. »Ich soll Angst haben?«

»Der Eingriff benötigt eigentlich kein Anästhetikum.«

»Wieso eigentlich? Ist irgendwas mit meinen Zähnen?« fragte der Mann. Ich versuchte, die aufkeimende Panik zu ersticken. »Nun machen Sie sich keine Sorgen. Den Mund schön auf.«

Den Singsang hatte ich vom großen Asketen übernommen.

Er prüfte seine Lippe. Taub. Während ich ihm die alte Füllung herausnahm, erklärte ich noch einmal, wie positiv ich es fand, daß er ganz offen seine Ängste aussprechen konnte. Anschließend entfernte ich den Karies mit dem Bohrer und setzte die neue Füllung ein. Die männlichen Patienten gewöhnten sich nicht nur an meine aufrichtige Anteilnahme, sie verlangten sie geradezu. Mancher erschien nach einer Zahnextraktion Luithards extra noch einmal bei mir, um sich in den Arm nehmen zu lassen. Da ich die Fortschritte in der Psyche meiner Patienten sah und die Ängste der Männer zu schwinden begannen, fragte ich mich, wie die Zahnmedizin bis heute ohne diese Methoden hatte auskommen können. Gerade Zahnschmerzen, die sich überallhin ausbreiten, brachten das männliche Gefühlsleben durcheinander.

In einem solchen Fall war meine Arbeit nicht nur eine seelische Stütze, sondern auch eine moralische Pflicht des modernen, profeministisch gesinnten Dentisten. Einige Männer blieben natürlich fern, weil sie die körperliche Nähe (Umarmen oder Streicheln ihres Kopfes als Geste des Verständnisses!) nicht in ihrer Ursprünglichkeit begriffen. Die Patientenschaft veränderte sich. In den Männergruppen unserer Stadt sprachen sich meine Methoden herum, und immer mehr engagierte Männer ließen sich von mir behandeln. Ein großer Teil der homosexuellen Szene kam durch Martin zu mir.

Martin!

Michael blieb uns seit dem Abendessen zu viert fern. Martin wurde immer griesgrämiger. Seine unvorhersehbaren Stimmungen unterlagen starken Schwankungen. Mal war er ausgelassen, dann wieder ausgesprochen schwermütig. Auch meine *Baisers* vermochten ihn nicht zu trösten. Einmal trat er nach Cocteau. Fauchend zog sie sich hinter das Sofa zurück.

Wenn Michael eine Beziehung einginge, meinte er, könne er das schon lange. Er traf sich mit einem gewissen Karli, der nicht gerade über einen einwandfreien Ruf verfügte. Ich blieb auf meinen Essensvorräten und Cocteau sitzen. Einsam fühlte ich mich nicht, Cocteau empfing meine volle Liebe, und während ihrer rolligen Phasen versuchte ich ihr durch Streicheln und gutes Zureden das zu geben, was sie benötigte. Ich war fähig, sie zu beruhigen. Natürlich maßte ich mir nicht an zu behaupten, der Katze einen Orgasmus verschafft zu haben. Durch mein Berufsleben konnte ich mich nicht mehr in dem Ausmaß um meine Wohnung kümmern wie bisher. Beim A. B. O. S.-Vermittlungsservice erkundigte ich mich nach einer männlichen Putzhilfe. Ich erhielt eine Telefonnummer. Michael, Martin und ich reinigten gründlicher als Marietta. Deshalb mußte ein Mann her. Norbert, 22 Jahre, mit Lederjacke und abstehenden Haaren, Metallketten und Bauarbeiterschuhen nahm die Stelle an. Als Putzmann besaß er herausragende Qualitäten. Nichts mußte ihm gesagt werden, er sah die Arbeit. Meine Wohnung war dank seines Fleißes blitzblank. Bald schon stellte ich ihm eine Gehaltserhöhung in Aussicht.

Norbert sprach nicht viel. Er stammte aus knallharten Verhältnissen. Was ich wußte, hatte ich von A. B. O. S. erfahren. Der Vater (Studienrat mit Fächern Deutsch und Geschichte) litt unter Trunksucht. Jugendstrafe wegen kleinerer Diebstähle. Abgebrochene Handwerkerausbildung. Das bedeutete mir nichts. Zaghaft umsorgte ich ihn, denn Norbert, Sympathie und Zuneigung nicht gewohnt, reagierte unverhohlen aggressiv. Öfter steckte ich ihm Zigaretten zu und lieh ihm zweimal sechshundert Mark. Ich fragte nicht, wozu, obwohl ich das Geld nicht wiedersah. Zwar hätte ich es ihm jederzeit vom Gehalt abziehen können, damit wäre er aber nur noch tiefer in seine Misere abgerutscht. Vor kurzem lieh ich ihm tausend Mark, wehrte aber alle Versprechungen ab.

»Norbert, für mich bist du ein Freund, kein Angestellter. Ich vertraue dir.«

Ich erkannte seine Rührung, ließ ihm jedoch die Distanz, respektierte seinen Freiraum.

Er blieb nicht der einzige neue Mann in meiner näheren Umgebung. Seit zwei Wochen arbeitete Freddy als Zahnarzthelfer in unserer Praxis. Luithard hatte sich zwar zunächst an den Kopf gefaßt, akzeptierte aber, da Rosi ein Kind erwartete und in zwei Wochen den Mutterschaftsurlaub antreten sollte. Freddy war der einzige Auszubildende seines Faches in der Berufsschule gewesen, schloß als Klassenbester mit einem überdurchschnittlichen Zeugnis ab, fand aber bis zu dem Zeitpunkt keine Anstellung. Wegen seiner Überqualifikation entschieden sich meine Kollegen gegen ihn. Selbst Luithard mußte zugeben, mit welcher Perfektion Freddy arbeitete. Alles ging ihm leicht von der Hand, nichts mußte lange erklärt werden. Ein Naturtalent. Nur Luithard, der alte Macho, bemängelte, niemanden mehr zu haben, dem er »ordentlich in den Arsch kneifen« konnte.

Durch Freddys Anstellung verstärkte sich die Anzahl männlicher Patienten zusätzlich. Frauen blieben immer mehr fern, weil sie die Gespräche im Wartezimmer (Kochrezepte, Kindererziehung, Methoden der Wohnungsreinigung) nicht mehr ertrugen. Das ergab keinen großen Verlust, da die meisten Frauen ihre Zähne ohnehin besser pflegen als Männer. Für interessierte Männer organisierte ich einen Videoabend in der Praxis, mit Übungen zur korrekten Zahnpflege. Fluorgel und Zahnseide wurden gratis verteilt.

Abends kehrte ich vollkommen ausgelastet in meine Wohnung zurück. Manchmal saß Norbert auf dem Sofa, trank Grappa und sah fern. Ich empfand es positiv, wie ungezwungen er sich verhielt. Anscheinend fühlte er sich bei mir wohl. Ab und zu kochte ich etwas Kleines, und wir aßen, tranken und erzählten uns ganz zwanglos über dies und das. Langsam taute er auf. Bei solchen intimen Gelegenheiten äußerte er in bedauerndem Ton, daß er sich leider dazu gezwungen gesehen habe, meinen Verstärker zu verkaufen. Das machte nichts. Für Musik besaß ich im Augenblick keine Muße.

Ab und zu rief ich Michael an, Danny gab sich jedesmal hysterischen Eifersuchtsanfällen hin.

»Du mußt ihr sagen, was wirklich zwischen uns war«, beharrte ich.

»Nicht, daß ich mit ihrer Eifersucht nicht fertig werde«, erwiderte er kurzangebunden. »Ich arbeite wunderbar an ihren Ängsten, aber ruf mich bitte nicht mehr an. Ich melde mich bei dir, okay?«

Er rief nicht an.

In regelmäßigen Abständen besuchte ich Martin in seiner Buchhandlung. Seine neue Flamme schien ihm gut zu bekommen (mindestens 12 Pfund mehr!), aber, obwohl wir sehr vertraute Zeiten miteinander verbracht hatten, boten sich in der Buchhandlung keine Gelegenheiten für Gespräche. Lustlos erkundigte er sich nach Cocteau, und ich gab bereitwillig Auskunft über ihre Abmagerungskur oder dankte für die Patienten, die er mir vorbeischickte.

Auch er meldete sich nicht.

Alles in allem führte ich ein zufriedenes Leben, aber wenn Michael und Martin sich wieder in Partnerschaften versuchten, warum sollte ausgerechnet ich mich zurückhalten? Was war ich denn? Ein Mönch? Die ewigen Masturbationsübungen verlangten nach einer Feuerprobe. Außerdem konnte ich nun einen reichen Erfahrungsschatz vor einer Frau ausbreiten. Ich war ein völlig erneuerter Mann.

29.

Partner ist nicht gleich Partner, obschon Partner Partner sein kann. Du suchst einen Partner zum Lieben? Wozu auf den großen Zufall warten! Annoncen sind eine wunderbare Sache. Keine Katze im Sack. Du kennst die schriftliche Selbstdarstellung. Alle wichtigen Übereinstimmungen werden vorher sondiert. Wir leben im 20. Jahrhundert, Junge!

§ 170 Beziehungen
Stanislaus Lublinskij

Die Bestellung bei »Da Giacomo« überließ ich Jacqueline. *Saltimbocca.* Ich persönlich schätzte die Kombination aus Parmaschinken und Kalbfleisch nicht sonderlich. Ich lehnte geschmackliche Vermischungen generell ab. Das lag an Martin. Als wir noch ein glückliches, geeintes Trio bildeten, pflegte er einfach alles in einen Topf zu werfen. Die besten Zutaten verwendete er, um einen riesigen Eintopf daraus zu machen. Zartem Rindfleisch, das ich liebevoll zweieinhalb Stunden schmoren ließ, fügte er Kochwurst in Würfeln hinzu. Schweigend ballte ich die Fäuste, eine beliebte Entspannungsgeste. Zum gedünsteten Rotbarsch (Senf-Dill-Sauce) legte er die drei Frikadellen vom Vortag. Als wir nach Barbara Rütting zu kochen begannen, fiel das Gemisch nicht mehr so auf. Mein Gemüse servierte ich wenigstens knackig, zart, nur blanchiert... Martin machte aus ihren Rezepten einen braunen, pampigen Auflauf mit Käse drauf. Wenn er Pfannkuchen aus dunklem Mehl für die Suppe zerschnitt, sagte keiner von uns etwas. Aber in einer Chinasuppe wollten wir keine Flädle. Die Reste gingen an Cocteau. Ein verwöhntes Vieh, nebenbei bemerkt. Schwarzwälder Schinken behagte ihr, Kochschinken nicht. Echtes Katzenfutter blieb tagelang unangerührt im Napf. Ich probierte alle Sorten durch. Nichts. Aber in Würfel geschnittene Pizza und Kartoffelchips (»Jetzt 50% weniger Fett«)...

Mir fehlten die gemeinsamen Abende. Selbst eine Beziehung zu einer Frau würde diese Freundschaft niemals ersetzen können.

Das Essen wurde serviert. Durch den schweren Duft des Schinkens wehte eine leichte Prise Salbei. Reizvoll. Eine Spur zuviel Salbei und ich könnte gleich Wick MediNait trinken.

»Da Giacomos« Küche entließ das Kalbfleisch ausgesprochen zart. Aus meinen Kochkursen wußte ich um die Tücken, die beim Zubereiten von Kalbfleisch lauerten. Mein sehnlichster Wunsch bestand darin, auch hier einmal hinter die Kulissen schauen zu dürfen. Der italienischen Raffinesse mußte ich irgendwann auf die Spur kommen.

Brav trank ich den Roten, den Jacqueline bestellt hatte. Weißwein erschien mir angemessener. So schwer war es gar nicht, sich unterzuordnen, nicht den noblen Gastgeber, den Kenner zu spielen. Wie hieß es bei Stani:

Zwinge die Frauen nicht zum Verkehr, nur weil du das Essen bezahlt hast.

Diesen Satz überlas ich meistens, bezog ihn nicht auf mich. Bald schon verstand ich den tieferen Gehalt. War ich nicht mit Conny nach dem Essen intim geworden? Ich Ahnungsloser! Für sie gehörte es zur Konvention, sich auf diese Weise zu revanchieren – Konventionen und Zwänge, über die niemand spricht. So vieles bleibt heute unausgesprochen, weil eigene

Gefühle schwer zu erkennen und zu verbalisieren sind. Ich kann nur betonen, wie essentiell es ist, dies sage ich aus tiefster Überzeugung, daß Frauen und Männer miteinander sprechen, damit keine falschen Erwartungen geweckt werden. Sprechen, sprechen und nochmals sprechen.

»Sagen Sie auch mal etwas?« fragte Jacqueline. »Oder haben Sie vor, mich den ganzen Abend anzuschweigen?«

Sie sah reizend aus. Selbstverständlich hütete ich mich, es ihr zu sagen. Warum sollte ich eine schöne Frau mit wortgewaltigen Komplimenten konfrontieren. Kaum eine Frau kann eine Schmeichelei annehmen. Erst lächeln sie verlegen, demontieren dann jede Artigkeit, setzen sich herab, und der Galan muß einen Irrtum seinerseits vermuten. Jacqueline war allerdings keine Schönheit, wie sie die Werbung suggeriert: schlanke Figur und klare Gesichtszüge. Sie hatte dunkle Augen, eine Nase, die einen ganz wundervollen Bogen schlug, und volle Lippen. Erst wenn sie sprach und alle Gesichtszüge zu agieren begannen, bezauberte sie mit ihrem Charme. Ich kämpfte gegen die Verzauberung an. Die Dreißig hatte sie erst vor kurzem überschritten, war angenehm mollig, die schwarzen Haare umrahmten das Gesicht. Und diese Blässe... Jacqueline. Allein der Name hätte mich vor einem Jahr wie einen Hund vor Verliebtheit aufheulen lassen. Mittlerweile blieb ich rationaler und lernte mich im Zusammensein mit ihr neu kennen. Sie wollte Jacki gerufen werden, weil ihr, wie sie betonte, die Allüren französischer Schauspielerinnen fehlten.

Sie winkte mit ihren weißen Armen.

»Hallo, junger Mann! Ja, Sie. Hier an meinen Tisch.« Sie zupfte an meinem Jackett.

»Verzeihen Sie«, sagte ich, »ich möchte Sie keinesfalls bedrängen, aber meine bisherigen Erfahrungen zwingen mich dazu, Ihnen zu verdeutlichen, daß dieser Abend auf getrennte Kasse geht.«

»Ist klar«, sagte sie. »Man kann ja nicht wissen, wie das mit uns ausgeht.«

»Sie haben *man* gesagt.«

»Bitte?«

»Die Sprache«, sagte ich. »Sie haben eben *man* gesagt.«

»Sie sind so herrlich unromantisch.«

»Ich war einmal ein fürchterlicher Romantiker, aber damit ist es vorbei.«

»Eine Enttäuschung?«

»Nein, aber ich möchte keinesfalls in die uralten Rollenspiele zurückfallen. Er, der galante Ritter, und sie, die hübsche, zurückhaltende Moralistin.«

»Irgendwie sind Sie überraschend... wie soll ich es ausdrücken...?«

»... unmännlich?«

»Genau. Ganz unmännlich, wobei ich an Ihren natürlich-männlichen Qualitäten nicht zweifle.«

Ich kicherte maliziös.

»Außerdem ist es für mich mit der Galanterie sowieso aus. Kaum hilft mir so ein armer Kerl in den Mantel, finde ich die Ärmellöcher nicht.«

»Oder wenn sie einem die Tür aufhalten...«

»... bekomme ich das Ding garantiert ins Kreuz.«

Jacki begann zu lachen. Sie schien mir eine unkomplizierte und emanzipierte Partnerin zu sein und wußte, mein neues Bewußtsein war nicht gekünstelt. Ich war fasziniert, ja gefesselt. Die erste Frau seit Monaten und gleich ein emotionaler Volltreffer. Ihre Brustwarzen stachen durch die weiße Bluse hervor, die unaufmerksam gebügelt worden war. Amüsiert betrachtete ich ihren Arm- und Halsschmuck aus Weißblech.

»Gefällt er Ihnen?« fragte sie mich. »Das haben wir im Kindergarten mit den Kindern gebastelt.«

»Erzieherin?«

»Ich leite den Kindergarten«, erklärte sie. Leise schlürfte sie ihren Wein. »Aber diese Einzelheiten sind unwichtig, man muß nicht alles voneinander wissen.«

Das war meine Rede, aber mußte sie immer *man* sagen.

»Schließlich zählt nur der Sex«, sagte sie mit vollem Mund und hielt sich die Hand davor. »Der Salbei bitzelt so.«

Um nicht pausenlos von mir zu berichten, bat ich Jacki, ein wenig von sich zu erzählen.

»Ich gebe sonst keine Annoncen auf«, behauptete sie. »Ich lebe nun schon seit drei Monaten mit dem falschen Mann zusammen. Nicht nur, daß es sexuell nicht klappt, er kann mir keine fünf Minuten zuhören. Ganz anders als Sie.«

Honig!

»Oh«, sagte ich bescheiden. »Ich habe nur an mir gearbeitet.«

»Armin, mein zukünftiger Ex-Freund, weiß nichts von diesem Treffen. Seit wir zusammen sind, hat er alles geschmissen: seinen Job, sein Studium. Er wollte nur noch für mich da sein. Seine Fürsorge bestand allerdings nur aus Worten. Sie können sich nicht vorstellen, wie die Wohnung abends aussah.«

Ich rief mir meine Wohnung vor meiner Veränderung ins Gedächtnis.

»Äußerst schwer.«

»Überall stapelte sich das Geschirr, die Wäsche flog herum, wo sie gerade fallengelassen wurde. Außerdem hat er eine Sammelwut: Altglas, Altpapier und Weißblech...«

»Und er entsorgt es nicht.«

Sie faßte über den Tisch und berührte meinen Arm.

»Jedesmal, wenn ich ihn darauf anspreche, sagt er, das wäre immerhin seine Wohnung. Können Sie sich das vorstellen?«

»Sein Besitz bedroht dich, ich darf doch du sagen, und er spielt seine Macht aus.«

Jacki nickte.

»Das würde dir mit mir nicht passieren. Ich koche, nähe, putze, wasche und bügele selbst. Nie würde ich eine Frau diese Sklaventätigkeiten ausführen lassen...«

»Das finde ich toll«, sagte sie, und wir stießen miteinander an. »Ich glaube, du und ich, wir passen ganz gut zusammen. Wir suchen beide die freie Beziehung«, erklärte sie. »Keine Zwänge, keine Verpflichtungen – nur bare Liebe und Selbständigkeit für jeden. Übrigens...« Sie legte für einen Augenblick das Besteck zur Seite und schlug die Augen nieder. »Ich habe einen zweieinhalbjährigen Sohn«, sagte sie und spießte ein zu großes Salatblatt auf. »Armin kocht für ihn, aber außer Fertigsuppen hat der Kleine nichts Gescheites bekommen.«

»Mehr als ein Macho«, sagte ich, »ein Kretin.«

»Du hast vollkommen recht. Gerade die Ernährung ist sehr wichtig für ein Kleinkind. Du hast doch nichts gegen Kinder?«

»Ich habe selbst einen Sohn aus meiner ersten Ehe. Er lebt bei der Mutter. In meinem früheren Leben habe ich als Vater versagt. Du«, sagte ich. »Ich mag dich. Du und dein Sohn, ihr seid mir herzlich willkommen. Ich kann jetzt einem Kind ein guter Vater sein.«

»So einen Mann wie dich habe ich noch nie kennengelernt.«

»Wie heißt denn dein Kleiner?«

»Elvis«, flüsterte sie betroffen und ergriff meine Hand. »Deine Hand ist so zart.«

»Ich benutze Haushaltshandschuhe mit Baumwolleinsatz.«

»Weißt du, wozu ich große Lust hätte?« fragte sie in meinem Wagen, nach dem Essen. Jeder hatte für sich selbst bezahlt. Das war eine ganz neue Erfahrung. Trotzdem war es zu einer kleinen Unstimmigkeit gekommen. Obwohl wir das gleiche gegessen und getrunken hatten, entstand eine Differenz von drei Mark. Giacomo war untröstlich. Wir konnten uns nicht entscheiden, wer den fehlenden Betrag bezahlen sollte. Ich weigerte mich, da ich nicht in mein altes Verhaltensmuster zurückfallen wollte, und Jacki argumentierte mit dem Brot, das sie zurückgehen lassen hatte. Giacomo schenkte uns nach langem Hin und Her die Summe. Er benötigte den Tisch.

»Wozu hättest du denn Lust?« Ich fuhr los.

»Baden zu gehen.«

»Mitten in der Nacht?«

»Bist du nicht spontan? Ich habe in meiner Anzeige spontan geschrieben.«

Das mußte ich überlesen haben.

Also fuhr ich um elf Uhr nachts an Martins Nacktbadestrand. Tatsächlich gab es einen zweiten schmalen Weg, der nicht direkt durch das Wasser führte. Wir entledigten uns der Kleider, schwammen, und küßten uns. Auf Sex war ich nicht vorbereitet. Zum einen hatte ich keine Gelegenheit mehr, meine Atemübungen zu absolvieren, zum anderen führte ich leichtsinnigerweise keine Kondome mit mir, die Schutz vor diversen Ansteckungen boten und hygienischen Verkehr erlaubten.

»Brauchen wir nicht«, sagte sie. »Ich verhüte nach Fieberkurve.«

»Darum geht's gar nicht. Ich habe mich sterilisieren lassen«, sagte ich.

»Ich kann Gummis sowieso nicht ab.«

Am Strand nahm sie mein Glied prüfend in die Hand und wog es ab. Solche kaufmännischen Methoden (messen, zählen, wiegen) trugen nicht gerade zu meiner Erregung bei. Beim Streicheln ihrer kleinen Brüste und dem engagierten Treiben unserer Zungen bemächtigte sich dann meiner langsam die Lust, indem ich an Vaseline dachte. Unsere Körper wälzten sich im Sand. »Nein«, sagte sie plötzlich sanft und schob mich zur Seite. Leidenschaft und Wasser tropften mir noch aus den Ohren. »Bitte nicht«, flüsterte sie.

Lublinskij blickte mir über die Schulter. Als neuer Mann akzeptierte ich ihre Entscheidung und stellte jede Aktion sofort ein. Mit so viel Verständnis schien Jacki nicht gerechnet zu haben. Jedenfalls kraulte sie mir mit einer Hand meine Nackenhaare, die andere wanderte in eine eindeutige Richtung. Wieder küßte sie mich und zog mich an sich heran. Als ich jedoch spürte, was sie vorhatte, richtete ich mich unvermittelt auf und sagte: »Wenn du nein sagst, heißt es nein und nicht vielleicht.«

Der Mond schien hell. Verdutzt starrte sie mich an.

»Ich bin nun mal spontan«, sagte sie und wurde in einer Weise handgreiflich, die jede weitere Diskussion unmöglich machte. Sie hat ihre Ansicht selbst geändert, sagte ich mir. Du hast sie nicht gebeten oder bedrängt. Was würde Lublinskij tun. Ihre sexuellen Manöver sogen mir das Knochenmark aus. Allerdings dachte ich pausenlos an Punkt 4 des Lublinskij-Katalogs: *Hast du Spaß am Sex ohne Vagina?*

Jetzt hatte ich Gelegenheit, meine Unabhängigkeit zu beweisen. Dank meiner Übungen konnte ich Jacqueline begehren und befriedigen, ohne einzudringen. Leider lag das nicht im Interesse meiner leidenschaftlichen Gespielin. Hemmungslos stöhnte, gurrte, schrie sie und stimmte Paarungsgesang an. Jacki verlor die Geduld.

»Komm schon«, zischte sie keuchend. »Komm schon rein.«

»Ich erprobe etwas«, sagte ich, und wir kämpften beide um mein erigiertes Glied.

»Komm jetzt rein, verdammt!« schrie sie, und ehe ich mich versah, glitt ich in ihre Vagina.

Oha, dachte ich. Wie fremd und warm.

Kaum war ich in sie eingedrungen, schrie sie ihren Orgasmus – fast eine Minute, ohne Luft zu holen – über den See. Ein paar Enten flatterten erschrocken auf. Dabei preßte sie meinen Unterleib fest an sich, was für mich sehr unbequem war.

Ich sah auf meine Erektion hinab. Durch meine Übungen stand mein Glied noch gut neunzig Minuten.

Zärtlich ergriff ich die Initiative.

»Nein«, hauchte sie. »Nicht noch einmal.«

Nein heißt nein und nicht vielleicht, sagte ich mir, sprang ins kalte Wasser und wusch mir Lust und Sand vom Körper.

30.

Vorsicht! Beziehungen werden durch die Mannfindung nicht unbedingt einfacher…

§ 181 Beziehungen
Stanislaus Lublinskij

Jacki war über Nacht ganz spontan bei mir eingezogen. Viel besaß sie nicht. Ein paar Koffer, eine Tasche mit Kinderklamotten, zwei Bilder (Hundertwasser oder Kindergarten?) und eine Stehlampe aus den fünfziger Jahren. Für die Bilder gab es genügend Platz. Um seine Miete zu bezahlen, hatte Norbert meinen Warhol versetzt. Ich war darüber nicht böse. Ich konnte den »Hohlen Zahn« nicht mehr sehen. Zu sehr erinnerte er mich an meinen urpatriarchalischen Kokon, von dem ich mich befreit hatte.

Jeder Streitpunkt mit Jacki wurde sorgfältig ausdiskutiert. Trotz ihrer seltsamen Logik blieb nichts unausgesprochen. (»Du bist doch Zahnarzt, kannst du mir mal den Verschluß von meinem Ohrring reparieren?«)

Sie erklärte Norberts Dienste für überflüssig. Wenn wir uns den Haushalt teilen würden, meinte sie, könnten wir auf Norbert verzichten. Ich verwies auf unsere unterschiedlichen Arbeitszeiten. Da ich nur halbtags beschäftigt war und sie ganztags, würde ein großer Prozentsatz an mir hängenbleiben. Schließlich konnte ich auch nicht meinen Putzhelfer feuern, nur weil eine Frau bei mir einzog. Mein intaktes soziales Gewissen meldete sich.

»Das Beschäftigungsverhältnis hat für Norbert Symbolcharakter«, betonte ich. »Die Arbeit beweist ihm als Außenseiter und ehemaligem Kriminellen, daß er wieder in die Gesellschaft aufgenommen ist. Das möchte ich ihm nicht nehmen.«

»Ein Krimineller?« Frauen verloren so schnell die Fassung.

»Jugendstrafe. Das ist passé. Die Strafe ist verbüßt. Immerhin nimmt er seine Aufgaben ernst und macht seine Sache gut.«

»So was nennst du gut?« Jacki hatte ein bißchen Streitlust entwickelt. Das gefiel mir, hielt die Beziehung lebendig. Wie hieß es bei Stani: *Fetzen müssen fliegen!* Und solange die Konflikte Äußerlichkeiten betrafen, waren die Probleme zu bewältigen. Die Grenzen der Kompromißbereitschaft mußten immer wieder neu abgesteckt werden. Gab es für eine Beziehung, bei der sich die Partner weitgehend natürlich ernährten, etwas Gesünderes?

»Blitzblank«, würde ich sagen. »Er ist die Inkarnation des Meister Proper.«

»Gut«, sagte sie. »Stimmt. Er reinigt das Bad perfekt. Bis er damit fertig ist, habe ich den Rest gemacht. Staubsaugen, Betten beziehen, Wäsche waschen und aufhängen, bügeln, wegräumen, spülen, abtrocknen, wischen, Fenster putzen ...«

Das war übertrieben. Jacki wusch nur Elvis' und ihre Klamotten. Spülen und abtrocknen war bei meiner Spülmaschine nicht nötig, und Fensterputzen und Bügeln lagen in meinem Bereich. Gut, einmal hatte ich versehentlich bei ihrem Overall einen Stich ins Graurosa verursacht. Das war Pech. Aber ein Angriff auf Norberts Arbeitstempo konnte nur als ein bewußter Vorwurf an meine Adresse verstanden werden. Hier mußte ich ein wenig auf die Sozialgeschichte der Erziehung des Mannes eingehen: »Der Mann hat nie die Tätigkeiten, die der Haushalt mit sich bringt, natürlich erfahren können«, hob ich das Hohelied des männlichen Versagens an. »Seit frühester Kindheit wird der Mann geschont, das Mädchen mit einem erschreckenden Selbstverständnis in die Hausarbeit integriert.«

»An allem ist also wieder einmal die Mutter schuld«, rief Jacki. Ein hysterisch vorgetragener Einwand, auf den mir bis heute noch keine provokationslose Antwort eingefallen ist.

»Selbst wenn Männer heute einen ganzen Haushalt schmeißen, haben sie nun einmal eine andere Auffassung von Geschwindigkeit. Sie setzen ihre eigenen Prioritäten, die für eine Frau nicht immer nachvollziehbar sind. Zwar haben Männer inzwischen begriffen, daß, wenn sie einen Part im Haushalt übernehmen, sie ihrer Partnerin nicht helfen, sondern ihren eigenen Teil leisten. Dafür stellen die Frauen sie unter erheblichen Zeitdruck, messen ihr Können an ihren eigenen Leistungen. Das ist ungerecht, sozialgeschichtlich ungerecht.«

Ich vertrat meine Sache schon ganz gut, aber mußte ich jedesmal dabei hin- und herlaufen und mit einem Gegenstand (Kochlöffel, Füllfederhalter, Gurke) in der Luft herumstechen. Es hatte so etwas Rechthaberisches.

»Ich habe Hunger«, erkärte Jacki. Wenn ihr nichts mehr einfiel, blieb ihr immer noch die Spontaneität.

»Wollen wir das nicht zu Ende diskutieren?«

»Scheiß drauf. Wann ist deine *pasta* fertig?« fragte sie. Und mit der ihr angeborenen Gabe zur Giftigkeit fügte sie hinzu: »Dein heißgeliebter Norbert hat übrigens die Mikrowelle verscherbelt.«

Das war mir gleich. Seit Barbara Rütting mied ich sie ohnehin. Gesundes Garen mit Strahlen? Schon der Schnellkochtopf fand bei mir keine Verwendung. Mir machte es nichts aus, zweieinhalb Stunden zu kochen. Jeden einzelnen Schritt vollführte ich mit den Handgriffen eines Künstlers.

Jacqueline liebte meine *pasta*. Allerdings salzte sie, eine üble Angewohnheit, ohne zu kosten nach. Um eine Diskussion zu vermeiden, aber ohne mein Mißbehagen zu unterdrücken, tauschte ich heimlich das gewöhnliche Salz gegen das erheblich schwächere Jodsalz aus. Den Unterschied bemerkte sie nicht.

Ihr harsches Verhältnis zu Norbert spitzte sich zu. Wenn er anwesend war, versuchte sie, mit ihm um die Wette zu putzen. Norbert, nicht dumm, setzte sich dann ins Wohnzimmer und rauchte.

»Das mußt du dir vorstellen«, sagte sie abends im Bett. Ich arbeitete hart an meinem Erguß. Andererseits stand ich nicht unter »Abspritzzwang«. Jahrelang hatten Frauen auf ihren Orgasmus verzichtet. Das konnte ich auch. »Hockt der sich hin und raucht. Und weißt du, was dein komischer Haushälter zu mir gesagt hat?«

Erwartungsvoll sah ich sie an, meine Erektion würde uns bis zum Frühstück erhalten bleiben.

»Er meinte, es würde reichen, wenn einer von uns putzt.«

Toll, dachte ich. Der nimmt sich die Lektüre zu Herzen. Sein Verhalten erschien mir nicht ungewöhnlich, hatte ich ihn doch Teile meiner Männerliteratur lesen lassen. In Lederkluft kam Norbert schon lange nicht mehr; zusammen sortierten wir meine Klamotten aus.

»Du mußt mit ihm reden.«

»Und was soll ich ihm sagen?« erkundigte ich mich. »Am besten hältst du dich aus dem Haushalt ganz raus.«

»Und wer macht dann den Rest?«

»Ich.« Jacki schluckte. Ich sah, wie es in ihr brodelte.

Ein paar Tage später kam Norbert zu mir. Er schlug einen Tausch vor. Ich sollte das Bad machen, er den Rest. Das fand ich gut und stimmte zu. Norbert sollte sich trotz der kleinen

Zwistigkeiten in meinem Haushalt weiter angenommen fühlen. Als ich aber über das Klo gebeugt, mit einem Kleiderbügel Jackis Damenbinden herausfischte, erkannte ich seine tieferen Beweggründe.

Nach der Arbeit holte ich Elvis von der Tagesmutti ab. Meistens hielt er eine Tüte Gummibärchen oder Kartoffelchips in der Hand. Für sein Alter erschien er mir übergewichtig. Ein Aspekt, der Jacki zu lautstarken Auseinandersetzungen reizte.

»Er ist nicht übergewichtig. Viele Kinder sind ein bißchen pummelig.«

»Aber die klauen nicht der Katze den Aufschnitt aus dem Napf«, gab ich zurück. Nebenbei – nach unseren größten Konflikten (erhöhte Phonzahl, fliegende Gegenstände) hatte ich bei der sexuellen Vereinigung einen meiner raren Orgasmen. Daraufhin schwebte ich eine Weile lang über dem Bett. Das Gehirn setzt beim Orgasmus Endorphine frei, denen von der Wissenschaft eine opiate Wirkung zugesprochen wird.

Elvis sprach nicht viel, wirkte aber sehr verständnisvoll und aufgeweckt. Ich versuchte ihm Warmherzigkeit, Vertrauen und Liebe zu geben. Ihm kaufte ich Duplos, Spiele und Kinderkassetten. Während Norbert putzte, baute ich eine kleine Eisenbahn auf. Mein Vater hatte mir nach unserem letzten Disput den ganzen Karton seiner/meiner/unserer alten Eisenbahn ausgehändigt.

»Na, Elvis«, fragte ich nach anderthalb Stunden. »Wollen wir Eisenbahn spielen?«

Er reagierte nicht. Noch hatte er kein Vertrauen zu mir, und mit der naturgesunden Rütting-Küche konnte ich ihn, trotz aller Hinweise auf sein Wohlergehen, nicht gewinnen. Buchweizengrütze, zum Beispiel, lehnte er kategorisch ab. Mit Eis und Süßigkeiten konnte ich seine Stimmungen lenken. Aber auf solche primitive Kaufversuche wollte ich nicht zurückgreifen. Eines Tages würde er mir für meine Bemühungen um seinen Körperumfang dankbar sein, soviel stand fest.

Wenn ich erst einmal mit dem Spielen angefangen habe,

wird er schon kommen, der kleine, fette Racker. Auf allen vieren kroch ich auf dem Boden herum, ließ die Bahn ihre Kreise ziehen.

»Schschschschsch...«, machte ich.

»Tuuuuuuuut.«

»Tingtingting...«

»Brummbrummbrumm.«

»Auto muß halten. So, jetzt kannst du weiterfahren...«

Für Elvis entwarf ich eine ganze Stadt: Legohäuser, Duploautos und einen Zoo mit vielen verschiedenen Tieren inklusive zwei Dinosauriern. Der Verkäufer schwor mir, daß Kinder ganz wild auf Saurier wären.

»Na, Elvis, weißt du, was das ist?«

»Littelfut.«

Was meinte er denn damit?

»Nein, nein. Das ist ein Dinosaurier.«

Energisch schüttelte er den Kopf, wie kamen schon wieder Krümel an seine Backe?

»Littelfut.«

Der kleine Zug fuhr vorbei, Schranken gingen herunter und die klitzekleinen Figuren davor mußten warten. Kaum hoben sich die Schranken (»Tingtingting...«), marschierten sie zum Zoo oder Flughafen (eine preiswerte Plastikkollektion). In den kleinen Häuschen brannten Lichtlein, die mein Vater damals mit liebevoller Sorgfalt montiert hatte. Viele Drähte mußte ich neu befestigen.

Als Jacki am Abend nach Hause kam, hatte ich es versäumt zu kochen. Zu tief war ich ins Spiel versunken. Sie küßte mich auf die Wange.

»Wo ist Elvis?« fragte sie.

»Im Wohnzimmer«, sagte ich und klemmte ein Schienenteil noch einmal fest zusammen. Eine Entgleisung konnte für die kleine Stadt eine Katastrophe bedeuten. Elvis hatte sich verzogen und wortlos den Fernseher eingeschaltet. Mit allen Tricks hatte ich ihn zum Spielen verführen wollen.

»Mag er nicht«, erklärte er.

»Sieh nur einmal her.« Ich schaltete den Transformator auf volle Leistung, bis es in meiner Stadt einen Stromausfall gab.

»Wenn meine Stadt fertig ist«, sagte ich in der Küche zu Jacki und machte rasch eine Dose Ravioli auf, »werde ich ihn schon zum Spielen bekommen.«

Lustlos stocherte ich im Essen herum.

»Was ist?« fragte Jacki.

»Wer ist Littelfut?«

31.

Wenn du circa zehn bis zwölf Freunde hast, haben Katastrophen keine so starke Wirkung auf dich.

Aus dem Nachwort der 3. Auflage
Stanislaus Lublinskij

Meine unermüdlichen Versuche, Elvis zum Spielen zu bewegen, mißlangen. Jedes Opfer brachte ich. Das Wohnzimmer hatte ich von sämtlichen Möbeln befreit, um die riesige Modelleisenbahn zu integrieren. Es gab Berge, Kühe, Tunnel und Seen. Von der rechten Wand bis zur linken fuhr beständig eine Drahtseilbahn. An der Decke kreisten zwei Flugzeuge, in einer Schüssel (Mittelmeer) schipperten drei Boote mit Motor. Ich trillerte bei Abfahrt und Ankunft, trug Norberts Lederschirmmütze. Alles zwecklos.

»Mag er nicht.«

»Himmel!« rief ich, am Ende meiner Geduld, »gibt es denn gar nichts, was dich interessiert?«

»Fips«, sagte er. Die Zähne waren bei einem fast Dreijährigen noch nicht genügend entwickelt, deshalb schlug die Zunge an die Vorderzähne. Es sollte wohl Chips heißen.

»Komm jetzt endlich spielen«, schrie ich.

»Gefällt er nicht«, brüllte Elvis und schaltete den Fernseher ein.

Wer war denn hier sein Vater? Kermit, der Frosch?

Am Abend reparierte ich eine Brücke, die er auf dem Weg zur Fernbedienung aus kindlicher Unbefangenheit zertrampelt hatte.

»Komm, ich lese dir noch etwas vor«, sagte ich am Bettrand.

»Mag er nicht.«

Auf dem Nachttisch stand ein leergelöffeltes Glas Schoko-Brotaufstrich.

»Was soll ich nur mit dem Jungen machen?« fragte ich Jacki, die spät nach Hause kam. »Er möchte nur essen und fernsehen.«

»Vielleicht gibst du ihm nicht genug«, sagte sie, sich umkleidend.

»Armin und die Tagesmutti haben ihn mit Fernsehen und Süßigkeiten vollgestopft«, sagte ich voller Empörung. »Das weißt du genau.«

»Wie du mich mit deiner Lamentiererei anödest«, stöhnte sie. Meine Erwiderungen blieben zusammenhanglos oder mitten im Satz stecken. Mein Interesse konzentrierte sich auf die Brücke. Ein Geschenk meines Vaters zum 12. Geburtstag. Mir kam es so vor, als wäre es erst gestern gewesen.

»Ich gehe noch mal weg«, sagte Jacki.

»Du warst doch gestern und vorgestern abend schon weg«, hätte ich beinah gerufen, tat ich aber nicht! Jacqueline ging schon seit gut einer Woche jeden Abend aus.

Nun gut, sagte ich mir. Eifersucht kannte ich nicht. Am Montag hatte sie ein blonder, langmähniger Typ abgeholt. Er küßte sie auf ihren Hals und winkte mir dabei unverbindlich zu. Donnerstag nacht, um halb drei stand ich zufällig auf meiner Terrasse, um die Sterne zu beobachten, und sah, wie sie halbnackt aus einer schwarzen Limousine kletterte. Ich betone es noch mal: Ich war nicht eifersüchtig. Bis zu den Abenden, an denen sie ständig ausging, hielt ich unsere Beziehung für perfekt und stabil. Wir genossen unsere Freiheit, verstanden uns sexuell. Jeder kam für sich, mit einer Zeitverschiebung von sechzig bis neunzig Minuten. Unsere Einigkeit bedurfte keines einzigen Wortes über den Feminismus. Als mir das bewußt wurde, reichte ich ihr am nächsten Abend eine Packung Kondome. Jacki bekam das natürlich in den falschen Hals.

»Kommst du mir nun mit Besitzansprüchen?« Sie tobte. Eine ganz spontane Frau.

»Keinesfalls«, erwiderte ich. »Du kannst tun, was du willst, aber schütze dich.«

»Deine elende Fürsorge ekelt mich an.« Sie zog sich zum Ausgehen um. »Wir haben eine wunderbare Beziehung. Und das willst du durch so etwas«, zornig schüttete sie den Inhalt der Kondompackung auf den Boden, »das willst du durch so etwas gefährden? Mach mir mal das Kleid zu.«

»Wir haben eine glänzende Zweckgemeinschaft«, sagte ich und holte zum Tiefschlag aus. »Ich liebe dich nicht.«

»Ich liebe dich doch auch nicht, mein Süßer«, sagte sie versöhnlich und küßte mich spontan. »Ist nicht gerade das so wunderbar?«

Um darüber nicht nachzudenken, sah ich mir mit Elvis »Denver Clan« auf Videokassette an und bügelte.

Wieder einmal verstand ich die Zeichen nicht. Am Mittwoch nachmittag hatte ich auf dem Küchentisch die Zeitung registriert, ebenso den markierten Abschnitt. Ihren Freiraum respektierend las ich ihn ganz bewußt nicht.

»Hallo? Ist Jacqueline da?« fragte eine Männerstimme am Telefon. Jacki mußte überraschend ins Saarland fahren, wollte aber am Abend wieder zurück sein. »Ich rufe wegen der Annonce an.«

Annonce? Langsam dämmerte mir etwas. Hatte ich bei ihrer Bekanntschaftsanzeige nicht auch zunächst mit Armin gesprochen.

»Jacki ist nicht da«, erklärte ich matt.

»Wann kann ich sie erreichen?« fragte der Mann.

»Heute abend um neun Uhr.«

Ich stürzte in die Küche und las:

Welcher ungebundene, auffällig spontane Mann mit cojones hat ebensolche Freiheitsansprüche wie ich und ist ebenso vom Wunsch beseelt, sich selbst in einer wundervollen und offenen Beziehung zu verwirklichen. Bin knapp Dreißig und ganz geil spontan. Keine Verant-

wortung, keine lästigen Fragen, keine Kondome. Ruf mich an, Jacqueline verlangen. Verheiratete bevorzugt. Behinderung angenehm.

Es folgte meine (!) Telefonnummer.

Der Schweiß brach mir aus. Was stand mir bevor? Elvis war mit ihr gefahren. War sie etwa schon ausgezogen? War dies das Ende einer wunderbaren Zweckgemeinschaft? Zu größerem Entsetzen blieb keine Zeit. Das Telefon läutete. Ich sammelte mich.

»Hallo? Ich rufe wegen der Annonce an. Ist Jacqueline da?« fragte eine Männerstimme.

»Nein«, sagte ich knapp.

»Und was machen Sie dort?«

»Nun, ich wohne hier.«

Der andere geriet ins Stocken.

»Oh... Mit... mit ihr?«

»Nur kein Grund zur Beunruhigung«, sagte ich. »Sie kommt um neun.«

»Dann versuche ich es vielleicht noch einmal.«

»Wie war denn dein Name«, fragte ich und spürte die Kraft langsam zurückkehren. »Kann ich etwas ausrichten, deine Nummer, deinen Namen?«

»Ich rufe zurück«, sagte er rasch und legte auf.

Da ich den weiteren Verlauf des Tages an fünf Fingern abzählen konnte, schaltete ich die Seil- und Eisenbahn ein, ließ Schiffe und Flugzeuge kreisen, die Rolläden herab, um die Beleuchtung zu genießen, und setzte mich mit einer Kanne Tee, ein paar Broten und dem Telefon auf das Sofa. Papier und Bleistift hatte ich zur Hand und machte zwei Striche. Die weiteren Telefongespräche verliefen alle nach einem ähnlichen Schema.

»Sie ist nicht da.«

»Wer sind Sie denn?«

»Ich bin ihr Anwalt. Sie kommt gegen neun.«

»Sind Sie... sind Sie... mit ihr...«

»Nein, nein. Wir waren mal zusammen. Ich sortiere gerade unser Hochzeitsgeschirr auseinander.«

»Oh, das tut mir leid.«

»Das mit der Anzeige ist unsere gemeinsame Idee gewesen. Darf ich mich nach Ihrem Beruf erkundigen?«

»Wieso?« Der andere wurde verwirrter.

»Nun, ich möchte wissen, ob Sie sie ernähren können. Die Sache mit dem Unterhalt ist gerade in der Schwebe.«

Klack.

»Wer sind Sie denn?«

»Ich wohne hier.«

»Ist das eine Wohngemeinschaft?«

»Inzwischen ja.«

»Ich verstehe. Und sie ist jetzt nicht da?«

»Nein. Sie ist seit einer Woche in Moskau und testet einen Jungbrunnen.«

»Jungbrunnen?«

»Na ja«, sagte ich. »Sie mogelt immer ein bißchen bei der Altersangabe.«

»Wann kann ich zurückrufen?«

»Hinterlassen Sie Namen und Nummer, Jacqueline ruft zurück.«

»Ich versuche es lieber selbst noch mal.«

»Ganz wie Sie wollen...«

Klack.

Bim-bim-bim. Die Eisenbahn fuhr beständig ihre Route. Ich öffnete eine Flasche Wein. So langsam begann mir die Sache Spaß zu machen, der Unterhaltungswert war groß.

»Wann etwa kommt sie wieder?« fragte der Nächste.

»Gegen neun.«

»Neun? Das ist aber sehr spät. Ich bin in einer Telefonzelle.«

»Sie müssen ja nicht bis neun Uhr warten, gehen Sie in der Zelle spazieren.«

»Neun ist mir zu spät. Sehr spät. Ich rufe aus einer Telefonzelle an. Sagen Sie, haben schon viele Leute angerufen?«

»Sie meinen Männer?«

»Äh, ja.«

»Hundert, hundertfünfzig.«

»So viele!« rief der andere erstaunt aus. »Ich habe selbst schon Anzeigen aufgegeben.«

»Wie interessant.«

»Aber da hat sich keine einzige gemeldet. Das funktioniert nur bei Anzeigen von Frauen. Da melden sich immer die Männer. Bei Männeranzeigen klappt das nicht. Da wird's sowieso nix. Bei mir wurde es sowieso auch nie was. Ist sie wirklich nicht da?«

»Nein«, sagte ich bestimmt und spendete dem Guten gleich fünf Striche auf der Liste.

»Ich rufe aus einer Telefonzelle an. Wo ist denn das, wo ihr steckt?«

Ich nannte ihm den Stadtteil.

»Ach«, sagte er. »Dann wird es sowieso nichts.«

»Sind Sie von außerhalb?« erkundigte ich mich.

»Ja, aber dann wird es sowieso nichts.«

»Besitzen Sie kein Auto?«

»Doch. Aber da fährst du extra mit dem Auto hin zu der Frau und dann wird es sowieso nichts. Ich habe schon öfter auf Anzeigen geantwortet, und es ist sowieso nichts geworden.«

»Rufen Sie doch einfach noch mal um neun an.« Langsam wurde er mir zuviel.

»Und morgen, wann ist sie morgen da?«

»Auch um neun.«

»Ich rufe aus einer Telefonzelle an. Neun ist spät, sehr spät. Kann ich es nicht um acht Uhr versuchen?«

»Klar«, sagte ich. »Aber sie kommt erst um neun.«

»Das wird sowieso...«

Klack.

Es lebe der Zeittakt in Telefonzellen.

Ich betrachtete meine Liste und ließ es auch mal öfter klingeln. Allerdings brachte ich es nicht übers Herz, den Stecker rauszuziehen.

»Wer sind Sie denn?«

»Der Hausmeister.«

Klack.

»Hier Jacqueline Beuteler, Praxis für sexuelle Studien. Bitte, hinterlassen Sie Namen, Rufnummer und ihre sexuellen Vorlieben. Wir masturbieren telepathisch und rufen zurück.«

»Hier ist Armin. Die Schnalle hat mir ja ihre neue Adresse nicht hinterlassen. Aber ich wußte, mußt nur unter den Bekanntschaftsanzeigen schauen. Dort wo ›spontan‹ steht. Richte der Alten aus, daß sie mir noch 400 Eier schuldet. Nichts für ungut und tschüß.«

Klack.

»Wer bist du denn?« fragte ein Mann etwa drei Dutzend Anrufe später.

»Ich wohne hier.«

»Bist du der Freund von Jacqueline?«

»Ich war es.«

»Aber ihr wohnt noch zusammen?«

»Pro forma.«

»Das ist eine sehr unschöne Sache.«

»Na ja«, sagte ich. Der Wein hatte in meinen Tonfall das Selbstmitleid gelegt. Der Spaß war vorüber.

»Hat sie die Anzeige aufgegeben oder mit dir darüber gesprochen.«

»Ehrlich gesagt, hat sie mir überhaupt nichts mitgeteilt. Die Anzeige lag kommentarlos auf dem Küchentisch.«

»Das ist doch keine Art. Läßt du dir das bieten?«

»Na ja«, sagte ich und wärmte mich am Verständnis eines Fremden. »Mehr oder weniger.«

»Was ist denn das für eine gefühllose Kuh. Die wollte ich nicht geschenkt haben.«

»Wir haben eben eine freie und offene Beziehung«, murmelte ich.

»Quatsch!« rief er aus. »Wo ist denn dein Selbstbewußtsein? Für so eine mußt du dir zu schade sein. Erkläre ihr, daß man so mit seinem Lover...«

»Ex-Lover!«

»...dann eben Ex-Lover nicht umgehen kann. Auch wenn es vorbei ist.«

»Dafür ist sie nicht sehr empfänglich«, sagte ich.

»Weißt du, was ich glaube?«

»Was?«

»Du hast einfach kein Selbstwertgefühl. Du bist frauensüchtig orientiert und läßt dir deshalb alles bieten.« Ich war also keinen Schritt weitergekommen. Ein solches Telefonat ernüchterte mich schlagartig.

»Du solltest in eine Männergruppe gehen oder dich mit Männern anfreunden. Das können ganz dufte Kumpel sein.«

»Danke für den Tip.«

Die Tränen liefen mir herunter.

Jacqueline zog zwei Tage später mit Elvis und ihren drei Habseligkeiten aus. Wortlos hatte ich ihr die Telefonstrichliste gereicht.

»Das Schlimmste ist«, sagte sie zornig, »daß du mich absolut ausgenutzt hast.«

»Ich?« Es schien da ein kleines Mißverständnis zu geben. »Habe ich nicht mehr als meinen Teil in der Wohnung gemacht, habe ich nicht deine Wäsche gewaschen und gebügelt, und habe ich mich nicht um Elvis bemüht, als wäre er mein Sohn?«

»Du führst dich genau wie Armin auf«, rief sie und knallte ihre Sachen in den Koffer. »Du schmeißt doch nur den Haushalt, um mich zu kaufen. Ihr Männer glaubt, ihr müßtet nur perfekt waschen und putzen, und schon würden wir euch zu Füßen liegen. Bemuttern, um uns zu besitzen. Irrtum. Im übrigen habe ich hier auch meinen Teil geleistet.«

»Wir wollen doch nicht aufzählen.«

»Immerhin habe ich einen Job, der mich stark beansprucht.«

»Du meinst, im Kindergarten mit anderen Kindern spielen, während dein Sohn dahinvegetiert? Übrigens habe auch ich einen äußerst wichtigen Job.«

Mitten in diese freundliche Aussprache bei offener Wohnungstür kam Norbert mit einem Karton und zwängte sich an uns vorbei.

»Immerhin verwendest du ja die ganze Zeit für deine blöde Bimmelbahn«, schrie Jacki.

»Also liegt es an Männern wie mir, daß du überall nur sechs Wochen wohnst«, sagte ich vollkommen emotionslos.

»Kommt jetzt die Lenor-Frage? Was habe ich nur falsch gemacht?« giftete sie.

»Garantiert nicht. Du bist unbeständig, und das ist dein Problem«, gab ich zurück.

»Du verwechselst da was, Zahnklempner. Ich bin nur *spontan* und gebe meinen tiefsten Neigungen nach. Deshalb werde *ich nicht* Krebs bekommen. Zudem habe ich einen Mann kennengelernt, der mehr Power hat als du und Armin und alle zusammen. Er heißt Joop, sitzt im Rollstuhl und spielt Saxophon.«

»Hat er einen Fernseher? Du solltest das abklären, bevor du einziehst.«

»Soll ich dir noch die Telefonnumer geben? Dann könntest du jeden Abend anrufen und um meine Rückkehr winseln.«

»Ich würde dir ja jetzt ein Taxi rufen«, ich war die Ruhe selbst, »wenn ich wüßte, daß du es bezahlen könntest.«

Spontan schnappte sie sich ihren Koffer, den Sohn und stakste *spontan* hochhackig die Treppe hinunter.

Als sie endlich gegangen war, packte Norbert meinen Verstärker aus dem Karton und zahlte mir zweihundert Mark zurück. Diese Nacht schliefen wir im Bett eng aneinandergekuschelt. Bim-bim-bim machte die Eisenbahn im Wohnzimmer.

32.

Die Kenntnisse, die du nun erlangt hast, mögen für eine Veränderung ausgereicht haben. Du stößt an deine Grenzen, suchst nach neuen Möglichkeiten, obschon deine Erneuerung auch Nachteile haben kann. Du fühlst dich überlegen, unterfordert, meckerst ständig an anderen Männern herum, erlebst Verhöhnung durch die Frauenbewegung. Trotzdem: hier mußt du durch. Hüte dich vor dem Depriloch.

§ 199 Negative Auswirkungen
Stanislaus Lublinskij

Einsam, wie ich war, ergriff mich der Leidensdruck in seinem vollen Umfang, und ich verfiel in tiefe Depression. Meistens hielt ich mich lustlos im Halbdunkeln auf, vernachlässigte mein Äußeres, trug von morgens bis abends beständig denselben Pyjama. Hielt die Hand im Gram über meine Augen und hing meinen Gedanken nach. Antrieb und Motivation waren dahin. Meine schweren Glieder und der müde Kopf wollten sich nicht erheben. Eine Todessehnsucht senkte sich über mich wie ein dunkler Engel. Ich wollte Schluß machen, löste ein Röhrchen Schlaftabletten in einer Tasse Wasser auf. Um den Geschmack zu verbessern, fügte ich Kakaopulver hinzu. Aber ich konnte es nicht tun. Mir fehlte die Kraft zum Umrühren. Ermattet suchte ich die lebendige Öffentlichkeit. Pärchen lachten bei schönem Wetter auf den Straßen, Freunde trafen sich gutgelaunt, Fahrradfahrer klingelten und lächelten fröhlich, Hundebesitzer tauschten Neuigkeiten aus. In Schwarz gekleidet und vier Kilo leichter schleppte ich mich durch das pulsierende Leben. Ich schlief kaum, wurde valiumabhängig. In den Nächten quälten mich die Erinnerungen. Meine Arbeit litt, die Operationen verliefen nachlässig, so daß häufig Luithard gerufen werden mußte, oder Freddy. Freddy war unglaublich hilfsbereit und verständnisvoll. Wenn ich in mich zusammengesunken auf der Treppe vor unserer Praxis saß, brachte er mir einen Becher Wasser aus dem Speibecken. Er riet mir, mich gründlich auszuschlafen. Zumindest aber sollte ich die nötigsten Dinge wie Waschungen und Rasur zustande bringen. (»Du miefst.«) Der gute Ruf der Männerpraxis sollte nicht durch eine vorübergehende Krise aufs Spiel gesetzt werden. Freddy hatte recht, er hatte ja so recht. Eine Antwort blieb ich ihm schuldig.

Auch Luithard wollte mit mir reden. So lud er mich zum

Bier ein. Wir sprachen dann doch nur noch über Harmlosigkeiten und seine Reisepläne. Dazu tranken wir statt Bier Tullamore Dew, wobei Luithard begann, seine Standardanzüglichkeiten loszulassen. Mit jedem Glas mehr hörte ich weniger.

Erst als im Lokal die Stühle auf die Tische gestellt wurden, legte der Barkeeper uns nahe zu gehen. Kaum draußen, fiel ich auf den Bordstein und begann, doppelt zu sehen. Eine klare Wirkung der frischen Nachtluft.

»Schteh auf«, lallte Luithard. »Mein Motorrad schteht beim Kaufhof.«

Widerwillig kroch ich eine Weile auf dem Gehweg hinter ihm her, zog mich mühevoll an einem Halteverbotsschild hoch, wankte unsicheren Schrittes weiter und prallte auf Luithards massiven Körper. Der Kerl war einfach stehengeblieben. Einen Kneipengast, der den »Blauen Elefanten« verließ und gerade im Begriff war, sein Auto aufzuschließen, fragte er, ob er uns mitnehmen könnte.

Der Typ war unausstehlich nüchtern.

»Steigt ein. Jeden Tag 'ne gute Tat«, erklärte er großzügig.

Auch das noch. Ein Pfadfinder!

Luithard saß vorne, ich hinter dem Fahrer. Es roch im Auto nach Benzin – mir wurde schlecht. Der Pfadfinder fuhr ungeheuer langsam, ich wußte nicht, wie lange ich gegen meinen Brechreiz ankämpfen konnte. Die Umrisse des Kaufhofs erschienen an meinem Fenster, ich erkannte das Motorrad. Der Pfadfinder jedoch verlangsamte seine Fahrt, ohne zum Stehen zu kommen. Ich erbrach mich gegen seine Kopfstütze. Die Brühe lief den Sitz hinunter und breitete sich über irgendwelche Akten und Zeitschriften aus.

»Tut mir furchtbar leid«, meinte Luithard achselzuckend. Beim Anblick des Schadens stieß er kurz auf.

»Ach«, meinte der Pfadfinder mit gequältem Lächeln und schippte mit einer Zeitung das Erbrochene heraus, »jeden Tag eine gute Tat.«

Mittlerweile hockte ich besudelt auf dem Trottoir und harrte der Dinge.

»Kann ich dir was helfen?« fragte Luithard den Pfadfinder, schwankte und erbrach sich gegen die Autotür (Fenster geschlossen).

Später, der Pfadfinder war schon fort, trommelte Luithard mit den Fäusten auf seinen Schädel ein und rieb sich die Augen. Ich betrachtete die Pfütze unterhalb des Bordsteins. Immer wieder hämmerte sich Luithard unterdessen auf den Kopf und lallte: »Ich muß mich konzentrieren. Ich muß mich konzentrieren.«

Eine Minute danach brausten wir mit einem Höllentempo durch die Stadt. Die Lichter schossen an mir vorbei, ich klammerte mich an den Fahrer. Alles ging gut. Bei ihm zu Hause angelangt, bremste er zu spät, und das Vorderrad knuffte gegen die leise berstende hölzerne Toreinfahrt. Im hohen Bogen flog ich vom Sitz. Die Trunkenheit bewahrte mich vor Verletzungen. Während er die Tür aufschloß und das Motorrad hineinschob, lag ich auf dem Gehweg und pinkelte in meine Hose.

Kaum, daß der gewaltige Kater verschwunden war, begann ich beherzt, mir die ersten von insgesamt zwanzig Kilo anzufressen. Ich vertilgte Unmengen, frühstückte mit warmen Speisen, erwarb im Laufe des Tages unterwegs zwei Bratwürste, zwei Hamburger, fand, daß es schon wieder Zeit für das Mittagessen wäre, kehrte in ein Lokal ein, bestellte ein Menü, stopfte mich in einem nahegelegenen Café mit Kuchen voll, bestellte gegen halb sechs eine Pizza und plünderte meinen Kühl- und Vorratsschrank. In meine Klamotten paßte ich nicht mehr hinein. Norbert freute sich. Cocteau erhielt Schinkensonderportionen, die sie allerdings nur schwerlich bewältigen konnte.

Aus einer Stimmung heraus begehrte ich den Eintritt bei den Freimaurern, fand aber niemanden, der mich vorschlug. Ich meldete mich in einem Fitneßcenter an, um in den Genuß der Clubküche zu gelangen. Eine Hantel faßte ich nicht an.

Vorübergehend trat ich (in dieser Reihenfolge) bei den Weight Watchers, Zeugen Jehovas und beim Deutschen Bücherbund ein. Ich war nicht mehr ich selbst. Verfettet verschlief ich meine freien Tage.

Schließlich, bei einem gewaltigen Soloessen bei »Da Giacomo« (zwei Vorspeisen, zwei Hauptspeisen, drei Nachspeisen und zwei Laib Brot) ließ ich mein Leben an mir Revue passieren. Nach der dritten Karaffe Wein entschloß ich mich, nach allen Enttäuschungen eine eigene Männergruppe zu gründen.

Das erste Mal seit Monaten besuchte ich die Männerbuchhandlung. Martin umarmte mich. Wir waren beide dicker geworden. Schon nach wenigen Sätzen war ich im Bilde. Mit seinem Freund war es aus. Wir trafen uns nun wieder regelmäßig, um nach der Brigitte-Diät die alten Körperformen zurückzuerlangen. Auch Michael, leicht übergewichtig, tauchte unvermittelt bei uns auf. Danny, die Traumfrau aller Traumfrauen, war mit einem Vetreter für Gummibeschichtungen auf die Karibischen Inseln geflogen und nicht wieder zurückgekehrt. Eine läppische Postkarte mit dem Hinweis kam, daß sie mit David Bowie und Mick Jagger heiße Partys feiern würden.

Wir stießen miteinander an – ganz wie in alten Tagen. Nichts sollte sich unserer Freundschaft mehr in den Weg stellen. Unsere Erfahrungen mußten weitergereicht werden. Die Männergruppe gab unserem Leben einen neuen Sinn.

33.

Freud war eine Mimose, ein Würstchen. Nur weil er für sich sehr spät entdeckte, daß Frauen keinen Penis besitzen, hätte er deswegen noch lange nicht diese Gemischtwarenhandlung, genannt Psychoanalyse, ins Leben rufen müssen. Was wir brauchen, ist eine nach Geschlechtern getrennte Psychoanalyse.

§ 201 In der Männergruppe
Stanislaus Lublinskij

Aufgrund des Aushangs in Martins Männerbuchhandlung meldeten sich vier Männer. Das erste Treffen fand in meiner Wohnung statt. Die Eisenbahn war längst einer erneuten Renovierung zum Opfer gefallen. Das ganze Mobiliar hatte ich Norbert zum Verscherbeln überlassen. Nur drei Sofas (Gebrauchtkaufhaus) standen im weiß getünchten Raum. Hatte es nicht etwas Klösterliches?

Einen der Männer erkannte ich sofort. Sigmund, der gestürzte, ehemalige Vorsitzende der *Konzilianten* oder wie immer sie sich jetzt auch nennen mochten.

»So sehen wir uns wieder, gell«, sagte er lächelnd und drückte mir die Hand. Im Geiste sah ich ihn in seiner Kneipe sitzen und warten.

Die Männer benahmen sich recht ungezwungen, rauchten, aßen meine Blätterteig-Knabbereien und tranken Ökobier oder Ökowein. Zwanglos stellten wir uns vor. Baldur, ein kleiner, stiller Mann, suchte eine Anstellung als Lehrer. Der bärtige Blonde hieß Paul. Er besaß Gruppenerfahrung. Zur Zeit jobbte er in einem Imbißladen, während er ein Fernstudium absolvierte. Joshua, der engagierte Fotograf, hatte unser Text in der Buchhandlung angesprochen.

Am ersten Abend wollten wir ergründen, welche Erwartungen jeder einzelne mit der Gruppe verknüpft. Der eindeutige Schwerpunkt lag für mich darin, der Gruppe einen anerkannten Platz in meinem Leben einzuräumen. Auch Selbsterfahrung, Einander-Kennenlernen, Vertrauen, Freundschaft, Offenheit waren wichtig. Gemeinsam sollten wir die Verantwortung für die Treffen tragen.

»Hätten wir nicht alle gewisse Enttäuschungen hinnehmen müssen, wären wir nicht hier. Es gibt keinen Boß, keinen Therapeuten und keine festen Themen.«

Die Männer sahen mich nachdenklich an.

»Warte mal«, sagte Sigmund. »Wir müssen auch über Ziele sprechen. Ich meine, unser Treffen, das geht doch ungemein ins Politische, gell. a.) Abbau der bisherigen Männerstrukturen. b.) Aufarbeitung der bisherigen Selbstverleugnung des Mannes. c.) Erwartungen und Konsequenzen aus der Klammer des Berufes. d.) ...«

»Moment mal«, unterbrach Martin. »Ich denke, wir wollten heute nicht über irgendwelche Ziele debattieren.«

»Aber ohne Ziele geht's doch nicht, gell.« Sigmund trank einen Schluck Orangensaft.

»Ziele sollen sich allmählich entwickeln«, sagte ich. »Sehen wir doch erst mal, wohin es uns heute führt und welche Richtungen wir ansteuern wollen. Dann können wir uns immer noch ein Diktum auferlegen.«

»Wer spricht denn von Diktum?« Sigmund stand auf und begann, um die Sitzgruppen zu marschieren. »Das ist ja nicht mein erstes Gruppentreffen, gell. Aber das Politische läßt sich aus unseren Aufgaben doch nicht einfach wegleugnen. Ziele müssen manifestiert werden, um auch der spießigen Außenwelt durch Vorleben der richtigen Auffassungen zu einem besseren Verständnis zu verhelfen. Ich schlage vor, wir sollten darüber erst mal diskutieren, gell.«

»Nichts gegen deine Rede, Sigmund«, sagte Martin ungehalten, »aber wir lassen es langsam angehen. Wenn wir dann gemeinsam zu Zielen finden, sind wir alle dabei, aber wir haben betont, daß es keine Führungsansprüche gibt.«

»Ich will mich ja nicht aufdrängen, aber da gibt es Themen, die unbedingt erörtert werden müßten. Der Wehrdienst, die Rechtlosigkeit unehelicher Väter und...«

»Nichts für ungut«, sagte ich. »Vielleicht hast du schon zu viel Erfahrung. Wir versuchen das zum ersten Mal.«

»Augenblick.« Sigmund öffnete seine Marokkotasche. »Ich habe euch Kopien über die wichtigsten Punkte mitgebracht. Das sind alles Vorträge, die ich in den letzten Männergruppen allein oder mit anderen Männern erarbeitet habe.« Er begann die Kopien zu verteilen.

»Manifest für Männer von heute«, las Sigmund von einem Zettel ab. »Die vier wichtigsten Grundregeln...«

»Stop«, sagte Michael. »Stop.«

Irritiert hielt Sigmund inne.

»Ich möchte euch alle etwas fragen«, sagte Michael. »Das ist unser erstes Treffen. Einige kennen sich und einige nicht. Handhaben wir es demokratisch. Wer sich Sigmunds Vortrag jetzt anhören möchte, soll die Hand heben.«

»Hört ihr«, vergewisserte sich Sigmund. »Ihr sollt die Hand heben. Seid ihr euch nicht der Wichtigkeit dieses Abends bewußt? Hebt endlich die Hände.«

Keine Hand bewegte sich.

»Ich verstehe.« Beleidigt sammelte der ewig Unverstandene seine Blätter ein. »In ein paar Tagen, wenn ihr euch in kleinen Details zerrissen habt, werdet ihr erkennen, wie recht ich hatte!«

»Männer wollen immer recht haben!« rief nun Joshua aus und machte eine Polaroidaufnahme von Sigmund. Es zahlte sich aus, daß die Lektüre von Lublinskijs Buch als grundlegende Voraussetzung für die Teilnahme an unserer Gruppe auf dem Zettel an der Pinnwand erwähnt wurde.

Sigmund entschloß sich zu gehen. Einen Augenblick scharrte er mit seinen Birkenstockschuhen auf dem Boden.

»Auf Wiedersehen«, er erhob sich. »Wenn ihr reif für meine Themen seid, ruft mich an.« Er kritzelte seine Telefonnummer auf einen Zettel und legte ihn auf den Tisch. Das Polaroidbild wurde sichtbar. Sigmund besaß darauf die Züge eines ungehörten Propheten.

»Ich bin nur das erste Opfer«, betonte er noch. »Wenn erst einmal einer aus der Gruppe geht und keiner bemüht sich, ihn zurückzugewinnen, folgen weitere Austritte. Ich habe da Erfahrung, gell.«

»Darf ich dich zur Tür begleiten?« fragte Baldur. »Wir würden jetzt gerne anfangen.«

34.

Das neue Zeitalter bricht an: Kraft und Macht durch systematische Entmachtung. Ein neues und ursprüngliches Gefühl: schmerzliche Nachrichten eines Mitmannes beelenden dich.

§ 225 Erste Ergebnisse in der Gruppe
Stanislaus Lublinskij

Bewegte Wochen mit regem Männerwechsel lagen hinter der Gruppe. Wurden Erwartungen nicht erfüllt, blieben die Kerle wortlos fern. Solche Männer konnten uns gestohlen bleiben. Wenn sie nicht einmal die Geduld für ein paar Stunden oder Tage aufbringen konnten, woher sollten sie überhaupt Zeit und Geduld für ihre Mannfindung nehmen?

Nach zwei Monaten kristallisierten sich, uns mitgerechnet, zwölf regelmäßige Gruppenmitglieder heraus. Lublinskij akzeptierte zwar höchstens neun, aber Michael, Martin und ich waren ja schon ein wenig weiter als der gewöhnliche Mann, der nach Veränderung strebte. Unsere Gruppe erfreute sich großen Andrangs und starken Interesses. Das lag an der unkomplizierten Handhabung der Treffen: kein Theater, keine Dogmen, kein festes Programm. Unsere Handlungen vollzogen sich aus dem Bauch. Wir lernten immer mehr, uns auf das eigene Gefühl zu verlassen. Das bekam uns.

Das einzige Ziel, zu dem wir uns durchrangen, war die Annäherung an den Feminismus. Das Stürmen und Einnehmen feministischer Bastionen wurde vorrangig, wie neue Voraussetzungen für eine Gesprächsbasis zwischen den Geschlechtern zu schaffen. Leider blieben unsere ersten Versuche erfolglos. Wenn ich hier ein Erlebnis wiedergebe, so liegt dem nicht der Versuch zugrunde, das Scheitern zu dokumentieren. Vielmehr kann aus diesem Beispiel ein deutlicheres Bild unserer Bemühungen gewonnen werden. Spontan versuchten wir in einer Art Demo, ebenfalls ins Frauencafé eingelassen zu werden. Militante, schwarzbemäntelte Frauen buhten uns aus und warfen mit Steinen nach unseren nicht bedrohlichen Körpern. Wir waren erschüttert, fassungslos. Diese Welle der Gewalt konnte ich nicht begreifen, hatten wir doch extra ein gewaltiges lila Transparent mit den Worten *Frauen! Wir sind es, die mit euch fühlen!* ausgerollt. Michael versuchte voller Enthusiasmus, ein paar Frauen am Eingang in eine Grundsatzdiskussion zu verwickeln. Dem armen Kerl wurde mit einem Springmesser, von wem, ließ sich im nachhinein nur schwer rekonstruieren, der Oberarm aufgeschlitzt.

»Ich bin getroffen!« schrie er. Michael brach zusammen und weinte, während sich der Jackenärmel voll Blut sog. Er starb nicht. Martin und ich rannten in pazifistischer Duckhaltung zu dem Verletzten, rissen ihn aus der unmittelbaren Gefahrenzone und zogen uns in die hinteren Reihen zurück. Im nächsten Augenblick gingen etwa zwanzig Frauen mit urpatriarchalischem Geheul auf uns los. Insgeheim hatte niemand von der Gruppe mit dieser Eskalation der Gewalt auf offener Straße gerechnet. Spontan traten wir den Rückzug an, statt uns nach altem Verhaltensmuster dem Kampf zu stellen. Nur einer der Männer verwahrte bereits entschlossen seine Brille in einem sicheren Etui, aber der leichtverletzte, dahinsiechende Michael hielt ihn mit ersterbender Stimme davon ab: »Wir wollen doch nicht auf dieses Niveau sinken.« Dann sank sein Kopf ruckartig auf die Brust.

Irgendein Mann sagte: »Michael, wir brauchen dich. Bitte, halte durch.«

In diesem Tumult kam uns das Transparent abhanden.

In meiner Wohnung, ich kochte nach der Aufregung *pasta* für alle, verbanden wir Michaels Arm und sprachen lebhaft über unser Erlebnis. Es fielen unschöne Worte wie Zimtzicke, Krampfhühner, Scheißweiber, perverse Kuh und dämliche Sau, blöde Fotze – dann gingen uns die Begriffe aus. Lublinskij hielt das für natürlich.

Was wäre eine natürliche Aggression ohne Beschimpfungen? hieß es da. Wir empfanden Erleichterung, wenn wir diesen Frauen aus Wut und Angst solche Attribute zuordneten. Wir fühlten uns gut und brauchten keinerlei Schuldgefühle aufkommen zu lassen. Mit dem Feminismus konnte es so nicht weitergehen, stellten wir fest. Wenn die Frauenbewegung verhärmt in dieser Richtung weiterarbeitete, würde sie eines Tages ganz schön allein dastehen – so ohne uns.

Es konnte doch nicht angehen, daß Frauen ihre Aggressionen mit unnachgiebiger Härte gegen uns richteten. Die Geschichte des modernen Feminismus war zu jung, die Sache zu wichtig, um in der Isolation zu ersticken.

Spätestens in zehn Jahren würde es zu bürgerkriegsähnlichen Zuständen zwischen den Geschlechtern kommen, die sich zum Geschlechterrassismus ausweiten würden. Es galt, dies unbedingt zu vermeiden.

Zweimal wöchentlich traf sich die Gruppe bei mir. Wir sprachen über unseren Beruf und die Möglichkeiten, sich als neuer Mann nicht mehr nur über den Broterwerb zu definieren. Die ersten relativ intim-empfindsamen Gespräche verdankten wir dem Angriff der Frauenbewegung. Instinktiv waren zwölf Männer zu einem festen Block verschmolzen. Die Ernsthaftigkeit und Bedeutung ihrer Aufgabe lag ihnen am Herzen.

Wenn ein Mann erst an einer Sitzung teilnahm, konnte er sich der kräftigen und doch sanften, packenden, humorvollen Stimmung nicht entziehen. Wir ließen die Ängste, Blockierungen und Aggressionen anderer Männer an uns heran.

»Es wäre gut«, meinte Martin, »wenn wir an unserer beschissenen Sprache arbeiten würden und uns beispielsweise das Fluchen abgewöhnen könnten.«

Da hatte er verdammt recht. Die meisten Männer taumelten wie im Tran durch ihr Leben. Daß sie fluchten, nahmen sie nicht mehr zur Kenntnis.

»Das fängt ja schon im Auto an«, sagte ich. »Wenn ein anderer Fahrer oder sogar eine Fahrerin miserabel fährt, beginnt das Gezeter.«

»Ich habe mal ein Buch gelesen«, sagte Alfred, ein Betriebswirt, »in dem stand, daß Frauen an Ampeln immer Männer beobachteten, die entweder fluchten oder exzessiv in der Nase bohrten.

»Das kann nur ein Buch von einer Frau sein«, erklärte Jörg, ein Rechtsanwalt, der gerade auf Erzieher umschulte. »Das sind doch diese ganzen Vorurteile, die sie von den Amerikanern auf uns deutsche Männer übertragen. Wißt ihr, was ich sehe, wenn ich an einer Ampel stehe? Männer, die in absoluter Vereinsamung mit sich selbst reden. Ihre Autos scheinen der letzte Freiraum für sie zu sein, den sie sich bewahrt haben. Sie sehen dabei todunglücklich aus. Ich würde sie am liebsten in den Arm nehmen.«

Das konnten wir gut nachvollziehen.

Noch wurde von Befreiung nicht gesprochen, aber immerhin besaßen wir eine Perspektive, ein Bewußtsein, Lust an der Veränderung (bei allem Schmerz) und Freude am Leben (bei allem Schmerz). Rasch legten wir beispielsweise die verdrängten Ängste vor der Homosexualität ab und berührten unseren Nebenmann. Zur Begrüßung nahmen wir einander liebevoll in die Arme, gaben uns, falls wir Lust dazu hatten, Küsse auf die Wangen. Selbst in meiner Praxis kam ich nicht mehr ohne Umarmung aus. Empfindsamkeit war unsere höchste Maxime. Das vereiste Innere taute auf! Ganz offen sprudelten die Empfindungen (Freude, Erleichterung, Anspannung, Ärger usw.) aus uns heraus. Unermüdlich empfahlen wir die Lektüre von Stani und erarbeiteten Kommentare und Erläuterungen.

Beständig blieben die Augen auf die Frauenbewegung gerichtet. Nicht einmal die ältesten Institutionen schienen so festgefahren. Schwerfällig erkannte sie die Veränderung und wußte nun nicht, wie sie reagieren sollte. Die Frauenbewegung, so unser Resümee, steckte noch tief in den siebziger Jahren. Sie war einfach nicht in der Lage, unsere Bemühungen anzuerkennen.

Andererseits gab es keinen Grund, sich von der Anerkennung der Frauen abhängig zu machen. Trotzdem blieben die Frauen ein wichtiger Bestandteil unserer Entwicklung. Wir lernten die Misere der Frauen in der heutigen Gesellschaft deutlicher kennen und engagierten uns für sie mit ungebrochener Solidarität und Vehemenz. Wir waren dabei, als es bei einer Demonstration vor einem Chemiekonzern hieß: »Gleiche Löhne für Frauen und Männer.«

Eine Dame vom Rundfunk befragte vor den Werkstoren Jörg. In seiner großartigen Rede, die im Rundfunk auf zwei Sätze gekürzt wurde und in der wir »Sensibelchen« genannt wurden, vertrat er wacker und kämpferisch die Ansichten der Männergruppe. Und obwohl es keinen unmittelbaren Zusammenhang gab, forderte Jörg alle Arbeitgeberinnen und -geber gleichzeitig auf, sofort mehr Männer in Frauenberufe vordringen zu lassen und sie zu akzeptieren, indem sie ihnen die entsprechenden Berufsbezeichnungen gäben.

»An was denken Sie speziell?« fragte die Dame mit dem Mikrophon.

»Nun ja, zum Beispiel sollte es auch ruhig Krankenbrüder

geben. Während meines Zivildienstes war ich ein Zivi, aber welches Vertrauen könnte mir ein Patient entgegenbringen, wenn er mich Bruder Jörg ruft, wie er auch ganz selbstverständlich Schwester Johanna sagt.«

Um zu unseren frühkindlichen Talenten zurückzukehren und unsere verkümmerte Fingerfertigkeit wiederzuerlangen, erprobten wir uns an kleinen Basteleien. Michael schnitzte aus Holzscheiten kleine Teufelchen und Martin häkelte um die Adventszeit Sterne fürs Fenster. Im Dezember mieteten wir zusammen mit den Anonymen Alkoholikern einen Stand auf dem Weihnachtsmarkt und priesen da unsere handgefertigten Produkte an. Erstmals präsentierten wir die gemeinsam erarbeiteten Tonsachen. Töpfern war *das* Erlebnis schlechthin für unsere Finger: Sinnliches begreifen, tasten, spüren, formen – die Ursprünglichkeit der Naturvölker. Dem Stand verdankten wir einen weiteren Zulauf, während die Mitgliederzahl der Anonymen Alkoholiker zurückging. Die Gruppe bestand inzwischen, ohne uns drei, aus etwa zwanzig Männern. Nun mußten verschiedene Veranstaltungen in Gruppen (A, B, C) durchgeführt werden. Mein Schwerpunkt, für den ich die Verantwortung trug, war, alleinstehenden Männern zu einer besseren Organisation ihres Haushalts zu verhelfen. Unumgänglich blieben deshalb die Tupperabende. Die meisten Männer wußten nicht einmal, was sie alles einfrieren konnten. Tupper ist ungeheuer praktisch. Ich versprach den Jungs, ab und zu für sie zu kochen – nach Barbara Rütting (Diabetiker mußten sich ihr Essen mitbringen). Eine reine Herausforderung, für so viele Männer zu kochen. Außerdem bekamen sie auf diese Weise wenigstens zweimal die Woche was Ordentliches.

Mit den Geldern aus den Gruppeneinnahmen bezahlten wir Dozenten, die über unsere Belange in Politik, Wirtschaft, der Dritten Welt und über die der Männer aus der Zentralschweiz referierten und so unseren Horizont im Ursache-Wirkung-Prinzip der weltlichen Entwicklungsgeschichte des Patriarchats erweiterten. Unser Wissen wurde zunehmend fundierter, und kurze Zeit später hielten wir selbst Vorträge.

Unter dem Motto »Sehenswürdigkeiten aus aller Welt«, lud Michael zu einer großen Diaschau ein. Urlaubsdias aus fünf Jahren. Unglücklicherweise sahen wir nichts von der Landschaft, denn Michael lichtete stets seine Freundinnen im Vordergrund ab.

»Das ist Gabi in Venedig. Hinten könnt ihr den großen Platz sehen.«

Konnten wir nicht. Statt dessen Jolanda in Valencia, Brigitte in Frankreich, Erika in Jugoslawien und Georgina in Griechenland. Immer wieder diese Frauen in Großaufnahmen und kleine Zipfel nicht erkennbarer, verschwommener Sehenswürdigkeiten. Keiner in der Gruppe verlor die Geduld, denn wir litten nicht mehr an dem typischen Aggressionsverhalten und erahnten die Bedeutung, die diese Bilder für Michael hatten. Da die Männer so wundervoll reagierten, konnte Michael, mit Tränen in den Augen, dieses traurige Kapitel seines Lebens endlich abschließen.

Obwohl uns die Frauen mit erschreckender Brutalität abgelehnt hatten, bildeten sie weiterhin das große Ziel unserer Gruppenarbeit. Bis zur Selbstaufgabe blieb es wichtig, uns mit der Frauenrolle aus Solidaritätsgründen zu identifizieren. Keiner scheute vor dem Experiment der äußerlichen Veränderung zurück. Soweit biologisch gegeben, ließen wir uns die Haare lang wachsen und zogen auch mal – natürlich nur in der Gruppe – Nylonstrümpfe an. Mit solchen Maßnahmen kamen wir dem alltäglichen Dasein der Frau unsagbar nah. Kein Wunder, wenn Frauen oftmals empfindlich reagierten – uns machten die Nylonstrümpfe anfangs wahnsinnig. Kalt und unendlich dehnbar, dabei die ganze Zeit einengend, ja, mit diesen Dingern standen wir praktisch unter Strom, und es erforderte einen Kampf gegen die inneren Widerstände, sie anzubehalten.

Mit den Wünschen nach stärkerer Identifikation gingen wir sogar noch einen Schritt weiter: Wir trafen uns in meiner Wohnung und legten Frauenkleider, Perücken und Make-up an. Alle wirkten sehr gelöst und lachten unentwegt, da bei ihnen die Sache, trotz aller Unsicherheit, große Heiterkeit auslöste. Zuerst schlüpften wir kichernd in die Kleider, halfen uns gegenseitig, komplizierte Verschlüsse auf dem Rükken zuzumachen und korrigierten die einzelnen Make-up-Fehler des anderen. Und es passierte: Frau-Sein rieselte durch unsere Männerkörper. Ein Verhaltensforscher hätte seine Freude an der Gruppe gehabt. Für viele war es zu Beginn nur schwer zu verkraften, sie wurden gereizt und laut. Auf Absätzen staksten wir vorsichtig durch mein Gruppenzimmer und stellten fest, daß es jedesmal, wenn wir das Kleiderexperiment wiederholten, Zoff gab und die Fetzen flogen. Knisternde Spannung lag in der Luft, die von Gewalttätigkeit aufgeladen war. Kaum entledigten wir uns der Kleider, herrschten wieder der angenehme Frieden und die Übereinstimmung. Wir weinten ob dieser Erkenntnis. Allein diese erstaunlichen Ergebnisse bewiesen uns, wie wichtig eine zeitweilige Identifikation mit dem anderen Geschlecht war. Von nun ab probten wir regelmäßig, allerdings nie länger als ein bis zwei Stunden, das Kopieren des weiblichen Äußeren. Von der verrückten Idee ergriffen, einmal geschminkt und in Frauenkleidern außer Haus zu gehen, führte der Weg zufällig – wie sollte es anders sein – wieder zum scheinbar uneinnehmbaren Frauencafé. Das Zusammentreffen verlief mindestens ebenso unerfreulich wie beim vorigen Mal. Schleunigst glitten wir aus den Schuhen und rannten so schnell wie möglich, barfuß und in viel zu engen Röcken, davon. In diesem Tumult blieb ich erschrocken stehen. War das nicht Biggi dort im schwarzen Mantel. Mein Irrtum bekam mir schlecht. Ein Fausthieb traf meine Lippe, die sofort anschwoll. Steine, überall flogen Steine.

35.

Sprechen ist nur heilsam, wenn auch zugehört wird.
§ 33 Das Gespräch
Stanislaus Lublinskij

Gruppengespräche blieben unerläßlich. Erst in der Gruppe kann der Mann lernen, daß es nicht nur um ihn allein geht. Die Bereitschaft, dazusein, zuzuhören und gegebenenfalls mitzutrauern, sind wichtige Lernschritte, die der Mannfindung dienen. Manchmal hörten wir die erschütterndsten Geschichten, die uns die Tränen in die Augen trieben und uns beelendeten. Solche schlimmen Dinge hatten wir noch nie gehört. Waren wir weltfremd? Nein, nur selbstbezogen. Erst in meiner Gruppe lernte ich, Anteil zu nehmen.

Jewgenij, unser Neuzugang (Nr. 29), erzählte von seiner ersten Scheidung.

»Mich können Scheidungen nicht mehr umwerfen. Vor zwei Jahren hat Alexandra ihre Koffer gepackt. Fair ist fair, habe ich mir gesagt. Es ist schade, daß sie nicht mehr da ist.«

»Und das hat dir gar nichts ausgemacht?« fragte sein Nebenmann erstaunt.

»Überhaupt nichts. Denkt aber nicht, ich sei gefühllos. Meine erste Frau, Asja, hat mir das Herz gebrochen. Damals lebten sie und ich mit unserem Sohn Wassilij in Moskau. Meine Arbeit war schlecht bezahlt, und Asja war mit dem Osten unzufrieden. Immer wieder hat sie mich spüren lassen, wie sehr sie das Leben in Moskau haßte. Was sollte ich tun? In Moskau gehst du nicht ins Reisebüro und verlangst zwei Tickets nach München. In Rußland stehst du stundenlang Schlange und weißt oft nicht für was. Ein Wunder, daß wir zu essen hatten. Als sie eine Nacht wegblieb, dachte ich, sie besuche ihre Mutter. Zuvor hatten wir uns den ganzen Tag in den Haaren gelegen. Wegen Wassilij und anderer Sachen. Immer das gleiche. Aber Asja war ein Traum von einer Frau. Sie verstand es, einem Mann den Verstand zu rauben. Als sie am folgenden Tag nicht nach Hause kam, habe ich mir nichts weiter dabei gedacht. Montag drauf kehrte sie in unsere Wohnung zurück und strahlte mich an.

›Sieh mal, Jewgenij, was ich hier habe.‹

›Was sollst du schon haben?‹ fragte ich. ›Das ist dein Paß.‹

›Ja, aber sieh.‹

Ich fiel auf meinen Hintern. In ihrem Paß hatte sie den Stempel, der unsere Scheidung bestätigte. Ich war sprachlos.

›Während du besoffen in der Wohnung rumgehangen hast, bin ich zu meiner Freundin Irina nach Omsk gefahren. Du weißt, sie arbeitet in der Verwaltung. Also hat sie mir kurz einen Vermißtenschein auf ein Jahr rückdatiert und dich für tot erklärt.‹ Ihr hättet ihr Gesicht sehen sollen. Wie sie sich freute.

›Tot?‹ fragte ich. ›Du meinst mausetot?‹

›Tot, mein Schatz. Jetzt bin ich Witwe. Das ist der Scheidungsstempel, und hier sind noch Papiere für Deutschland. Ich reise aus.‹

›Irina‹, murmelte ich.

Sie ist ein Schatz!

›Du weißt, wenn du mich hier zurückläßt, werden mir die Nachbarn ganz schön die Knochen waschen.‹

(Das war der russische Ausdruck dafür, über andere Leute herzuziehen.)

Das störte sie nicht. Asja packte ihre Koffer und verschwand. Da merkte ich, wie sehr ich dieses raffinierte Weib liebte.«

Uns alle hatte seine Geschichte sehr nachdenklich gestimmt. Aus einer Ecke war bereits ein Schluchzen zu vernehmen. Jörg nahm Jewgenij in den Arm. Wenn uns das passiert wäre. Du liebe Güte. Unser Selbstbewußtsein wäre auf der Skala nach unten in den Minusbereich gerutscht.

»Gisela hat mich letzte Woche verlassen«, sagte daraufhin Frietmar. »Wortlos ausgezogen.« Er begann zu weinen, schon Jewgenijs Geschichte hatte ihn ergriffen. Nun weinten wir alle mit, und Martins Taschentuch wanderte von Hand zu Hand. »Sie hat mich verlassen. Einfach verlassen.« Er zog seine Nase hoch. »Was soll ich jetzt machen?« Er heulte auf. Überall war Schneuzen zu hören. Jewgenij erhob sich mit roten Augen und nahm Frietmar in den Arm. Jetzt konnten sich beide laut ausheulen, und wir sahen gerührt zu. Inzwischen bestand unsere Gruppe aus fast vierzig Männern. Wir brachten es einfach nicht übers Herz, die Anzahl zu limitieren.

»Sie sagte nur, ich sei ihr Idol. Für ein Idol kann sie schwärmen, aber für ein Idol wäscht sie keine Unterhosen. Außerdem hat sie mir meinen Fernseher weggenommen, weil die Zeit, die ich nicht mit ihr verbracht habe, sie fernsehsüchtig gemacht hat. Ich mußte oft weg. Mein Hobby ist es, Autos zu reparieren. Wenn bei meinem alles in Ordnung war, bosselte ich an den Karren von Freunden herum. Und wenn die nicht kamen, kaufte ich mir für zweihundert Mark eine neue Rostlaube und brachte sie in Schuß. Ich weiß, daß es falsch war, ich hätte ja gerne mit Gisela in Maßen ferngesehen. Die Situation war sehr schwierig für mich. Heute begreife ich, wie egoistisch das von mir war.«

»Sag mal«, fragte Martin, »kennst du dich mit der Zündung vom Ford Granada aus?«

»Ich war mit 16 ein Fascho«, sagte Berni, Maler (Anstreicher), unser Jüngster. »Bei uns im Dorf hatten wir eine aktive Rechtsradikalengruppe. Es waren die einzigen Jungs, die ich kannte. Wir gingen zusammen in die Schule. Mir wurde erst klar, was ich tat, als wir einen jüdischen Friedhof mit Spraydosen schändeten. In dieser Nacht wußte ich, was ich tun mußte. Heimlich schlich ich mich zurück und sprühte auf die freien Grabsteine: *Nazis raus*. Das war für mich ein Akt der Befreiung.«

Auch wenn wir diesem Gedanken nicht einwandfrei folgen konnten, so begriffen wir doch, was Berni uns damit sagen wollte.

»Das war sehr mutig von dir«, erklärten wir und schüttelten ihm die Hand. »Echt Klasse.«

»Bei euch fühle ich mich wirklich angenommen«, meinte er gerührt. »Ihr laßt es einen gar nicht spüren, wenn einer kein Intellektueller ist.«

Solche Gespräche gingen uns durch und durch und förderten unsere Sensibilität und das Verständnis füreinander. Wir tranken auf den ausgesprochen ehrlichen Abend Ökobier. Norbert reichte Häppchen. Er war es übrigens, der Kleenex-Großpackungen für die Gespräche besorgen wollte.

Wenn uns mal nichts einfiel, fragten wir Herbert nach seinen Kindheitserlebnissen. Die konnten uns ganz schön runterziehen. Herbert war vorbestraft. Wir wollten allerdings nur seine Kindheit hören; und wenn wir uns noch stark genug fühlten, wie sein Vater ihn sexuell mißbraucht hat. Jedesmal, wenn er ganz offen und bereitwillig davon sprach, lief uns ein eiskalter Schauer den Rücken hinunter. Nur wenn er von seinen versuchten Vergewaltigungen vor zwei Jahren sprechen wollte, blockten wir ab. So weit waren wir noch nicht. Vor Vergewaltigungen verspürten wir eine ungeheure Abneigung. Sie erschienen uns ekelhaft.

Ein weiteres Mal versuchten wir uns Einlaß oder zumindest Gehör im Frauencafé zu verschaffen. Dieses Mal brachten wir unsere handgetöpferten Schüsseln mit, gehäkelte Deckchen und den Original *EMMA*-Schriftzug, aus Holz geschnitzt. Die Frauen traten uns tüchtig in den Hintern, und diejenigen Männer, die nicht achtgaben, traf ein Stiefel durchaus auch in unangenehmere Bereiche.

36.

Wenn du die Beziehungen zu deinen Eltern und Kindern neu definierst, erhältst du die besten Kraftreserven.

§ 223 Eltern-Kind-Eltern
Stanislaus Lublinskij

Wie viel Eltern ihren Kindern antun! Ganz klar sehe ich das heutige Versagen meiner Eltern vor mir. Als Kind gab es keine Vergleichsmöglichkeiten.

Du kennst nur die Welt, in der du lebst – deinen eigenen beschissenen Mikrokosmos, heißt es bei Stani.

Und wie hatte ich mich den Wünschen meiner Eltern untergeordnet. Klassenbester die ganzen Jahre auf dem Gymnasium. Ging ich nicht ihnen zuliebe zur Bundeswehr? Und mein Studium der Zahnmedizin – war das wirklich mein eigener Wunsch gewesen, oder wollte ich nur ein guter Sohn sein? Dann die Ehe mit Karin, die Geschichte mit meinem Sohn, die ich, wie so vieles, emotional verbockt hatte. Was für eine traurige Bilanz eines verfahrenen Lebens...

Ich glaube, es war Michael gewesen, der eines Abends den durchaus vernünftigen Vorschlag vorbrachte, unsere Väter einzuladen. Darauf wären wir nicht gekommen. Selbst Stani suggerierte, daß die Gedankenarbeit über die Eltern am besten ohne Eltern verlief. Er ließ sie dabei so zurück, wie sie waren: unverbesserlich, rechthaberisch und kauzig. Jedenfalls stieß Michaels Idee auf große Zustimmung.

Als die Senioren der Männergruppe ihren Besuch abstatteten, benahmen sich die meisten Männer zurückhaltender als sonst. Keine Umarmungen, keine Küßchen. Die Väter zogen noch immer die erwachsenen Söhne in ihren alten Bann und schüchterten sie ein.

Auch mein Vater erschien. Andere blieben uns fern, die Söhne schoben Gründe für ihre Verhinderung vor: anderes Bundesland, zu alt, verzogen, verstorben, etc...

»Wie siehst du denn aus?« fragte ich meinen alten Herrn überrascht. Paps trug ein kariertes Baumwollhemd und Jeans. Was glaubte er nur, was wir hier taten – Holz fällen und Fallen aufstellen?

»Das habe ich mir selbst gekauft«, erklärte er, und mit einem Lächeln fügte er hinzu. »Bügelfrei.«

»Für geistig so beweglich hätte ich dich nie gehalten«, sagte ich hocherfreut. Vor einer Woche hatten wir beschlossen, Lob nicht mehr allein für uns zu behalten, sondern es auch auszusprechen.

Es war wohl für viele Söhne das erste Mal, daß sie sich mit ihren Vätern aussprachen. Einige schwiegen, verfolgten aber aufmerksam das Geschehen. Bei der älteren Generation löste sich die Verspannung vergangener Jahrzehnte nur zögerlich. Rudi, ein freischaffender Künstler, umarmte seinen Vater. Der alte Herr ließ es passiv geschehen. Rudi erlöste ihn so lange nicht aus der Umklammerung, bis sein Vater sich entspannte und nach ein paar Minuten ebenfalls die Arme hob. Alle Anwesenden blieben von diesen Vorgängen nicht unberührt. So mancher Vater sprach sich über sein Leben und all die Fehler, die er begangen hatte, aus. Dieses Treffen wurde ein voller Erfolg. Rudis Vater rief kurz darauf eine aktive Senioren-Männergruppe ins Leben.

Es reichte beileibe nicht aus, die eigene Kindheit zu bewältigen. Wir mußten auch ein neues Verhältnis zu den eigenen Kindern finden. Deshalb traf sich die Gruppe jeden ersten Sonntag im Monat mit Kindern in einem Wildpark, einem Wald oder auf einem Berg (ohne Burg). Nur Väter und ihre Kinder. Es verlief ganz wundervoll. Die Väter wanderten weniger, hörten auf ihre Kinder und spielten. Sie widmeten ihnen ihre volle Aufmerksamkeit und bemerkten zum ersten Mal, daß sie so mehr über sich erfuhren. Die Kinder reagierten reserviert, rechneten jeden Augenblick damit, der Vater könnte sich zurückziehen. Aber das war nicht drin, hatten wir doch genau diesen Rückzug in der großen Runde durchgesprochen und abgeklärt.

Ein Wochenende zelteten wir mit Kindern in Burgund, wobei wir mit mehr oder weniger Erfolg versuchten, uns vom Wald und Fluß ernähren zu lassen. Alles, was wir fanden, waren Pilze. In rauhen Mengen. Leider kannte sich niemand von uns damit aus. Die Kinder atmeten auf – sie haßten Pilze. Zwar entdeckten wir Wild, aber niemand wollte das Kaninchen schlachten, das wir in einer Holzkiste gefangenhielten. Kulinarisch blieb es so bei mitgebrachtem Brot, das wir auf den Grill legten. Samstag und Sonntag verliefen in bester Übereinstimmung. Keiner bereute es, ganz für seine Kinder dazusein. Sicher, es gab auch ein paar Unverbesserliche, die ihre Motorhauben hochhoben. Die Kinder schrieben sich die Namen auf. Jene Erwachsenen wurden dazu verdonnert, den Zeltplatz vor der Abfahrt in Ordnung zu bringen. Gegen elf Uhr lagen die Kinder auf ihren Luftmatratzen und schliefen. Das Lagerfeuer brannte, Klaus-Dieter spielte Gitarre, andere Männer saßen auf einem gefällten Baumstamm und gaben ihren Kleinsten die Flasche.

Auch Kenni begleitete mich. Nur fuchtelte er mir zuviel mit seinem Überlebensmesser herum. Stolz führte er mir alle Funktionen vor: integrierter Kompaß, Nähzeug, ein Wetzstein, Schnur, Angelhaken und Streichhölzer. Kenni schien nicht sonderlich viel Vertrauen in meine Überlebensfähigkeiten zu haben. An diesem Zeltwochenende konnte er tun und lassen, was er wollte. Wenn er Ökobier trinken wollte – bitte, es stand ihm frei. Ansonsten konnte er wie die anderen Tee trinken. Meine Bemühungen um meinen Sohn bekamen einen komischen Beigeschmack. Ich merkte, daß ich ihm auf den Wecker ging und er sich zurückzog.

Das beschäftigte mich.

Aus demselben Grund rief mich Karin zu Hause an. Auch wenn keine Gruppentreffen stattfanden, diente meine Wohnung als allgemeiner Treffpunkt. Meistens war dort die Hölle los. Karin hatte mich abends gegen halb sechs angerufen. Ohne mich zu melden, rief ich in den Hörer: »Kann gerade nicht. Ich stecke gerade mitten in einer schwierigen Trauerarbeit. Darf ich zurückrufen?«

»Es geht um Kenni«, sagte Karin.

»Gern, komm vorbei.« Ich war freundlich. *Sei immer freundlich zu Ex-Frauen.* (Stani)

»Ach«, erklärte sie spöttisch, »ich weiß nicht. Wenn ich so viele Männer sehe, werde ich vielleicht schwach.«

»Eine Frage«, sagte ich, ohne auf die höhnischen Übergriffe einzugehen. »Gehst du ins Frauencafé?«

»Nein. Wieso?«

»Wirklich nicht?«

»Nein. Ich kenne es nur von außen. Weshalb?«

»Nur so«, antwortete ich. »Also, was ist mit Kenni? Ist nicht alles klar fürs Zeltwochenende?«

»Dein Sohn hat im Augenblick die Schnauze voll von dir.«

»Fühlt er sich nicht angenommen? Ich gebe mir redlich Mühe, ihm die Liebe und Anerkennung zukommen zu lassen, die er braucht.«

In letzter Zeit holte ich ihn mindestens einmal pro Woche ab.

»Erst hast du dich jahrelang einen Scheiß für ihn interessiert.« Das tat weh, sehr weh! »Er hat immer gedacht, du machst dir nichts aus ihm. Und nun scharwenzelst du um ihn herum, als wolltest du ihn endgültig zu dir holen. Selbst deine Eltern sind ungeheuer freundlich zu ihm. Wenn ihr alle weiter so ambivalent seid, bringt ihr noch sein ganzes Weltbild durcheinander.«

Trotz des vorwurfsvollen Tons wurde mir deutlich, daß

Paps durch seine Senioren-Männergruppe mit mir und Kenni weiterkam. Vor einer Woche gab es von ihm zubereitete *pasta*. Wobei ich anmerken muß, daß meine Mutter ständig am Essen herummäkelte. Klar, Paps litt unter den gewöhnlichen Anfangsschwierigkeiten. Aber statt ihn aufzubauen oder zu loben, maulte sie nur über den Sand im Salat. Wir anderen ließen stumm den Salat zwischen den Zähnen knirschen. Er würde Kenni nie wieder eine Spange andrehen. Lieber schenkte er ihm ein ferngesteuertes Flugzeug. Ich schluckte. Ausgerechnet so eines, das ich mir als Kind immer gewünscht und nie erhalten hatte.

»Und dann deine infame Neugier«, rief Karin äußerst gereizt ins Telefon. »Mußtest du ihn auf seine Pollutionen ansprechen? War das wirklich nötig?«

Jene Väter, die Söhne in Kennis Alter erzogen, verfaßten einen von Lublinskij beeinflußten Fragenkatalog, der helfen sollte, Grundbedingungen für Nähe, Verständnis, Aufmerksamkeit und körperlichen Umgang zu schaffen.

1. *Wie geht es dir heute?*
2. *Wie ist es dir die Woche über ergangen?*
3. *Wie war es in der Schule?*
4. *Wie verlief deine Freizeit?*
5. *Hast du alles machen können, dürfen, was dich schon lange interessiert?*
6. *Möchtest du mich irgend etwas fragen, was du schon lange wissen willst? Trau dich! Paps kneift nicht.*
7. *Wie sind deine Erfahrungen mit Mädchen?*
8. *Hast du noch Fragen offen, die einer Aufklärung bedürfen?*
9. *Weißt du, wie ein Kondom aufgesetzt wird?*
10. *Wie oft masturbierst du?*

Frage 8 bis 10 nur nach intensiven Vertrauensbekundungen.

Karin tobte am Telefon.

»Diese Fragen hältst du für richtig? Was soll denn ein zehnjähriger Knirps mit einem Pariser, und was sollen die Fragen über Masturbation um Himmels willen?«

»Du kannst nur nicht akzeptieren«, erklärte ich ruhig, »daß er in der Pubertät steckt und daß Eltern ihren Kindern da soweit wie möglich Schützenhilfe geben müssen.«

»Willst du vielleicht seine erste Freundin für ihn entjungfern?«

»Du bist geschmacklos maskulin«, erwiderte ich.

»Kenni wird jedenfalls dieses Wochenende nicht mit dir kommen.«

»Das macht nichts«, antwortete ich. »Es ist seine freie Entscheidung.«

»Nächste Woche möchte er auch nicht kommen. Er braucht eine Pause von eurem... Verein.«

Das traf mich hart. Schließlich wußte ich nicht, ob sie ihn mir nur vorenthalten wollte? Ausgerechnet nächste Woche kam ein Frankfurter Psychotherapeut, mit dem wir über glühende Kohlen laufen wollten. Ein Erlebnis, das kein Kind versäumen sollte.

»Wir Männer verändern uns«, meinte ich nach einer Pause. »Warum ist das für euch Frauen so schwer zu verstehen?«

»Weil Männer alles, was sie in Angriff nehmen, wie typische Männer handhaben«, gab sie zurück. »Kenni und ich haben an deiner Veränderung schon schwer genug zu kauen.«

Noch am selben Abend fuhr ich zu Karin und brachte ihr Kennis gebügelte Wäsche, die ich übernommen hatte.

»Vielleicht habe ich erst eine Chance bei dir, wenn ich meine Veränderung abgeschlossen habe«, gab ich zu bedenken.

»Das glaube ich kaum«, antwortete Karin mit einer Kopfbewegung in Richtung Badezimmer. Durch die offene Tür hörte ich Baritongesang. »Ich habe einen Freund.«

»Macht doch nichts«, sagte ich kalt lächelnd. »Bevor eine Veränderung nur annähernd abgeschlossen ist, vergehen Jahre. Wer weiß, was bis dahin alles passiert. Ich kann warten.«

37.

Um Anerkennung anzunehmen, mußt du dir selbst auch Anerkennung geben!

§ 127 Kleine Tips und Tricks
Stanislaus Lublinskij

Jede Frau wäre stolz gewesen, von uns befriedet zu werden. Nur interessierten sich Frauen überhaupt nicht für uns. Das bot uns natürlich mehr Gelegenheit, unabhängiger zu werden und noch viel stärker an uns zu arbeiten. So nahmen wir die »Körperpflege des Mannes«, ein lange vernachlässigtes Kapitel beim Großteil der männlichen Bevölkerung, als neuen Programmpunkt auf. Wir lernten, uns beim Pinkeln hinzusetzen, gründlicher zu rasieren und dabei nicht die ganze Zeit das Wasser laufen zu lassen. Viele schnitten sich zum ersten Mal die Nasenhaare. Es wurde mehr als bislang üblich auf das äußere Erscheinungsbild geachtet. So stylten wir die Haare mit verschiedenen Gels. Die Haut bekam bei einigen Männern zum ersten Mal eine intensive Reinigung und Pflege. Poren säuberten wir mit Mandelcremes und entfernten Pickel und Mitesser. Erst beim gemeinsamen Auftragen von Gurkenscheiben und Masken erkannten wir, wie sehr wir uns vernachlässigt hatten. Einige Männer führten zum ersten Mal seit ihrer Kindheit Q-Tips in ihre Ohren. Fuß- und Fingernägel wurden geschnitten und gefeilt, die kleinen Häutchen an den Nägeln zurückgedrückt, die Hornhaut entfernt. Die Kopfhaare erhielten zur Wäsche ein Kurbad. Außerdem übten wir mit Steffen, einem Friseur, die Kopfhautmassage. Einige der Jungs betrieben wenigstens noch Sport. Aber die meisten brachten dafür nur große Abscheu und Verachtung auf. An schwachen Bauchmuskeln und der hilflosen Haltung konnte ich sie erkennen. Ein gemeinsamer Waldlauf wurde zum Fiasko. Die meisten benötigten nach zwei Minuten dringend eine Zigarette. Wir einigten uns auf Fahrradfahren. Auch das bedeutete für viele eine zusätzliche Belastung ihrer Gesundheit. Die Sportverächter trafen sich aus Kompromißbereitschaft in den Gaststätten der Turn- und Rudervereine, um dort zu essen. Auf diese Weise blieben sie wenigstens am Ball, meinten sie und schworen dort, die Auswirkungen des Sports auf Körper und Organismus nie ganz aus den Augen zu verlieren. Wenn die fremden, strammen, muskelbepackten und schwitzenden Männer an uns vorbeiliefen, wußte ich, wo wir in drei Jahren, nach der Stabilisierung unseres neuen männlichen Geistes, ansetzen mußten. Nicht nur Martin seufzte bei diesem Anblick.

Wir rasierten uns unter den Armen und entfernten die Haare im Anusbereich. Ein paar fanden es auch ästhetisch, das Schamhaar im »Playmates« zu einem niedlichen Dreieck zu stutzen, wobei auch die krausen Haare am Skrotum dran glauben mußten. (Achtung! Hier empfiehlt sich Enthaarungscreme nicht bedenkenlos.) Viele Männer ließen sich aus Hygienegründen die Vorhaut entfernen. Immer wenn wir so etwas erfuhren, rieten wir ihnen, sich in einem Aufwasch auch gleich sterilisieren zu lassen. Das Kapitel Sterilisation würde aufgrund der ausführlichen Diskussionen hier den Rahmen sprengen. Die Männer, die sich zu diesen Eingriffen entschlossen, bedurften des besonderen Trostes und der liebevollen Aufmerksamkeit. Immerhin hatten sie in ihrem Genitalbereich eine minimale Größeneinbuße hinnehmen müssen. Auch wenn Frauen schon auffällig oft behaupten, es käme nicht auf die Größe an, so nahmen wir jedoch diese speziellen, intimen Ängste, Zweifel und Sorgen sehr ernst.

Weiterhin konzentrierten wir uns auf den Feminismus.

»Schade, daß wir Feminismus nicht an der Uni studieren können«, fand einer der Männer.

»Wer ist das?« fragte mich Michael.

»Keine Ahnung«, antwortete ich.

»Findet ihr auch, das Lacoste-Hemden frauenfeindlich sind?« fragte ein weiterer, mir unbekannter Mann.

»Und wer ist das?« wandte ich mich an Michael. Er zuckte die Achseln.

»Klar«, sagte ein anderer, »außer von unserem Körper werden die Frauen auch noch vom Alligator bedroht.«

»Wer ist das?« fragte Martin, der zu uns trat.

Zu viele Männer kamen zu unserem Treffen, und meine Wohnung platzte aus allen Nähten. Martin schlug vor, daß einer von uns dreien auf seinen Beruf gänzlich verzichten sollte, um von dem Geld, das wir einnahmen, zu leben.

»Als Gegenleistung müßte derjenige sich alle Belange unserer Gruppe zur Pflicht auferlegen«, meinte Martin.

»Wir sollten uns das weiterhin teilen«, riet ich. »Es wäre töricht, einem Mann allein diese Verantwortung aufzubürden.«

»Ich hasse die Bibliothek. Sie ist voller frauenfeindlicher Frauen«, erklärte Michael und beschloß, als erster den Austritt aus den bestehenden Formen zu wagen.

»Sie werden gar nicht bemerken, daß du fort bist«, sagte ich. »Sie wissen deine Veränderung nicht zu schätzen.«

»Wenn schon nicht das kapitalistische Patriarchat zusammenbricht, so wenigstens die EDV in der Stadtbücherei.«

Martin reduzierte die Öffnungszeiten seiner Buchhandlung und stellte Paul auf 490-DM-Basis ein. Nur ich konnte meine Arbeit in der Praxis nicht noch weiter runterschrauben. Halbtags mußte ausreichen. Dafür leistete ich während der Behandlung zu wertvolle Arbeit für die Männerbewegung. Ein Beispiel: Karsten vom Südwestfunk. Er kam mit ungeheuren Schmerzen in meine Praxis. Ich röntgte, aber es war nichts zu sehen.

»Streß im Beruf?« fragte ich und klopfte auf den Zahn.

»Arbeit beim Fernsehen ist die Hölle«, meinte er.

»Beziehungsstreß?«

Mit einem instrumentenvollen Mund bejahte er.

Ich machte noch einen Kältetest.

»Der Zahn ist gesund. Der Schmerz ist psychosomatisch.«

»Das kann nicht sein«, protestierte Karsten. »Ich habe wahnsinnige Schmerzen.«

»Vertrau mir«, sagte ich, bat ihn, sich zu erheben, nahm ihn in den Arm und massierte seine schmerzende Wangenseite. Dazu summte ich ein altes Indianerlied, das mir Bodo beigebracht hatte. Er war es, der immer wieder auf die Bräuche der Naturvölker zurückkam.

»Und?« fragte ich nach wenigen Minuten. Karsten hatte sich nach anfänglichem Widerstreben ganz entspannt meiner Obhut überlassen.

»Weg!« Verblüfft faßte er sich an die Wange. »Der Schmerz ist weg.«

Karsten kam daraufhin mit seinem SWF-Team und drehte einen Film über unsere Gruppe. Aus zwölf Drehstunden wurde ein hochinteressantes Dreieinhalb-Minuten-Porträt. Ein Mann (Frank J.) sprach über seine Erfahrungen. Weder Michael, Martin noch ich kannten Frank J. Wir hatten endgültig den Überblick verloren. Nach dem SWF brachten uns der Rundfunk und die verschiedenen Frauenzeitschriften an die Öffentlichkeit. Sogar im *SPIEGEL* wurde über unsere Arbeit berichtet. Das Ergebnis: Noch mehr Männer strömten herbei, und wir sahen uns gezwungen, weitere Räume anzumieten. Glücklicherweise wurde bei mir im Haus eine Krankengymnastikpraxis aufgelöst. Die Männerarbeit erhielt mit den erweiterten Räumlichkeiten neue, größere, bedeutendere Dimensionen.

38.

Spürst du die ersten Erfolge, kannst du dir sagen, daß du durch die härteste Schule des Lebens geschritten bist.

Epilog
Stanislaus Lublinskij

Zu unserem Programm gehörte es auch, den Sexismus anprangernd, einen Pornovideo mit neuen Augen zu betrachten. Ursprünglich war geplant, einen Kultfilm der Frauenbewegung anzusehen. Viele Männer meinten, die Intention würde uns zu offensichtlich nahegebracht. Statt dessen müßten wir unser eigenes Bild entwerfen, selbständige Gedanken entwickeln. Pornographische Filme könnten alte Verhaltensmuster aufzeigen und uns den Reifeprozeß, den wir zweifellos vollzogen, verdeutlichen.

Entsetzt, angespannt und schuldbewußt (das alte Denken setzte uns schwer zu) starrten wir auf den Bildschirm. Züngelnde Frauen masturbierten mit den Händen (lange, lakkierte Fingernägel), mit Vibratoren (Motiv: amerikanische Flagge), mit Dildos, Salatgurken und einem Handstaubsauger. Männer übten sich im Cunnilingus, erprobten Stellungen, ließen Fellatio über sich ergehen. Wir sahen einen Mann, der sich sehr um seinen Erguß (Großaufnahme) plagte, und kamen zu dem Schluß, daß Mann und Frau von der Pornoindustrie gleichermaßen benutzt, erniedrigt und ausgenommen werden. Von einer Videokassette allein konnten wir uns beim besten Willen kein repräsentatives Bild verschaffen und schoben deshalb noch die drei anderen nacheinander in den Rekorder. Norbert hatte sie im Viererpack günstiger entleihen können.

Sexismus ist auch eine Form von Rassismus, sagten wir uns, als Schwarze und Asiaten die Betten bestiegen. Die armen Männer und Frauen (»vor allem Frauen«, erzählte der Videothekar) taten uns leid, die sich so etwas ansahen. Während auf dem Bildschirm immer wieder die Penetration aus verschiedenen Winkeln und in wechselnden Stellungen gezeigt wurde, stieg in uns nur das Ekelgefühl auf. Alles war gigantisch: die Brüste, der Po, die Vagina, der Penis. Nach viereinhalb Stunden Pornovideos bahnte sich eine fruchtbare Diskussion an. Wir sprachen darüber, inwiefern Frauen Randgruppen waren und ob nicht wir, die neuen Männer, eher eine nicht anerkannte Randexistenz der Frauenbewegung darstellten. Neue Männer wurden mindestens ebenso diskriminiert und verunglimpft wie Frauen – wir wurden nicht ernstgenommen. Martin und ich entwarfen Pläne, die praktizierte Feindlichkeit, die uns jeden Tag bitter entgegenschlug, abzubauen. Es herrschte eindeutig ein Anti-Maskulinismus unter den Frauen; und der war keineswegs besser als Frauen- und Ausländerfeindlichkeit sowie Antisemitismus. Nicht nur, daß die Gesellschaft die Menschen nach Klassen und Konfessionen, nach Nationalität und Parteizugehörigkeit einteilte, sie trennte immer noch die mit unterschiedlichen Rechten ausgestatteten Geschlechter. Wiederum besprachen wir Möglichkeiten, wie wir von der Frauenbewegung besser akzeptiert werden könnten. Ein Mann, dessen Namen wir nicht kannten, schlug vor, einen von uns zur Frau umoperieren zu lassen. Der-/diejenige könnte in der Frauenbewegung aktiv werden und sie für unsere Belange unterwandern. Niemand stellte sich zur Verfügung, und losen wollten wir nicht.

Dank der vielen Männer, die uns unterstützten, boten die Gruppen mannigfaltige Kurse zum Erlangen der Selbständigkeit im Haushalt an:

(Auszug aus dem Herbstsemester)

KÜCHE:

- Pasta für Anfänger
- Pasta für Geübte
- Pasta für Profis
- Rütting für Anfänger
- Rütting für Geübte
- Rütting für Eingefleischte
- Fleisch, Fisch und Huhn in der italienischen Küche
- Der passende Wein; Degustation (bitte rechtzeitig um entsprechende Verbindungen für den Heimweg kümmern)
- Einkochen
- Einfrieren (mit den Jahreszeiten kochen und trotzdem: Spargel das ganze Jahr!)
- Pikant einlegen
- Kochen mit dem Schnellkochtopf
- Die richtige und ökonomische Verwendung der Mikrowelle
- Naturgesunde Back-Köstlichkeiten frei nach Barbara Rütting
- Glace für Anfänger usw....
- Einkaufen wo, was und wann

- Tips, Tricks und Tücken bei Haushaltsgeräten
- Die richtige Kunst des Bügelns und richtigen Zusammenlegens (incl. der umstrittenen Frage, ob Männer Socken, Unterhosen und Bettwäsche auch bügeln sollen)
- Richtig Vorheizen mit dem Backofen
- Wassersparen beim Spülen
- Welches Waschpulver bei welcher Waschmaschine
- Vor- und Nachteile des Wäschetrockners
- Fensterputzen, aber streifenfrei!
- Die Grundformen des Bodenschrubbens mit entsprechenden Vorarbeiten
- Wie oft werden Schränke ausgewaschen
- Technische Hilfsmittel, um eine Damenbinde aus der Toilette zu fischen...
- Mit welcher Musik läßt es sich locker putzen!
- Wie Bettenabziehen wirklich Spaß machen kann
- Natürliche Vernichtung von Mehlmotten
- Müllentsorgung durch aktive Wiederverwendung

Diese Kurse wurden nicht streng und ernst durchgeführt. Vielmehr hielt ich sie in entscheidenden, entspannenden Pausen (mit Lerneffekt), nachdem wir ein intensives Gruppengespräch geführt hatten. Einmal brachte mich Luithard nach der Arbeit zum Kurs. Mein Haushälter Norbert fuhr zur Zeit meinen Alfa, um Einkäufe zu tätigen. Sein Arbeitsfeld erweiterte sich von Tag zu Tag. Das Gehalt auch.

»Die Chose schau ich mir mal an. Auf den Heulsusenverein bin ich jetzt schon gespannt.«

»Vielleicht haut's dich um...« gab ich zu bedenken.

»Ich habe sehr große Füße. Selbst, wenn ich umfalle, stehe ich immer noch.« Luithard zündete sich im Treppenhaus eine Zigarre an.

»Du«, mahnte ich. »Aus Rücksicht auf die anderen rauchen wir nicht im Kursusraum.«

»Gibt's keine Raucher bei euch?« fragte er und griff sich an den Kopf.

»Die gehen auf den Balkon«, erwiderte ich. Widerwillig brachte er seine Zigarre zum Erlöschen.

Luithard setzte sich in eine Gruppe aus bekannten und neuen Gesichtern. Viele schwiegen die ersten Male und beschränkten sich aufs Zuhören. Das heißt, sie unterstützten den Bekennenden, indem sie ihm ihr offenes Ohr liehen.

Ein Mann, der sich zum Glück mit Arno vorstellte, sonst hätte ich wieder einmal nicht gewußt, wer da sprach, gab Luithard gleich eine Kostprobe intimer Themen. Luithard fläzte sich auf das Sofa und kraulte durch das offene Hemd versonnen seine Brusthaare.

»Zuerst hat sie mich in der Männerboutique, in der ich arbeite, angesprochen. Sie hieß Astrid und suchte nach einem Boss-Hemd, das sie mir anschließend schenkte. Am Abend gingen wir etwas trinken und danach tanzen. Sie hat alles bezahlt. Das war mir gar nicht peinlich, weil sie ja ständig mit ihrem Job angab. Als sie mich nach Hause brachte, ging Astrid mir schwer an die Hose. Ich versuchte sie davon abzuhalten, aber sie wollte mit mir ins Bett. Irgendwie gelang es mir doch noch, mit offener Hose, aus dem Auto zu springen. ›Blöder Bock!‹ rief sie. Am nächsten Tag hat sie angerufen und sich entschuldigt: zuviel getrunken. Dann schickte sie mir Blumen und war immer ungeheuer lieb und rücksichtsvoll. Kurz darauf haben wir geheiratet, und sie verlangte, daß ich meinen Job in der Boutique aufgebe. Das war unser erster Streit, bei dem sie mir zwei Ohrfeigen gab. Sie hat einen schweren Tag hinter sich, habe ich mir gesagt.«

Luithard hörte unbewegt zu. Die anderen Männer waren bei den Ohrfeigen zusammengezuckt. Wir waren ein einziges großes Gemeinwesen, das wie eine Person mitfühlte.

»Immer, wenn sie trank, wurde sie unausstehlich. Im Suff wollte sie ständig mit mir schlafen. Das ließ ich auch über mich ergehen, aber meistens war sie so betrunken, daß sie nicht kam. Vor Wut darüber schrie sie im Bett: »Schwuler Schlappschwanz. Du willst ein Mann sein!« Beschimpfungen waren mindestens zweimal in der Woche dran. Ich bemühte mich stets, dabei die Fenster geschlossen zu halten, denn die Nachbarn sahen mich im Treppenhaus schon seltsam an. Nach wenigen Wochen war meine Ehe eine Qual. Einmal bin ich vor ihren Ausbrüchen ausgerissen. Das mußte ich sofort bereuen. Sie zerkratzte meine sämtlichen CDs und zerriß mein Kindheits-Fotoalbum.«

Wiederum zuckten einige Männer zusammen. Arno erzählte distanziert und kühl, als ob ihn die ganze Sache nichts anginge. Den Männern traten schon Tränen in die Augen. Der Erzählende faßte sich während seines Monologs nur gelegentlich an die Brust und legte die Hand auf sein Herz, als ob ihn Stechen und Schmerzen plagten. In seinem Inneren ging es anscheinend nicht so teilnahmslos zu.

»Wo sollte ich denn hingehen? Zwischendurch benahm sie sich wieder lieb und zuvorkommend, und wir hatten wundervolle sexuelle Erlebnisse. Doch ihr Beruf mußte ihr ungeheuer zusetzen. Jedenfalls fesselte sie mich eines Abends ans Bett...«, hier begann Arno erstmals seine eiserne Maske fallenzulassen und schluchzte kurz auf, »...mit einer brennenden Zigarette brannte sie mir...«, ihm entfuhr ein kleines ehrliches Wimmern, »in den Penis! Sie wollte sehen, wie die Wunden sich bei einer Erektion dehnen. Dann begann sie, eine Flasche Likör über mich auszuleeren und mich abzulutschen. Ich habe keine perverse Ader, ich komme aus einem katholischen Elternhaus. Am nächsten Morgen packte ich meine Koffer, auch wenn ich nicht wußte, wohin. Sie entschuldigte sich tausendmal, kroch vor mir auf dem Boden herum, küßte meine Hände, die Füße und weinte. Es war entwürdigend.«

Wir nickten. Luithard ebenfalls. Statt das Taschentuch an Arno weiterzureichen, einen symbolischen Akt, der die Gruppe einbezog, schnaubte er höchstpersönlich hinein. Mein Machopartner war also auch nicht aus Stahl.

»Einmal«, fuhr Arno fort, »waren wir bei ihren Eltern eingeladen. Als ich mit dem Vater allein war, erzählte ich ihm alles. Wortlos zog er sein Hemd aus und zeigte mir seinen Rücken – von Narben übersät. ›Ich sage im Schwimmbad, daß sie von einem Arbeitsunfall herrühren.‹ In Wirklichkeit waren sie von seiner Frau. Astrid hatte sehr viel vom Sexualleben der Eltern mitbekommen. ›Wenn du Astrid liebst, mußt du da durch‹, sagte mein Schwiegervater. Ich fragte ihn, ob diese Gewalt irgendwann ein Ende nimmt. ›Else‹, sagte er, ›hörte mit dem Peitschen vor einem Jahr auf – Rheuma!‹ Vor zwei Wochen bin ich ausgezogen. Ich wohne zur Zeit bei einem Freund. Das ist aber kein Zustand. Ständig lebe ich in Angst, daß sie mich ausfindig macht.«

Arno weinte hemmungslos. Ich konnte es nicht fassen: Ausgerechnet Luithard stand auf und nahm ihn in den Arm. Mir fehlten die Worte...

Wir diskutierten im Anschluß über Männermißhandlung, die in Deutschland totgeschwiegen wurde. Einige machten sich für ein Männerhaus stark. Das ging mir zu stark ins Politische. Der Abend nahm uns alle sehr mit. Später, als ich Luithard zur Tür brachte, sagte ich: »Von dir hätte ich das nie gedacht.«

»Was denn?« fragte er im Treppenhaus und zündete sich erneut seine Zigarre an.

»Daß du doch sensibel sein kannst.«

»Ach, was«, meinte er. »Schafft euch mal was anderes als dieses Ökobier an...«

»Lenke nicht ab«, erwiderte ich. »Ich muß dir sagen, wie toll ich das fand, daß du geweint hast.«

»Hab' doch nicht geweint.« Er winkte ab und schritt die Treppe herunter. »Ich wollte nur Astrids Telefonnummer.«

38.

Sommer und Sonne sind die besten natürlichen Helfer der Veränderung.

§ 223 Praktiken
Stanislaus Lublinskij

Zum ersten Mal in meinem Leben spürte ich tiefe Erfüllung. Ich hatte mein wahres Ich aus den Trümmern der Erziehung und Normen herausgeschält. Im Spiegel lächelte mich nun ein sympathischer, unverkrampfter, warmherziger Mann mit sozialem Touch an. Das stand mir gut. Durch die vielen Entspannungsübungen legte sich mein Gesicht nicht länger in Falten. Außerdem kostete mich die Umstellung der Ernährung eine beachtliche Menge an Fett und Schwammigkeit. Das war natürlich auch den Kursen (»Jungs, der Bauch muß weg.«) zu verdanken. Die Männerarbeit zeigte mir immer wieder deutlich, daß die eigene Mannfindung nicht ausreichte. Außenstehende Männer, unerfahren und ungeübt im Umgang mit ihresgleichen, bedurften meiner Hilfe. Die Anzahl der Gruppentreffen erreichte solche Ausmaße, daß Martin, Michael und ich uns nicht trauten, für drei Wochen in Urlaub zu fahren. Nicht, daß uns die Gespräche langweilten, aber wir benötigten dringend Luftveränderung.

So verbanden wir drei das Angenehme mit dem Nützlichen und veranstalteten Sommerseminare auf dem Land. Zuerst im Odenwald, im Schwarzwald, im Bayerischen Wald, später auf Korsika, Sardinien und Sizilien. Die Vorteile überwogen. Wir machten drei Monate Urlaub in wundervollen Ländern mit bezaubernder Landschaft und kümmerten uns weiterhin um unsere Jungs. Männer aus allen Berufsgruppen strömten zu uns.

Managern, Lehrern und Rechtsanwälten versuchten wir die voll vermännlichte Sprache abzugewöhnen, um ihren Leidensdruck zu mildern. Für viele Männer war es schwer zu begreifen, daß sie mittels Sprache der Frau Gewalt antaten. Im Grunde wirkte es nur erschreckend, und jeder fühlte sich blamiert, wenn er erst einmal erkannte, auf wie viele Arten der Mann die Frau terrorisierte. Besonders im Gespräch traten häufig Verachtung, Mißachtung, Verniedlichungen, Absprechen der Kompetenz und offene Geringschätzung zutage. Das hörten die Jungs nicht gerne und sträubten sich, diese Tatsachen anzuerkennen. Da half nur Schocktherapie. Ich legte eine Kassette auf, die ich am Abend vorher heimlich aufgenommen hatte. Wir hatten draußen auf der Terrasse mit Blick auf das Mittelmeer gesessen, Rotwein getrunken und Pistazien geknabbert. Auf der Kassette war das gesamte Gespräch des Abends aufgezeichnet. Fast alle Männer sprachen miteinander, ohne zuzuhören. Jeder wollte mitreden und schenkte seinem Partner keine Aufmerksamkeit. Es wurde nur monologisiert, und immer wieder kämpften die einzelnen darum – jeder für sich –, Zuspruch zu erhalten.

Die Männer waren nach dieser kleinen Demonstration erschüttert und kleinlaut. Sie schämten sich – zu Recht –, und wir übten in Zwiegesprächen das alltägliche Gespräch, in dem einer sprach, der andere konzentriert zuhörte, Vertrauen zeigte, ermutigte, nachfragte und Interesse zeigte. Keiner versuchte mehr, im Gespräch dominant zu sein. Hinterher betonten alle, wieviel ihnen diese Übung bedeutet habe.

»Es kam mir vor, als sähe ich mich selbst in einem neuen Licht. Ich mußte niemanden beeindrucken«, sagte wieder mal ein Unbekannter, der Alois hieß, wie mir Michael zuraunte.

Die Tage auf Korsika verliefen sehr entspannt. Tagsüber surften oder segelten die Jungs, machten Strandläufe, tauchten, fuhren Wasserski, spielten Wasserball, fuhren Motorrad, Fahrrad oder ritten aus. Abends saßen wir dann bei Wein auf der großen Terrasse und verspeisten die Ergebnisse der Kochkurse. (Spaghettis mit Zucchini, Gambas, Riesensalate.) Wir machten ehrliche Bekenntnisse und weinten ein bißchen. Ein SWF-Team reiste uns hinterher, um Aufnahmen zu machen. Aufmerksam verbrachten sie mit uns drei Tage und vergaßen darüber das Drehen.

Weiterhin behielten wir in Deutschland den Feminismus fest im Auge. Auf Vermittlung von Karsten, dem SWF-Mann, wurde ein Teil unserer Männergruppe zum ZDF eingeladen. Bei dieser Podiumsdiskussion (»Ist das Ozonloch männlich?«) wollten wir mit führenden Vertreterinnen der Frauenbewegung die Verschmelzung unserer Interessen erreichen. Unglücklicherweise versuchten die Frauen während der Diskussion dauernd, uns zu imponieren. Fast keinen Mann, außer dem männlichen Moderator, ließen sie ausreden. Sie fuhren uns rauh über den Mund, warfen uns beleidigende, grobe Verallgemeinerungen vor und machten sich höhnisch über die enormen Gruppenerfolge lustig. Trotz aller Provokationen begaben wir uns nicht auf dieses Niveau und ließen jede Frau, egal, was sie zu sagen hatte, aussprechen, fragten auch nach, unterstützten ihre Theorien und bauten sie durch Respekt und Sympathie auf. Sie dagegen verloren jeden Anstand und Würde, wurden geschmacklos, ausfallend und machten Witzchen. Ein paar Feministinnen (wahrscheinlich die aus dem Frauencafé) saßen auf den Zuschauerbänken und buhten uns jedesmal aus, wenn wir etwas zu sagen versuchten. Auch die weibliche Moderatorin führte sich wie Königin Macha auf und unterbrach jeden zaghaft artikulierten Satz von männlicher Seite. Die Sendung wurde zusätzlich stark geschnitten (Regie, Schnitt und Ton wurden von Frauen besetzt) und vermittelte von uns Männern den Eindruck, schlappe Bubis zu sein. Seitdem meiden wir Publicity oder erkundigen uns vorher, wer die Sendung leiten wird.

39.

Menstruation und Schwangerschaft. Nur Sache der Frauen?

§ 255 Prognosen
Stanislaus Lublinskij

Außer in Frauenkleider zu schlüpfen, mußten wir zu härteren Maßnahmen greifen, welche die nahtlose Identifikation mit der Frau zur Folge haben sollten. Dazu zählte der gehörige Respekt vor der Menstruation.

Es zeugte von Entschlußkraft und Konsequenz, für »unsere Tage« zu plädieren. Aus Überzeugung trugen wir Damenbinden im Slip (nächstes Projekt: die Herrenbinde) und masturbierten nach der im Kapitel 22 dargestellten Übung, um eine symbolische Reinigung durch Samenerguß zu erreichen. (Alternative: sich in den Finger stechen). Davon ausgehend, daß die Ejakulation oft nur mit sexuellem Höhepunkt und selten mit Zeugung in Verbindung gebracht wird, besaßen eben jene Ergüsse die Bedeutung eines Monatsflusses. Zumal diese Flüssigkeiten auf die Damen- bzw. Herrenbinde getropft werden mußten. Ebenfalls als symbolisch galt das Anschwellen des Penis. Immerhin können bei der Frau während der Menstruation auch die Vagina und die Klitoris anschwellen, wobei das Lustempfinden angeregt wird.

Solche radikalen Umsetzungen unserer Ideen zeigten mir, daß wir auch zum Handeln bereit waren. Diejenigen Männer, die in einer Partnerschaft lebten, sollten in dieser Woche nur Geschlechtsverkehr mit ihrer Partnerin haben, wenn sie die Frau ausdrücklich auf die männliche Menstruation hingewiesen und sich vergewissert hatten, daß frau kein Ekelgefühl dabei empfand.

Einer der Männer, Daniel (oder Robert oder Markus?) erzählte uns von dem absoluten sexuellen Höhepunkt in seinem Leben, als seine Freundin und er gleichzeitig ihre Tage hatten. Damit wäre bewiesen, daß dieser Punkt für das gemeinsame Zusammenleben und die natürliche Körperlichkeit neue Maßstäbe setzt.

Im Herbstseminar »Geburtsübungen für den Mann« (stets ausgebucht!) in der Toskana begannen wir mit ganz normalen Atemübungen. Die Männer fühlten sich in die Schwangeren ein. Wir übten die Geburt und spürten intensiv den Geburtsschmerz. Danach empfanden wir Erleichterung und weinten vor Freude. Noch heute kann ich durch meditative Konzentration Wehen spüren.

Diese Empfindungen bewirkten die letzten starken Veränderungen in uns, und wir übernahmen endlich auch auf den letzten Gebieten die Verantwortung.

40.

Ein Ende? Das Ende deiner neuen Ausbildung endet mit deinem letzten Atemzug.

Nachwort
Stanislaus Lublinskij

Die Erfolge überwogen. Bald schon waren wir für eine bessere, vom Feminismus geprägte Kultur bereit. Die Anregung, ein Buch über unsere Arbeit zu verfassen, gab ausgerechnet der große Asket. Michael schleppte sein Buch *Brahma für Manager* an.

Warum sollten nicht auch wir unsere wertvollen Erfahrungen veröffentlichen? Den Verlagen liegen bislang vier Manuskripte von uns vor. Allerdings konnten sie sich noch nicht entscheiden, ob wir in die Reihe »neue frau« oder in die Reihe »mann« integriert werden sollen.

Wir arbeiteten weiter. Die Entwicklung durfte nicht ins Stocken geraten. Als ich vor kurzem vor meinem Bücherregal mit Literatur zur Männerproblematik stand, um für einen Vortrag (»Leben mit der Glatze. Nie wieder Strähnen um die Platte wickeln. Wege zu einem neuen Kopfbewußtsein.«) Material zu sammeln, fiel mir das Buch von Vladimir Kubitzki – Lublinskijs größter Herausforderer – in die Hand. Ich hatte noch nicht die Zeit aufgebracht, einen Blick hineinzuwerfen. Stani hatte zuviel Neues und Positives in mir ausgelöst. Eigentlich wollte ich es nur flüchtig durchblättern. Dann aber fesselte mich das Werk ungemein. Ich las es in einem Rutsch und verpaßte einen von mir geleiteten Kurs. Kubitzkis Forderungen standen konträr zu Stanis. Ja, er nahm Stanis Bücher kritisch auseinander und machte selbst mich, der skeptisch geblieben war, auf die fundamentalen Irrtümer

Lublinskijs aufmerksam. Ich war wie vom Donner gerührt. Meine Arbeit! Die Erkenntnisse! Die Übungen! Die Arbeit der Männergruppe mußte noch einmal von Grund auf überdacht werden. Kein Zweifel, eine gigantische Welle der Veränderung war im Anzug. Mir schwindelte, das Herz klopfte, mein Körper zitterte ob Kubitzkis Reife. Ich wollte nach Michael rufen, der sich im Nebenraum aufhielt, aber meine Stimme versagte. Ein Axthieb der Erkenntnis hatte mich getroffen. Ich faßte mir an die Stirn, raufte mir die Haare, verdrängte meinen aufkeimenden Brechreiz. Ich sah es deutlich vor mir: Wir Männer mußten noch viel, viel, viel, viel mehr verändern. Schmerz und Euphorie stiegen in mir hoch, und ich hatte ein Gefühl, dieses Gefühl von... Du liebe Güte! Wie soll ich es beschreiben...